韓國現代詩에 나타난 自我意識에 관한 硏究

- 李相和와 尹東柱의 詩를 중심으로 -

韓國現代詩에 나타난 自我意識에 관한 硏究

- 李相和와 尹東柱의 詩를 중심으로 -

李尙鎬 著

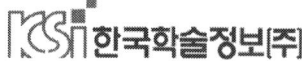
한국학술정보㈜

차 례

제3장 의식구조의 대비 / 157

제4장 결 론 / 227

제1장 서 론

1. 문제의 제기

이 논문에서 필자는 한국현대시, 그중에서도 특히 李相和와 尹東柱의 詩를 대상으로 하여 그들의 시에 나타난 자아실현과 그 의식의 전이과정을 추적·해명하는 것을 목표로 삼는다. 사실 이것은 시에 내재된 정신사에 관심을 가지는 것이기 때문에 매우 미묘하고도 복합적인 성격을 띤다. 그래서 매우 세심한 고찰이 요구되지만, 만약 이 논문이 소기의 성과를 거둔다면 단편적이고 평면적인 시 해석의 태도를 극복하고 시인의 의식세계를 반영한 총체물인 작품을 통하여 시인(시적 화자)의 자아의식이 어떻게 변화하고, 또 그 변화 속에서도 지속적으로 그들이 추구한 진정한 자아상은 무엇인가 하는 점을 이해할 수 있을 것으로 판단된다.

본고에서 이와 같은 주제를 논의의 목표로 삼게 된 것은, 두 시인이 다 같이 일제 강점기라는 어려운 시기를 훌륭히 살다간 한 인간, 또는 시인으로서 문학사에 기록되고 있는데 그렇다면 그들이 추구한 삶이 어떠하였고 그러한 삶의 태도가 시에서 어떠한 양상으로 드러나기에 그런가라는 점을 구체적으로 규명해 볼 필요가 있다고 보기 때문이다. 지금까지 논의된 결과로 보면 두 시인은 초기에서 후기로 이행되는 과정에서 의식의 변화가 드러나고 그에 따라 시적 변모도 뚜렷이 확인할 수 있다는 점이 지적되고 있지만, 사실 그것을 시간의 흐름에 따라 성숙되어가는 인간의식의 내적 추이과정에 입각하여 일관되게 추적한 글은 거의 없는 듯하다. 뿐만 아니라 한 시인에 대한 평가는 주로 그가 남겨 놓은 작품에 의해서 이루어져야 함에도 불구하고 때때로 작품 외적인 어떤 요소, 특히 전기적인 측면이 크게 반영되어 시의 평가를 상승시키기도 한다는 점에서[1] 우리는 무엇보다 작품 자체로 돌아가서 그 내적 구조를 투시하여 의식변모의 실체를 추적하고 그것을 생애사적인 측면으로 환원시키는 작업이 더 바람직하고도 필요할 것이라 생각한다. 이것은 생애사적인 측면을 통해서 작품을 바라볼 것이 아니라 작품을

---

[1] 이것은 그들의 시가 저항시냐 아니냐 하는 논의에서 두드러지게 드러난다. 그리고 이상화보다도 윤동주의 경우가 더 그렇다. 이상화의 경우는 대체로 초기는 감상적·낭만적 시로, 후기는 저항시로 보려는 관점이 일반적인 듯한데, 참고로 이에 대한 몇몇 논의를 보면, 李姓敎의 '李相和研究'(『성신여대연구논문집』 2집, 1969), 金澤東의 '李相和研究', (『진단학보』 34·35호, 1973·1974), 洪起三의 '李相和論'(『문학사상』 1973. 3월호), 李善榮의 '植民地時代의 詩人'(『국문학논문선』 9, 민중서관, 1977), 李明宰의 '李相和의 詩와 抵抗意識연구'(『이상화의 서정시와 그 아름다움』, 申東旭 編, 새문사, 1981), 金埈五의 '파토스와 저항'(『식민지시대의 시인연구』, 徐俊燮 외, 시인사, 1985) 등이 있다.

한편, 윤동주의 경우에는 시각에 따라 현저한 차이를 보인다. 먼저 저항적 관점의 논의를 보면, 李相斐의 '時代와 詩의 姿勢'(『자유문학』, 1960, 11~12월호), 洪起三의 '孤獨과 抵抗의 世界'(『월간문학』, 1974, 7월호), 金宇鍾의 '暗黑期 最後의 별'(『문학사상』, 1976, 4월호), 廉武雄의 '詩와 行動'(『나라사랑』 23집, 1976), 金容稷의 '悲劇的 狀況과 詩의 길'(『나의 별에도 봄이 오면』, 李健淸 編, 문학세계사, 1981) 등이 있다. 논점은 조금씩 다르지만 저항시로 보지 않으려는 논의로는, 李洧植의 '아웃사이더적 人間像'(『현대문학』, 1963. 10월호), 金烈圭의 '尹東柱論'(『국어국문학』 27집, 1964), 鄭漢模의 '尹東柱詩의 特質과 詩史的 意義'(『韓國現代詩의 精髓』, 서울대출판부, 1979), 金時泰의 '밤의 認識과 自己省察'(『現代詩와 傳統』, 성문각, 1978), 吳世榮의 '尹東柱 시는 저항시인가'(『문학사상』, 1976. 4월호), 金興圭의 '尹東柱論'(『文學과 歷史的 人間』, 창작과 비평사, 1980), 朴好泳의 '尹東柱論의 문제점'(『현대시』, 1984. 여름호, 문학세계사) 등이 있다.

통해서 생애사를 재구해 보는 것이 좀 더 온당한 방법이 될 것이라
는 판단에 근거한다.

 이들의 시에 대한 연구경향에서 문제점으로 제기되어야 할 또 하
나는 한 시인이 전 생애를 통해서 이룩해 놓은 업적을 논자의 편의
에 따라 관심 있는 몇몇 특정 작품에 한정해서 단편적으로 다루는
점도 적지 않다는 것이다. 이 같은 연구방법으로는 한 시인의 어느
특정 작품이나 시적 특성을 부분적으로 이해하는 데는 도움이 될지
언정 그 전체적인 성격이나 특성을 조망하는 데는 한계를 지닐 수밖
에 없다. 따라서 우리에게는 한 시인의 시적 특성을 전체적으로 조망
하기 위해서 단편적이고 부분적인 접근태도를 지양하고 보다 넓은
안목에서 작품의 내적 흐름을 섭렵할 필요성이 요청된다.

 이런 점에서 최근에 이들의 시에 대해 다양한 접근이 시도되는 것
은 의의 있는 일이다. 하지만 그럼에도 불구하고 이들의 글 역시 앞서
제기한 문제점들이 완전히 극복되었다고 보기는 어렵다.[2] 그래서 이

 2) 李起哲, '李相和研究'(박사학위청구논문, 영남대학교, 1986). 이 글은
  이상화를 포괄적으로 연구하고 있으나, 시에 대한 분석은 미흡하다.
  崔東鎬, '尹東柱詩의 意識現象', 『現代詩의 精神史』(열음사, 1985). 이
  글은 의식의 지향체계에 관심을 가지고 있으나 선택된 시의 편수가
  극히 적고 변화의 내적 관계가 잘 드러나지 않는다.
  李起墅, '尹東柱詩에 나타난 世界喪失構造', 『韓國現代詩意識研究』(고
  려대 민족문화연구소, 1984). 이 논문은 윤동주의 시 전체를 세계 상
  실의 구조와 변이구조로 나누어 분석하고 의식구조별로 통계를 내어
  그 특성을 밝히고 있으나 유형화의 방법에 의존했기 때문에 변화과정
  의 일관된 해명이 안 되고 있다.
  마광수, 『尹東柱研究』(정음사, 1984). 이 논문은 시의 상징적 표현과
  그 의미의 해명에 주력하여 시의 상징적 체계를 밝히고 있지만 역시
  유형화의 방법에 의존하여 변화상에는 큰 관심을 보이지 않았다.
  이사라, '尹東柱詩의 記號論的 研究', 『詩의 記號論的 研究』(중앙경제사,
  1987). 이 글은 기호론적 방법론을 원용하여 작품분석을 시도함으로써
  무엇보다 작품에 내재된 심층적 의미를 추구하려 했으나, 역시 본고의

논문에서 필자는 기존의 연구과정에서 드러난 문제점들을 헤아리고, 가능한 한 이상화와 윤동주의 시 연구결과에서 도출된 굳어진 의미로부터 자유로운 입장에서 이 연구를 개진하고자 한다.

서두에서 밝힌 대로 이 연구는 시에 나타난 자아실현의 과정과 의식구조의 해명이 주요 관심사이다. 여기서 '自我'란 인간의 마음 속에 들어 있는 '나(Ich, ego)'로서 의식의 중심에 위치하고 있는 것을 말한다. 이 자아는 한편으로 外界와의 관계를 맺으며, 다른 한편으로는 나의 마음, 內界와의 관계를 맺도록 되어 있다.3) 내·외계와의 관계를 맺는 자아의 의식적 국면을 자아의식이라 할 때, 그것은 시간의 흐름에 따라 사회가 변하고 인간이 육체와 정신적으로 성장하듯 그에 따라 변화를 겪는다.4) 그러므로 시가 시인의 의식의 반영, 또는 사회라든가 현실이라고 하는 것과의 관계와 그 반응에 대한 주체의식의 표출이라는 점을 인정한다면 시적 심상을 통한 '자아의식의 변화상'5)을 규명할 수 있으리라 생각한다. 그래서 이러한 자아의식을 시를 통해서 다루어 보고자 하는 것인데, 그 이유는 대

관심이라 할 변화의 내적 원리에 대해서는 주목하지 않았다.
李南昊, '尹東柱詩 意圖硏究'(박사학위청구논문, 고려대학교, 1986. 12). 이 글은 윤동주의 시에 일관되게 나타나는 갈등의 논리를 파악하여 시적 의도를 밝히려 하고 있으나, 제목 그대로 전기적 측면에 기대어 작시의도를 해명하려고 했기 때문에 이른바 의도적 오류로 지적될 대목들도 더러 엿보인다.
3) 李符永, 『分析心理學』(일조각, 1987). pp.41~42.
4) H. Meyerhoff, *Time in Literature*, 『文學과 時間現象學』, 金埈五 譯, (심상사, 1979). pp.29~30.
5) 이것을 달리 말하면 한 인간은 삶의 과정에서 끊임없이 자아추구를 하고 그 결과 궁극적으로는 자아실현의 국면으로 성숙되어 간다는 점을 의미하는데, '자아의식의 변화상'이란 곧 그 자아추구 과정에서 그때그때 드러나는 의식의 추이와 굴곡현상을 말한다.

체로 다음과 같은 점에 있다.

첫째, 문학작품이란 인간의식과 불가분의 관계 속에 놓인다는 점이다. 문학은 인간학이란 말도 있듯이 문학작품은 인간 삶의 경험의 축적과 그 표출에 있는 것이기 때문에, 시를 통해서도 우리는 한 시대를 살아간 시인의 시대정신과 삶의 인식을 이해할 수 있을 것이며, 나아가 그의 시적 개성을 인식할 수 있다.

둘째, 시인도 시인이기 이전에 한 자연인이라는 점에서는 어떤 형태로든 '자아실현'6)을 추구하게 될 것이고, 그러한 고뇌와 갈등은 작품에 반영되리라는 점이다. 즉 삶의 측면에서의 자아실현이라는 문제는 시를 통해서도 드러날 수 있다. 따라서 시를 통해서 그것을 살펴본다는 것은 삶과 시적 측면에서의 총체적 이해를 가능하게 해줄 것으로 믿는다.

셋째, 더욱 중요한 것은 시에서의 자아의식의 문제-특히 이상화와 윤동주의 시에서-가 산발적이고 단편적으로 거론되고 있는데, 이것을 보다 체계적으로 분석 해명해 보려는 것이다.7)

---

6) 자아실현, 또는 개성화(Individuation)란 결국 자기의 전체의 인격을 실현하는 것을 말하는데 융은 이것이 인간의 내부에서 우러나오는 필연적 요구라고 본다. 인간은 누구나 자아실현을 할 수 있는 가능성을 태어날 때부터 가지고 있다는 것이다. 李符永, *op. cit.* p.43.
7) 이 연구에서 추구하고자 하는 논지와 부합된다고 볼 수는 없지만 부분적으로 자아, 또는 자아의식과 관련해서 참고할 만한 글들을 들어보면 다음과 같다.
鄭漢模, '李相和의 詩와 그 文學史的 意義', 申東旭 編, *Loc. cit.*
朴喆熙, '李相和 詩의 正體', 『抒情과 認識』(이우출판사, 1982).
金時泰, '抵抗과 挫折의 惡循環', *Loc. cit.*
金烈圭, *Loc. cit.*
申東旭, '하늘과 별에 이르는 詩心', 李健淸 編, *Loc. cit.*
金禹昌, '손들어 표할 하늘도 없는 곳에서', 李健淸 編, *Ibid.*
崔東鎬, *Loc. cit.*

물론, 이상과 같은 이유에서 다루게 될 시에서의 자아의식의 문
제는 시 연구의 완결을 의미하는 것은 아니다. 다만 이는 시 연구
의 여러 방법 가운데 하나일 뿐이며, 더욱이 이상화와 윤동주의 시
를 이해하는 방법의 어느 한 측면이 된다는 점을 뜻한다. 따라서
이 연구가 가질 의의 중의 또 하나는 한국현대시에 접근하는 방법
론의 심화와 확대에도 있다고 하겠다.

한편, 특별히 이상화와 윤동주의 시를 묶어서 연구의 대상으로
삼은 이유는 대략 다음과 같은 점에 있다.

첫째, 이들 두 시인은 크게 보아 자아실현을 추구하고 그것을 이
루어가는 과정은 대동소이하다고 하더라도, 그 세부적인 양상은 그
들이 지닌 개성의 차이만큼이나 좋은 대조를 보여준다는 점이다.
즉 이상화는 외향형에 가까운 人性에 의해 현실 지향적·행동주의
적 성향을 보이는 반면, 윤동주는 내향형에 가깝기 때문에 미래 지
향적·기다림의 자세를 많이 드러내고 있다는 점에서 그렇다.

둘째, 이들은 일제 강점기라는 특정한 시기에 시를 썼다는 점이
다. 이상화는 주로 1920년대[8]를, 윤동주는 1930년대 중반 이후 40년
대 초를 각각 배경으로 다소 차이는 있지만 모두 일제 강점기라는
점에서는 공통점을 지닌다.

셋째, 비록 경중은 다르더라도 이들은 모두 세칭 저항시인으로
일컬어진다는 점이다. 그러면서도 이상화는 낭만적 조류 속에서 작
품 활동을 했으며, 윤동주는 특정한 문예사조적 경향에 유합되지

李南昊, *Loc. cit.*

8) 물론 이상화도 1943년까지 작품을 썼으나 실질적인 면에서 20년대 중
   반, 정확히 말해서 1926년을 절정으로 하여 그 이후는 거의 문학적 생
   명을 다했다고 보아도 될 형편이다. 따라서 문학사적 위치도 이 시기
   에 주어지는 것은 당연한 일이다.

않는다는 점에서 이질적 분위기를 느끼게 한다. 이렇게 이질적 배경 아래서 이루어진 이들의 시임에도 불구하고 자아의식 변화의 보편적 추이가 잘 드러난다고 보기 때문이다.

넷째, 이와 연관해서 두 시인의 시는 대체로 이질적인 것으로 지적되어 왔기 때문에 그들을 서로 대비한 연구가 없다는 점이다. 작품이 쓰인 시기가 비슷하다는 점이나, 다 같이 옥사를 했다는 점, 그리고 저항적 요소의 측면에서 이육사와 윤동주는 오히려 같은 자리에서 더러 논의가 되기도 하였으나9) 이들 두 시인의 연관성에 대해서 관심을 가진 연구자는 없었다. 그러나 이들이 저항시인으로 묶이는 이상으로, 자아실현의 과정이라는 측면에서는 오히려 상당한 동질성을 보여주고 있다는 점에 필자는 관심을 두었다.

다섯째, 두 시인의 시는 일부를 제외하고는 대부분 창작 시기 내지는 발표 시기를 알 수 있다는 점이다. 이것은 시간의 흐름에 따라 자아의식의 추이를 규명할 수 있는 단서가 되기 때문에 매우 중요한 요건이 된다.

여섯째, 두 시인의 시는 모두 주관적 성향이 강하므로 자아의식의 시적 표출이 누구보다 농후하다는 점이다. 따라서 시를 통한 자아의식의 변화상을 뚜렷이 알 수 있기 때문이다.

이러한 여러 가지 조건을 염두에 두고 필자는 본고에서 이들 두 시인의 시를 면밀히 분석하여 그 연관성을 구체적으로 대비해 보려고 한다. 이를 통해 이들 작품에 드러난 자아실현의 과정과 그 의식구조의 동질성과 이질성이 무엇인가 하는 점을 밝힐 것이다. "문학이란 상호간에 공통점을 갖고 있지 않은 독자적인 작품의 연속이 아

---

9) 金允植·김현, 『韓國文學史』(민음사, 1984), p.207.
   李南昊, '陸史의 信念과 東柱의 葛藤', 『한심한 영혼아』(민음사, 1986), pp.189~220.

니기 때문에"10) 서로 관련되는 요소가 있는가 하면 각각의 개성도
아울러 지닌다. 그러므로 대비적 연구를 통해서 파악한다면 그러한
사실이 좀 더 분명히 드러날 것으로 믿는다.

2. 연구의 방법과 과정

본고의 주요 논점을 해명하기 위해 필자는 크게 두 가지의 접근
방법을 원용하기로 한다. 즉 분석심리학과 원형비평 방법이 그것이
다. 이것은 가능한 한 문학 외적인 조건들을 유보하고 '작품의 내재
적 해석'을 통하여 거기서 섬세하게 드러나는 자아의식의 줄기를
포착하려는 의도를 충족시키기 위한 방법이 된다.

분석심리학이란 '정신적 현실에 대한 경험이라는 주관적 접근방
법으로 심리적 사실의 발견을 추구하는 학문'인데 주로 '인간의 마
음속에 무엇이 어떻게 작용하고 있는가를 살펴 나가고 거기서 얻은
사실을 바탕으로 각 개인의 의지와 의욕의 방향을 살펴'보는 것을
핵심으로 한다.11) 융은 "정신적인 것은 우리의 오직 유일한 직접적

---

10) R. Wellek & A. Warren, *Theory of Literature*(Penguin Books, 1966).
p.43.
11) 李符永, *op. cit.* pp.9~15. 이 같은 융의 분석심리학은 프로이드의 정신
분석 및 아들러의 개인심리학과 불가분의 관계를 가지는데 이들은 다
같이 인간의식 너머의 무의식의 존재를 인정하고 그것을 중요시한 점
과, 또 무의식적인 것을 의식에 동화해 가는 의식과정이 인간의 성숙
에 중요하다는 것을 강조하는 점에서 대동소이한 입장에 선다. 그러나
융이 프로이드와 아들러의 방법론을 비판하는 입장에 서 있듯 방법론
에서는 차이를 보인다. 즉 프로이드가 결정론적 진화론적·인과론적
방법을 썼고, 아들러는 과거와의 관련성을 무시한 미래에의 지향을 중
시한 점에서 목적론적 방법을 썼다면, 융은 이 양자의 극단적인 인과
론과 목적론을 다 같이 비판한다. 그래서 그는 인간이란 오직 과거의

인 경험"[12]이라 하여 인간이 경험하는 모든 것을 정신적인 것으로
보았다. 그래서 그는 무엇보다 '정신적 현실'을 중시하고 인간심리
를 분석·파악하려 했는데, 필자가 이러한 분석심리학을 참고하려
는 것은 문학작품이 어떠한 경우든 작가의 경험적 사실은 물론이거
니와 그 정신적 현실과 밀접하게 관련을 맺는다는 점에 근거한다.
문학작품이 비록 꿈과 상상력을 바탕으로 구축된다고 하더라도 그
深泉에는 궁극적으로 정신적 현실로서의 자아의식이 작용하게 된
다. 이러한 자아의식의 심층을 포착하고 그 맥락을 밝혀 의식의 지
향적 체계를 알아보기 위해서는 분석심리학적 방법이 유용하리라고
보기 때문이다.

또한 원형비평의 방법을 원용하려는 것은 작품에 드러나는 이미
저리를 분석할 때 보편성과 통일성을 염두에 두었기 때문이다. 작
품 속의 여러 이미지들은 표면적으로는 서로 상충되거나 불연속적
인 듯이 보여도 그 밑바닥에는 무의식적으로 작용하는 原型性이 내
재되어 있다. 프라이는 이러한 원형에 대해 전형적 또는 반복적인
이미지라 하고 그 의미에 대하여 다음과 같이 말하고 있다.

필자가 뜻하는 원형은 하나의 시를 다른 시와 연결하고, 그렇게 함
으로써 우리의 문학경험을 통일하고 통합하는 상징이다. 그리고 원형
은 전달이 가능한 상징이기 때문에 원형비평은 주로 사회적 사실로서
의 그리고 전달의 양식으로서의 문학에 관심을 가진다.[13]

生에 묶인 어쩔 수 없는 과거의 포로도 아니고 역사를 잃은 미래에의
의지의 화신도 아니라고 보아 양자를 포괄적으로 보려고 한 입장이다.
Ibid. pp.15~25.
12) C. G. Jung, *Das Grundproblem der gegenwärtigen*, 李符永, *Ibid.* p.14.
재인용.
13) N. frye, 『批評의 解剖』(*Anatomy of Criticism*), 임철규 譯(한길사,
1982), p.140.

따라서 이러한 비평방법을 통해서 이미지를 분석한다면 각 작품에
반복해서 드러나는 이미지들에 통일성을 부여할 수 있을 것이며,
나아가서 이를 통해서 자연 두 시인의 시에 나타나는 이미지의 연
계성도 찾을 수 있으리라 본다.

　필자가 원형비평의 방법을 고려하려는 또 하나의 이유는 의식의
변화과정에 관심을 가짐으로써 生에 부과되는 통과제의의 구조를
참고해야 하기 때문이다. 통과제의란 인간사회의 변하지 않는 항목
중의 하나로 인간이 존재론적, 의식적 전환을 이룩하는 과정에서 겪
게 되는 儀式의 국면을 말하는 것인데, 인간은 살아가면서 알게 모
르게 이와 같은 과정을 수없이 거치게 마련이다. 이것은 한 인간이
충격과 시련을 통해서 자기인식과 세계인식을 드높이거나 변화시키
게 하는 계기로서의 기능을 가지며, 자기 동일성의 상실과 획득이라
는 구조 속에서 나타나는 변화의 매개요소가 되기도 한다.[14]

　그런데 이것은 인류학에서는 반드시 儀式의 형태를 동반하지만
문학작품에서는 의식행위가 반드시 외형적으로 드러나는 것은 아니
고 그 변형으로서 상징화되어 나타나는 것이 보통이다. 그러므로
문학작품 속에서의 통과제의는 문학적 상징을 통해 자기 동일성을
점성해 가는 과정에서 드러나게 된다.[15] 이러한 구조는 주로 원형

---

14) 綾部恒雄, 『アメリカの秘密結社』(中公新書, 1970), p.62.
　　M. Marcus, 'What is an initiation Story', in Critical approaches to
　　fiction, Shiv K. Kumar, Keith Mckean(Mcgraw-Hill Book Company,
　　1968), pp.202~204.

15) 동일성(Identity)이나 통과제의(Initiation)의 문제는 인생의 줄거리를
　　가진 서사양식에서 다루기 적합한 개념이지만 시에 드러나는 주제가
　　순간성과 완결성을 기저로 하더라도 그것은 결국 한 시인의 전체 인
　　생사라는 과정 속의 한 순간이요, 그 과정을 구성하는 한 단계임을 고
　　려할 때 이를 재구성해서 통시적으로 고찰이 가능할 것으로 본다. 金
　　埈五, 『詩論』(文章社, 1982), pp.43~46. 참조.

상징성을 띠고 있기 때문에 그 질서를 해명하는 데 원형비평의 방법은 매우 유용한 근거를 제공해준다.

이상의 두 방법을 작품해석의 기본으로 하여 논의의 과정은 다음의 두 단계를 거치기로 한다. 즉 개별론과 대비적 고찰 과정이 바로 그것이다.

먼저, 개별론의 작성은 무엇보다 전체 작품에 대해 일관된 관점에서 면밀한 검토가 선행되어야 한다는 입장에서 이루어진다. 그래서 두 시인의 작품을 창작 시기를 고려하여 통시적 관점에서 자아실현의 과정을 작품론으로 다루기로 한다. 앞서 밝혔듯이 이들의 시는 대체로 지어진 시기나 발표 시기가 명시되어 있기 때문에 작품의 창작 시기에 따른 그 변화의 추이과정을 추적해 갈 수 있다. 물론 자아의식의 변화과정을 규명하기 위해서는 소재와 주제 및 이미지에 의한 유형별 분류나 형식적 접근 등 연구자의 관점이나 접근태도에 따라 다양한 방법이 있을 수 있다. 하지만 그것으로 전체적인 의미구조를 밝힐 수 있을지는 모르나 작품을 임의대로 유형화함으로써 연구자의 지나친 의도가 개입될 여지가 있으며, 또한 작품과 작품 사이에 드러나는 자아의식의 변화과정을 시간의 흐름에 따라 추적해 가는 데는 어려움이 따를 수밖에 없다. 따라서 가능하다면 작품이 쓰인 시기에 의거해서 접근해 간다면 시인의 성장에 따른 의식변화의 추이과정을 좀 더 효과적으로 규명할 수 있으리라 판단된다.

시는 궁극적으로 각 작품마다 제각기 완결성을 이루면서도 시인의 생애사라는 통시적 맥락에서 보면 그의 시적 생애의 어느 한 시점에 지어진 것이므로 앞뒤의 작품은 시인의 의식과 깊은 연관을 맺는다. 엘리엇은 "여러 작품들이 이루는 전체 시를 하나의 단일한 장시로 볼 필요가 있는 시인이 있다"[16]고 한 바 있는데, 특히 주관적 성향이 강한 이 두 시인의 시들은 전기적 사실과 밀접한 관련이 있는 것으로 볼 때[17] 작품이 창작된 순서에 입각해서 접근해 갈 필요가 있다고 본다. 다시 말해서 한 시인의 작품들을 통일적 구조라는 측면에서 바라보기 위해서 각 작품을 통시적 맥락 속에서 어느 한 시점으로 보려는 이러한 관점이 유효할 것이다.

2章에서 다룰 두 시인의 시세계는 다음과 같은 관점으로 분할한다. 먼저, 이상화의 시는 ① 위기의식과 비극적 자아, ② 個我의 인식과 삶에 대한 충동, ③ 사회적 자아와 실천의식 등으로 나누어 고찰한다. 그리고 윤동주의 시는 ① 불완전한 자아와 좌절의식, ② 소명의식과 자아의 시련, ③ 이상적 자아와 待春意識 등의 관점에서 고찰한다. 이러한 3단계는 각각 큰 주류를 중심으로 통합해서 나누어본 것이며 세부적으로는 다양한 의미들이 드러난다. 이는 분석과정에서 해명하기로 한다.

다음으로, 3장에서는 개별적 작품론을 통해서 밝혀진 결과를 토대로 그 동질성과 이질성을 추출하기 위해 자아의식의 양상을 살펴볼 수 있는 특징적인 시 구절들을 유형화해서 대비 분석한다. 이

---

16) T. S. Eliot, *Selected Essays*(London: Faber & Faber LTD, 1932) p.203.

17) '르네 웰렉은 객관적 시인과 주관적 시인의 두 유형의 시인을 제시하면서, 구체적인 개성의 말살을 강조하는 시인과, 자화상을 그리며 자기 자신을 표현하려고 원하는 시인을 구분하고 있다. 그에 의하면 주관적 성향이 강한 시인들은 그들의 詩作이 괴테의 말대로 위대한 고백의 파편들이기 때문에 작품 자체가 전기적이라는 것이다. 이러한 시인은 그들의 문학관 자체가 자기 자신에 관한 것을 쓰는 것이므로 그 생활태도나 작품의 내용, 그리고 사상들이 일치할 경우가 많은데'(金賢子, '대립의 超克과 화해의 詩學', 『現代詩』 1984 여름호, pp.197~198.), 이미지스트들에 비해 이들 두 시인은 이 경우에 해당된다고 할 수 있다.

과정에서 우리는 자아의식 변화의 보편적 추이와 더불어 두 시인의 의식상의 특징을 이해할 수 있을 것이다. 이것은 개별론에서 드러난 다양한 의미를 종합하고 체계화해서 보편적 요소와 개인적 특성을 밝혀 보기 위한 수단이다.

3장에서 다룰 구체적 내용은, ① 자아실현 과정의 일반적 구조, ② 의식구조의 대비, ③ 의식적 性向의 거리 등의 항목을 설정하여 주로 의식구조의 특성들을 대비하는 것이다. ①에서는 두 시인의 시에 나타난 자아의식의 변화과정이 외면화와 내면화의 두 축을 중심으로 순환한다는 점에서 그 일반적 구조를 도출한다. ②에서는 시간과 공간, 그리고 자아인식을 통해 의식구조를 대비 분석한다. 시간인식에서는 다시 ㉠ 일반적 인식, ㉡ 과거와 현재, ㉢ 현재와 미래로 나누고 공간인식에서는 ㉠ 天上공간, ㉡ 생활공간, ㉢ 자연공간 등으로 나누어 분석한다. 그리고 자아인식에서는 먼저 존재인식의 세 유형을 전제하고 그에 따라 ㉠ 비극적 자아, ㉡ 轉身認識, ㉢ 이상적 자아의 관점에서 변화되는 자아상의 핵심을 살펴본다. 마지막으로 위의 ②에서 추출된 의식구조의 특징을 최종적으로 종합 검토하여 주로 두 시인의 차이점을 규명하고, 자아의식 변화과정의 순환곡선을 대비하여 도식화함으로써 그 상대적인 특징이 드러나도록 한다.

끝으로, 이 논문에서 선택한 주요 텍스트는 李起哲 編《李相和全集》(문장사, 1982)과 尹一柱 엮음, 尹東柱全詩集《하늘과바람과별과詩》(정음사, 1983)임을 밝혀둔다.

제2장 詩에 나타난 自我實現의 過程

본장에서 다룰 작품론은 어떤 결론에 도달하기 위해 성급하게 유형화의 방법을 취하기보다는 먼저 각 작품을 면밀히 검토하고 조망하는 일이 선행되어야 한다는 생각에서 작성된다. 이것은 한 편의 작품에서도 그렇겠지만 한 시인의 전체 작품에서도 고려되어야 할 일이다. 그렇게 할 때 자칫 도식적이고 단편적으로 해석될 수 있는 오류를 줄일 수 있을 것이라 생각하기 때문이다. 그래서 여기서는 두 시인의 시를 먼저 개별 작품론에 입각하여 고찰한다. 이는 자아실현의 과정을 통시적 구조 속에서 살펴보기 위한 것이며, 나아가 두 시인의 의식구조를 대비하기 위한 선행 작업이 된다.

Ⅰ. 이상화의 詩

1. 전 제

李相和[1]는 1901년 4월에 大邱에서 출생하여 1943년에 타계하였다. 이 43년의 생애 중 그가 문학과 관련을 맺은 기간은 공식적인 작품발표라는 측면에서 보면 1922년부터 1943년까지 약 22년간이 된다. 그러나 이것은 일반적인 사항일 뿐 활발한 작품 활동과 그

---

1) 이상화는 號를 無量·想華·尙火·白啞 등으로 바꾸어 썼다고 한다. 白基萬 編, 《尙火와 古月》, *op. cit.* pp.167~168.

성과로 본다면 사실상 1922~1926년의 5년간으로 압축될 수밖에 없
다. 그는 1926년을 하한점으로 하여 그 이후로는 작품발표도 미미
하거니와 문학적 성과나 의의를 부여할 만큼 뚜렷한 것도 없는 형
편이다. 따라서 그가 문학사에 차지할 자리도 이 기간 안에서 마련
된다고 볼 수 있으나, 다만 본고에서는 그의 遺作을 통해서 볼 때
作詩의 출발이 1920년부터인 점[2]을 감안하여 1920년을 기점으로
해서 그 절정기인 1925~26년을 하한선으로 잡으려고 한다.[3]

　이 7년간에 창작된 주요 작품들을 대상으로 하여 다시 자아의식
의 변화상에 주목해 보면 그의 시는 대체로 다음의 3단계로 분할될
수 있다. 즉 시기적으로는 ① 1920~1923년(작품의 일부), ② 1923
~1924, ③ 1925~1926년이 된다.[4] 이렇게 시기를 구분하려는 것은
시적 이미지의 변화와 그 의식적 국면을 참고한 것으로서 초기에는
감상적・낭만적 경향에서 오는 위기의식이, 중기에는 그 극복의지
로서 삶에 대한 강렬한 욕구가, 후기에는 현실인식이 더욱 강화됨
으로써 실천의식이 두드러진다. 물론 그의 전 시작과정을 이렇게 3
단계로 단순화시킨다는 것이 다소 무리가 따를지도 모르나 작은 줄
기는 궁극적으로 큰 줄기에 類合될 수 있으므로 논지의 전개상 큰

---

2) 그는 17세 때부터 '炬火'라는 동인지를 통해 습작품을 발표했다고 하
　나 현재까지 이 동인지는 물론 작품도 확인되지 않고 있다. 따라서 현
　전하는 작품을 통해서 보면 이 시기가 출발점이 된다. "尙火가 시작에
　착의한 것은 1917년 고향에서 憑虛, 尙火, 相佰, 필자(白基萬: 필자
　주) 4인이 습작을 모아 '炬火'라는 표제로 프린트판을 내었을 때부터
　이니 17세에 출발한 것이고……" 참조. 白基萬, '尙火의 詩와 그 背景',
　『自由文學』 1959년 4월호.
3) 이것은 본고의 논지인 자아의식의 변화라는 관점에 합당하다고 보기
　때문이다.
4) 작품의 분류는 발표년도를 따르되 쓰인 연도나 舊稿라고 밝혀 놓은 것
　은 가능한 대로 지은 시기를 중시하여 고찰한다.

결함은 없을 것으로 판단된다.

필자는 앞에서 자아실현의 과정을 살피기 위해 3단계로 나누어 제시했는데 이것은 직선적인 변화와 발전을 뜻하는 것은 아니다. 인간의 의식은 시시각각 변화하며 또 발전 성숙하는 것이기에 이렇게 도식화시키기에는 다소 어려움이 따른다. 그럼에도 불구하고 이렇게 집약해 본 것은 그의 의식은 어떠한 단계로 변화하고 그 의식을 형성하고 있는 큰 주류는 무엇이며, 또 그러한 변화 가운데도 지속적으로 인식되고 있는 특징적인 요소는 무엇인가라는 점을 포착하려는 필자의 의지를 효과적으로 수행하기 위한 수단이라 하겠다.

이러한 관점에서 보면 이상화의 시에 나타나는 자아의식의 큰 줄기에는 외면화와 내면화라는 두 개의 축이 떠오르게 된다. 내면화는 현실에서의 갈등으로부터 자아의식이 움츠려 들어 憧憬·夢想·슬픔·좌절·죽음 등과 같은 주제로 기울어지고, 외면화는 현실과 적극적인 대결의 자세로 나아가려는 강인한 의지에 의하여 자아의식이 강화되어 자아와 현실에 대한 성찰이 강조됨으로써 그것이 시에서 의식 변화추구·존재론적 전환의지·선구자 의식, 그리고 적극적 행동과 같은 주제로 드러난다. 이 두 양상은 상승과 하강이라는 기복을 보이면서도 결국 자아의 성숙이라는 측면으로 수렴되는데 이것을 작품을 통해 검증해 보기로 한다.

2. 자아실현의 과정

1) 위기의식과 비극적 자아

이상화가 시를 발표하기 시작한 1920년대의 초반은 이른바 우리 신문학사에서 낭만적 상상력에 의해 시적 조류가 형성된 시기이다. 물론 이러한 낭만적 경향이 성행하게 되는 배경이나 그 전개양상에 대해서는 일치된 견해를 보이는 것은 아니지만 대체로 낭만적 상상력과 이념이 짙게 깔려 있다는 데는 별다른 이의가 없는 것으로 보인다.

이런 시기에 시를 발표하면서 시인의 길로 들어선 이상화도 거기서 크게 벗어나지 않는 것으로 논의되어왔다. 이미 널리 알려진 대로 그도 20년대 초반의 낭만적 경향의 조류 속에서 다른 시인들 못지않게 큰 비중을 차지하고 있다는 점이 그것을 증명한다. 특히 그의 초기 시는 낭만적 요소로 일컬어지는 여러 경향들, 예컨대 동경과 좌절·우울·퇴폐·죽음 등에 대한 주제들이 많이 노출됨으로써 많은 논자들로부터 그가 낭만주의의 중심에 서 있음을 지적받아 왔다. 또한 그의 시가 그렇게 낭만주의적 경향을 띤 원인에 대해서도 동시대의 다른 시인들과 같은 측면에서 해명이 되고 있다. 비록 논조는 조금씩 다르더라도 그 근간은 대동소이한 것으로 보이는데 그것을 요약해 보면 대개 다음과 같다.

① 日帝의 軍國統治와 정치적 壓制
② 3·1운동의 실패와 그로 인한 좌절과 비애
③ 전통적·유교적 가치질서와 문화의 와해 및 근대 서구문화의 유입에 의한 전환기적 삶에서 오는 딜레마
④ 전진적 역사 주체로서의 역할이 소거된 지식인들의 방황과 무력감 및 고독한 개인주의
⑤ 서구의 상징주의와 퇴폐주의 및 세기말 사상의 유입 등

이상에서 보면 한마디로 이상화의 시는 정치적·사회적·문화적으로 전환기에 들어선 이 시기의 정신적 갈등을 반영한 것이라는 점으로 집약된다. 여기서 ① ② ⑤의 경우는 직접적이든 간접적이

든 대부분의 논자들이 공통적으로 지적하는 사항인 반면에 ③ ④의
경우는 반영론보다는 그것을 주체적 입장에서 파악하려고 한다는
점에서 주목되는 견해로 보인다. 정한모는 이러한 주변상황 외에
이상화 개인의 '남다른 감성적 의식'과 '사물과의 객관적 거리를 유
지할 수 있는 자기 조정력의 부족'에서도 그 한 원인을 찾고 있어
시인 개인의 기질적인 문제에도 관심을 보였다.5) 김흥규도 그 원인
을 "이 시기에 활동한 시인들이 식민지 중산층 지식인으로서 가졌
던 혼돈과 자기 분열 및 방황에서 찾아져야 할 것"6)이라 하여, 그
시대 시인들의 지향의식과 그에 반하는 좌절감에서 오는 혼란과 분
열상에서 기인된 것이라는 관점을 보여주었다.

그런데 앞에 예거한 여러 요소들(①~⑤), 즉 이상화 시의 낭만
주의적 경향에 큰 영향을 준 것으로 보는 그러한 사항들은 적어도
이상화 시의 출발점에는 그렇게 직접적인 영향을 주지는 않은 것으
로 보인다. 사실 주변상황의 시적 반영이라는 선입관을 배제하고
이상화의 초기 시를 들여다보면 처음에는 감정의 과잉노출이 역력
한데 이것은 20세 전후의 습작기 문학청년의 감상적 기질과 무관하
지 않은 것으로 생각된다. 말하자면 문학에 대한 확고한 신념이나
자아에 대한 깊은 자각이 따르지 못함으로써 감상성이 제대로 절제
되지 않은 채 표출되었다고 할 수 있다. 실제 그의 몇몇 초기 작품
은 정치적·사회적 어떤 문제와는 별로 관련된 것 같지 않다는 점
이 그것을 입증한다. 다음 시에서 보면 막연하게나마 자아에 대한
각성과 위기의식이 드러나지만, 그것이 꼭 정치·사회적인 문제에
서 기인된 것이라고 단정하기는 어렵다.

---

5) 鄭漢模, '李相和의 詩와 그 文學史的 意義', op. cit. pp.107~108.
6) 金興圭, '1920년대 初期詩의 浪漫的 想像力과 그 歷史的 性格', 『文學
과 歷史的 人間』, op. cit. p.271.

내 生命의 새벽이 사라지도다.

그립다 내 生命의 새벽 - 설어라 나 어릴 그때도 지나간 검은밤들과
같이 사라지려는도다

聖女의被首布처럼 드러움의 손 입으로는 감히 대이기도 부끄럽던 아
가씨의 목 -

젖가슴빛같은 그때의 生命!

아 그날 그때에는 낮도 모르고 밤도 모르고 봄빛을머금고 움돋던 나
의靈이 저녁의 여울우로 곤두치는 고기가되어

술취한 물결처럼 갈모로춤을추고 꽃심의 냄새를 뿜는 숨결로 아무
가림도 없는 노래를 잇대어불렀다

아 그날 그때에는 낮도없이 밤도없이 幸福의시내가 내게로 흘러서
銀칠한 웃음을 만들어만내며 혼자있어도 외롭지않었고 눈물이나와도
쓰린줄몰랐다

내 목숨의 모도가 봄빛이기때문에 울든이도 나만보면 웃어들주었다

아 그립다 내 生命의새벽 - 설어라 나 어릴그때도 지나간 검은 밤들
과같이 사라지려는도다

오늘 聖經속의 生命水에 아무리 조촐하게 씻은 손으로도 감히 만지
기에 부끄럽던 아가씨의 목 - 젖가슴빛같은 그때의 生命!

〈그날이 그립다〉[7] 전문

이 시는 발표지 미상으로 白基萬 編《尙火와 古月》에 수록되어
있다. 이상화가 지면을 통해 최초로 발표한 작품은 〈末世의 欷
嘆〉[8]이지만 알려진 바에 의하면 이 작품이 그보다 앞서 창작된

---

7) 시의 全文 引用은 原典대로 하되, 본문에서 재인용할 때는 현대 맞춤
법에 따르기로 한다.
8) 『白潮』 창간호(1922. 1).

1920년 작으로 밝혀졌다.9) 따라서 이 작품은 현재까지는 이상화 시의 출발점이 된다고 하겠다.

이 시에서는 먼저 '내 생명의 새벽이 사라지려는도다'라고 하는 위기의식을 엿볼 수 있다. 이러한 자아의 위기의식은 물론 그에게 자아 감각이 의식되고 있음을 뜻하지만, 그러나 현실적으로는 진정한 자아를 상실하고 있기 때문에 그에 대한 그리움의 정서를 드러내는 것이다. 여기서 '내 생명의 새벽'이란 순수하고 행복하며 완전하고 절대적인 것, 그리하여 무한한 가능성과 가치를 지닌 것으로서의 생명을 의미한다고 할 수 있다.

그런데 이러한 생명은 실제로 그에게 존재했다고 보기보다는 사실은 '낮도 모르고 밤도 모르고' 마냥 즐겁기만 하던 어린 시절에 기인한다고 보아야 할 것이다. 다시 말해서 그것은 현실이라는 세속적 속박이나 책임의식을 느끼지 못하는 순수한 어린 시절을 뜻한다. 이 시절은 자아와 세계를 구체적으로 인식하지 못하고(인식한다고 해도 그것은 매우 불완전한 것이다) 천진난만하기만 하던 때이다. '낮도 모르고 밤도 모르고'라는 표현에 드러나는 바 그 시절은 시간경험으로부터 해방된 상태이며 진정한 자기 개성도 발휘되지 않는 상태이다. 그래서 이러한 시절은 죄나 고뇌를 의식하지 못하므로 순진무구한 즐거움만 있을 뿐이다. 마이어홉은 "완전한 실재는 항상 시간을 초월하고 시간 외적으로 존재하는 것으로 생각된다. 그러므로 이상적 생은 시간과 욕구와 개성으로부터 해방되었을 때만 가능하다"10)고 하였다. 그는 이러한 상태를 무시간적이며 시간경험으로부터 해방된 순간이라 했는데, 천진난만한 어린 시절이야말로 그러한 속성을 지닌다고 할 만하다. 실제로 어린 시절이란

---

9) 金澤東, '李相和研究'(上), *op. cit.* p.127.
10) H. Meyerhoff, *op. cit.* p.64.

시간에 대한 관념도 세속적 욕구충동도, 그리고 개성의 발휘도 없는 완전한 신화적 세계를 표상한다고 할 수 있다.

그러나 이 시에서 화자는 이미 그러한 시절로부터 세속적 삶으로 추락해 있다. 속악한 세상사를 의식 못하던 순진의 세계로부터 경험의 세계로 전락한 것이다. 즉 '더러운 손과 입'을 가진 타락된 자아로 변모되어 있다. 이러한 손은 오늘 '성경' 속의 '생명수'에 아무리 조촐하게 씻어도 그때의 생명을 만지기에는 부끄럽고 속된 실존일 뿐이다. 이렇듯 과거와 현재의 자아가 서로 대비적인 상태라고 스스로 생각하기에 화자는 그날을 그리워한다.

그런데 이러한 그리움의 정서에는 현재의 자아에 대한 부정의식이 내포되어 있다. 속악한 세계로 전락되어 있는 현재의 '나'를 부정하고 과거로 회귀하려는 이러한 자세는 일차적으로는 현재의 상황이 보잘 것 없다는 것이며, 또 미래에 대한 희망도 가질 수 없다고 생각하기 때문이다. 그래서 그가 현재의 부정적 상태를 버리고 과거로 돌아가고 싶어 한다. 동시에 여기에는 근본적으로 새 출발을 하고자 하는 의욕도 잠재되어 있다.[11]

한편, 현재의 자아가 타락한 모습으로 인식된다는 것은 무지로부터 자아에 대한 감각의 문이 열리고 있음을 뜻한다. 그가 무시간의 즐거움 속에서 경험의 세계로 전락하여 자아의식의 거울을 들여다

---

11) 가스통 바슐라르, 김현 옮김, 『몽상의 詩學』(弘盛社, 1984), p.141. 바슐라르는 "삶의 경험에 저항하는 이 가치(유년시절을 향한 꿈의 가치: 필자 주)의 존재 이유는 유년시절이 우리 속에서는 삶의 원칙, 언제나 다시 시작할 수 있다는 가능성이 주어진 삶의 원칙인 것이다"라고 하였다. 또한 엘리아데는 "인간이 시작으로 돌아가려는 욕망은 원초적인 상황을 회복하려는 것이며, 또 다시 시작하려는 욕망, 지상의 낙원에 대한 향수"라 한 바 있다. M. Eliade, *The Quest*(Chicago, The University of Chicago Press, 1969), p.89.

보았을 때, 거기에 비친 자아는 한없이 추악한 모습이었다. 여기서 그는 미래에로 나아가기보다는 과거로 되돌아가고 싶은 충동에서 그날을 그리워한다. 행복에 대한 확실한 보장이 없는 불확실한 미래보다는 행복했다고 생각되는 어린 시절은 그만큼 더 절실해지는 것이며 손쉽게 빠져들 수 있는 속성이 있다.

그렇지만 과거로의 회귀는 실현 불가능하다. 그것은 의식 속에서만 가능할 뿐이며 현실적으로는 어떠한 경우도 도달될 수 없는 비극성을 내포한다. 이런 점에서 과거 회귀의지는 현실부정에서 기인된 자아의 좌절감을 잊기 위한 代償行爲이며 일종의 정신적 防禦機制로서의 의의는 지니지만12) 근본적으로는 비극적 자아를 구제할 수 없는 낭만적 상상력의 한 방편일 따름이다. 바꾸어 말하면 무시간적인 과거로 후퇴하여 그 시절과 동일시됨으로써 순간적인 위안이나 기쁨을 가질 수 있을지는 모르지만, 역사적 인간으로서의 전진은 포기하는 것이다. 이러한 사실에 입각할 때 필연적으로 그는 또 다른 세계로 이행할 수밖에 없는 당위성이 제기된다. 그가 몽상에 빠지는 까닭은 바로 여기에 있다.

目的도업는憧憬에서 酩酊하든하로이엇다.
어느날 한나제 나는 나의'에든'이라든솔숩속에 그날도 고요히 생각에 깜우러지면서 누어잇섯다.
잠도아니오 죽음도아닌沈鬱이쏘다지며 그뒤를니어선 神秘롭은變化가 나의心靈우흐로 덥처왓다.

나의생각은 넓은벌판에서 김흔구룽으로 - 다시아침光明이 춤추는絶頂으로 - 쏘다시 끗도업는검은바다에서 낫서 - ㄴ 彼岸으로 - 구름과저녁놀

12) 프로이트, '精神分析入門'(A General Introduction to Psychoanalysis), 金聖泰 譯, 『世界思想全集』12(三省出版社, 1981), pp.369~370.

이 흐늑이는 그彼岸에서 두려움업는躊躇에라련하야 눈을쌈고주저안젓다.
　오라지안하 내마음의길바닥우로 엇던검은안개가튼妖精이소리도업시
傲慢한步調로 무엇을찻는듯이도라다녓다 그는 모다검은衣裳을입엇는가
-한憶觸이나기도하엿다. 그쌔 나의몸은갑작이 熱病든이의숨결을지엇
다 왼몸에잇든脈搏이 한써번에몰려 가슴을쌕실듯이쮜놀앗다.

　그리하자 보고저워 번개불가치니러나는생각으로 두눈을 부비면서
그를보려하엿스나 아-그는 누권지-무엇인지-形跡조차 언제잇섯드냐
하는듯이 사라저바렷다. 애닯게도사라저바렷다.

　다맛 나의記憶에는 얼골에까지 黑色面紗를쓴것과 그面紗 넘에서 해
살쏘인石炭과가튼 눈알두개의쌈작이든것 쑌이엇다 아모리보고저하야도
구름덥힌겨울과가튼帷帳이 眼界로展開될 쑌이엇다 발자욱소리나 옷자
락소리조차도남기지안핫다.

　갈피도-까닭도못잡을그리움이 내몸안과밧 어느모퉁이에서나 긋칠
줄모르는눈물과가티 흘러나렷다 흘러나렷다
　숨갓븐그리움이엇다-못참을것이엇다.

　아! 妖精은 傳說과가티 갑작이現顯하엿다 그는하얀衣裳을 입엇다 그
는偶像과가티 방그래우슬쑌이엇다 보한얼골에- 샛깜안 눈으로 연붉은
입술로- 소리도업시우슬뿐이엇다나는 청맹관의視樣으로 바라보앗다-
드려다보앗다.
　오! 그얼골이엇다-그의얼골이엇다-잇처지지안는그의얼골이엇다 내
가항삼만들어보든것이엇다.

〈夢幻病〉1~6연13)

이 시에서 화자는 '목적도 없는 동경', 혹은 '까닭도 못잡을 그리움'

---

13) 이 시도 발표시기로 보면 1925년 10월(『朝鮮文壇』 12호)이지만 그 자
　신이 1921년 작이라 밝혀 놓은 것으로 볼 때 〈末世의 欷嘆〉에 앞서
　지은 것이다.

에 젖어 홀로 몽상에 빠져든다. 〈그날이 그립다〉에서 俗惡한 현재를 일탈하여 행복했던 과거로 회귀하려 했던 자아가 여기서는 몽상 속에서 상상의 날개를 펴고 온갖 상념에 사로잡히고 있다. 화자는 '나의 에덴'이라는 '솔숲'을 은밀히 마련해 두고 한낮에 그곳을 찾아가고 있는데 이 솔숲은 물론 범속하고 혐오스런 일상적 현실세계와는 대립되는 反世界로서 이상적인 장소이다. 특히 솔숲이라는 데 주목할 때 이 장소는 세속적 더러움이나 문명이 닿지 않은 순수한 자연의 세계이다. 따라서 현실은 이 솔숲의 반대지점에 놓인다.

그런데 그가 '목적도 없는 동경에서 명정하던 하루' 중 한낮에 이곳을 찾아 홀로 자기세계 속에서 몽상에 드는 것은 이 시의 전반부를 통해서는 그 이유가 표면에 분명히 드러나지는 않는다. 다만 청년기의 감상성에서 연유하는 막연한 동경의식이 엿보일 뿐이다. 그럼에도 불구하고 그가 현실에 안주할 수 없다는 인식 속에 있음은 명백한데 이런 이유로 해서 그는 그리움과 술에 취해 방황하는 것으로 보인다. 그래서 그는 현실로부터 솔숲으로 들어가 몽상을 통해 우상과도 같은 '요정'을 만난다. 하지만 그것은 잠시 나타났다 사라지고 만다. 그리하여 요정과의 만남은 단지 한 순간의 일이 될 뿐이고 결국 그는 다시 좌절 속에 빠질 수밖에 없게 된다. 이 시에서 요정의 정체가 어떤 것인지 분명히 드러나 있지는 않으나 그것은 '내가 항상 만들어 보던 것으로서' 어떤 이상적인 존재임을 알 수 있다. 그것이 이상적인 존재이기에 화자는 요정이 나타날 때는 생명에너지로 충만해지는 반면에 사라지면 다시 실의와 그리움에 빠진다. 그래서 그는 몽상 속에서 출몰하는 이 요정으로 하여 기쁨과 슬픔을 동시에 겪는다.

이와 같이 요정이 그에게 행복감과 좌절감을 함께 안겨준다는 점

32

에서 그것은 긍정적이면서도 한편으로는 부정적인 아니마상이라는 양면성을 띤다. 프란쯔는 남성의 마음속에 있는 아니마상이 긍정적일 때는 자신에게 유익한 것이 되지만 반대로 부정적인 것으로 드러날 때는 오히려 실의에 빠지게 한다[14]고 하는데 이 시의 화자에게 나타났다 사라지는 요정과 그의 태도를 보면 이는 양면성을 다 내포하고 있다. 그것은 몽상 속에서 浮沈하며 변화되어 가는 화자의 의식의 지향과정을 도식화해 보면 좀 더 분명히 알 수 있다.

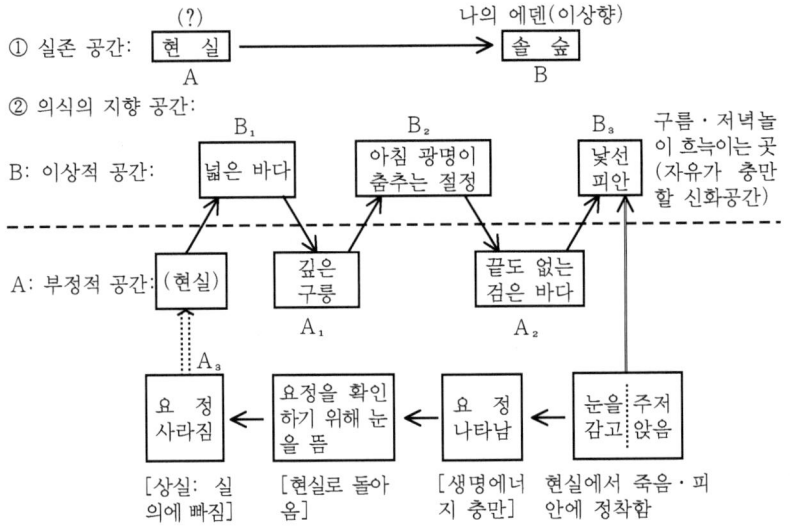

위 그림에서 A는 현실공간이며 B는 화자가 지향하고자 하는 이상적 공간이다. 그래서 A₁, A₂, A₃ 는 A의 변주, B₁, B₂, B₃

_____

14) M. L. 폰 프란쯔, *The Process of Individuation*, 칼 G. 융 外 共著, 趙承國 譯, 『人間과 象徵』(汎潮社, 1985), pp.214~216. 프란쯔는 부정적인 아니마의 공격을 극복하면 그것이 그의 남성의 度를 높여주는 데 도움이 될 수도 있다고 한다.

는 B의 변주가 된다. 여기서 'A : A₃ = (?) : 좌절 공간'이 되므
로 처음에 목적도 없이 동경에 빠진다고 했지만 사실은 현실세계가
상실과 좌절의 공간이기 때문이었음이 드러난다. 또 그가 지향하고
자 하는 공간이 결국 피안의 세계임도 알 수 있다. 그러기에 화자
는 이 세계에 영원히 들고 싶어 눈을 감고(현실에서 사라짐) 주저
앉는다(정착하려고 한다). 이때 요정이 그에게 나타나고 그는 '온몸
에 있던 맥박이 한꺼번에 몰려 가슴을 부실 듯이 뛰'노는 생명의
고동소리를 무의식 속에서 체험한다. 그러나 그 순간은 잠시뿐이고
그가 '두 눈을 비비면서 그를 보려 하였으나' 그것은 이내 사라져
버린다. 그가 두 눈을 뜨고 요정을 보려고 한 것은 그것을 분명히
확인하려는 행위로서 다시 의식의 상태로 돌아오는 것을 뜻하지만
결과적으로는 무의식에서 현실로 되돌아옴으로써 요정의 사라짐이
라는 상실과 함께 좌절의 공간으로 추락하게 됨을 나타낸다. 결국 요
정은 그에게 슬픔을 주고 간 것이 된다. 이 분석을 통해서 보면 결
국 그의 아니마는 긍정과 부정적 의미를 동시에 거느린다. 즉 그가
애타게 그리는 요정은 이상세계인 동시에 현실적으로 도달할 수 없
는 것이기에 좌절을 안겨주는 것이기도 하다.

　요정이 이상세계라는 의미를 띨 때에는 비극적 존재를 구원해 줄
수 있는 존재가 될 수도 있다. 이를테면 그것은 "신성하고 순결하
며 또 고상하고 풍부하여 모순자, 갈등자로서의 인간적 고뇌를 구
원"[15] 해 줄 수 있는 신비로운 여인이요, 구원자일 수 있는 것이다.
요정을 그리는 것이 구원자에 대한 희구의식과 관련이 있음은 이
시의 후반부에서 더욱 확실히 알 수 있다. 여기서 화자는 안주할
수 없는 세계로부터 이탈하여 자기 세계 속에서 몽상에 젖고 있지

---

15) 金長好, 『韓國詩의 傳統과 그 變革』(正音文化社, 1984). p.47.

34

만 이 행위가 결과적으로 그에게 어떤 위안을 가져다주며, 더욱이 그러한 몽상을 통해 '자체의 존재를 인식'하게 된다는 것은 매우 시사적이다.

나의생각엔 困憊한밤의단꿈뒤와가튼追考 - 假想의靈感이 써돌쌘이엇다 보담더야릇한것은 그妖精이나오든그째부터는 - 사라진뒤오라도록 마음이微溫水에잠긴어름쪼각처름 浮流가되며解弛가되나 그래도無定方으로 慾念에도업는무엇을찾는듯하얏다.

그째 눈과마음의'렌즈'에映畵된것은 다만장님의머리속을 드려다보는 듯한混霧쌘이오 靈魂과입설에는 薰香에밋친나비의넉째진沈默이흐를 짜름이엇다. 그밧겐오즉忘却이 이재야쎄入속에 自體의存在를認識하게 된記憶으로거니를쌘이엇다 나는 점우러가는한울에 조으는별을보고 눈물저즌소리로
'날은 점을고
밤이 오도다
흐릿한꿈만안고
나는 살도다'고하얏다.

아! 하나제 눈을쓰고도이리든것은 나의病인가 靑春의病인가? 한울이 붓그로운듯이 샛밝애지고 바람이 이상스러운지 속삭일쌘이다.
〈夢幻病〉12~끝

화자는 몽상을 통해 만난 요정이 사라진 뒤 '곤비한 밤의 단꿈 뒤와 같은 추고'를 느낀다고 함으로써 '곤비한 밤'과 '단꿈'의 대비를 통해 현재 자신이 처한 상황을 간접적으로 드러낸다. 즉 그가 처한 현실은 '곤비한 밤'이 된다. 그리하여 몽상을 통해 만난 요정은 그러한 밤의 상황에 처해 있는 그에게 '오래도록 마음이 미온수에 잠긴 어름 조각처럼 부류가 되며 해이'가 되도록 한다는 것이다. 따라서 몽상은

그에게 안온한 순간을 느끼게 해 주는 것임을 알 수 있다. 바슐라르는 "대낮의 몽상은 명석한 조용함의 혜택을 입는다. 우울로 채색되어 있더라도, 그것은 쉽게 하는 우울함이며 우리의 휴식으로 이어주는, 이어지는 우울함이다"[16]라 했는데, 이 시의 화자가 몽상 속에서 경험하는 위안도 곧 그러한 휴식의 순간과 같은 것이라 하겠다.

그러나 이러한 안온한 순간도 잠시뿐 몽상을 깨고 나서 그는 다시 '무정방으로 욕념에도 없는 무엇'을 찾으며 좌절감 속에 빠진다. 그것은 근본적으로 성취될 수 없는 것이기 때문이다. 그래서 현실로 되돌아 왔을 때 그의 '눈과 마음의 렌즈에 영화된 것은 다만 장님의 머릿속을 들여다보는 듯한 혼무', 즉 실체가 분명하지 않은 혼란상뿐이요, '영혼과 입술에는 훈향에 미친 나비의 넋 빠진 침묵이 흐를 따름이었다'고 그는 한탄한다. 이런 점에서 그의 몽상은 진정한 의미에서 그에게 구원을 주지는 못한다. 다만 그 과정에서 '자체의 존재를 인식하게 된 기억'을 남길 수 있었다는 점에서, 그것이 자아에 대한 눈을 뜨게 한 일종의 시련으로서의 의의를 지닌다. 몽상은 사람들에게 개성을 상승시키게 하는 데 기여한다고 프로이드는 이렇게 말하고 있다.

> 우리는 행복한 사람은 환상을 갖지 않으며 불만족 상태에 있는 사람만이 그것을 가진다고 할 수 있다. 환상의 원동력은 충족되지 않은 소망이며, 모든 개개의 환상은 소망의 충족이요, 불만족스러운 현실의 교정인 것이다. 이들 소망들은 성·성격·환상을 가진 사람들의 환경 등에 따라서 다양하지만, 자연스럽게 두 개의 주요한 그룹으로 나뉘게 된다. 그것들은 그 사람의 퍼스낼리티를 상승시키는 데 기여하는 야심적 소망이거나 아니면 에로틱한 것이다.[17]

---

16) 가스통 바슐라르, *op. cit.* p.76.
17) 프로이트, '창조적 작가들의 백일몽', 데이비드 로지 엮음, 윤지관 외

이렇게 몽상을 통해서 자아인식이 좀 더 강화된 그는 저물어가는 현실을 인식하고 그 속에서 눈물 젖는 자아를 보게 된다. 그리하여 그는 '흐릿한 꿈만 안고 나는 살도다'라고 하면서 비탄에 젖은 채 자를 성찰한다. '한낮에 눈을 뜨고도 이러던 것은 나의 병인가 청춘의 병인가'라고 스스로 묻는 것은 몽상에 빠지는 자아의 현재를 분명히 알려고 하는 의지에 다름 아니다.

이상에서 보듯이 이상화는 좌절할 수밖에 없는 현실로부터 꿈의 세계로 들려고 했다. 그리고 그것은 결과적으로 자아를 좀 더 깊이 인식하게 되는 원동력이 되었다. 또한 그것은 '밤'에 대한 인식도 더욱 깊게 했는데 다음 시는 이상화가 인식하고 있는 밤이 얼마나 절망적인 것인가를 잘 보여준다.

> 이世紀를물고너흐는, 어둔밤에서
> 다시어둠을 쑴꾸노라조우는조선의밤—
> 忘却뭉텅이가튼, 이밤속으론
> 해쌀이비초여오지도못하고
> 한우님의말슴이, 배부른군소리로들리노라
> 나제도밤—밤에도밤—
> 그밤의어둠에서씀여난, 뒤직이가튼신령은,
> 光明의목거지란일홈도모르고
> 술취한장님이머—ㄴ 길을가듯
> 비틀거리는자욱엔, 피물이흐른다!
>
> 〈緋音〉18) 전문

옮김, 『20세기 문학비평』(도서출판 까치, 1987), p.171.
18) 이 시는 1925년 1월 『開闢』 55호에 발표되었으나 '〈緋音〉의 序詞'라는 부제로 볼 때, '緋音 가운데서'라는 부제가 달려 있는 〈末世의 欷嘆〉보다 먼저 지었음을 알 수 있다.

앞에서 다소 막연하게 표출되었던 밤에 대한 인식이 이 시를 통해
서는 분명히 드러난다. 이에 의하면 이상화에게 위기의식을 느끼게
하는 밤은 낭만주의자들이 지향하려고 했던 '낭만적 밤'[19]이 아니라
당대의 식민지 상황을 상징하거나 무기력한 이 땅('졸고 있는 조선
의 밤')의 비극적 현실을 지칭한다. 당대의 많은 이들에게 주권상실
의 암울한 시대와 전환기의 침체된 사회는 그들을 절망과 회의 속에
빠뜨리게 했듯이 이상화에게도 그것은 마찬가지였으리라 생각된다.
더욱이 그러한 밤의 악한 상황에 대결이 쉽지 않다고 생각하는 지식
인들의 무력감은 더 큰 좌절감으로 작용했을 터이니 이상화가 저항
운동에 가담했다는 사실을 미루어 보면 그의 적극적 세계관을 알 수
있는 바, 여기서 자기 무력감은 더욱 컸을 것으로 보인다.

이 시에서 보면 시적 화자는 철저하게 비극적으로 드러난다. 그
것은 매우 직설적으로 표현되어 있듯이 '이 세기를 물고 늘어지는,
어두운 밤', '졸고 있는 조선의 밤'이라는 이 민족의 비극적 상황에
서 기인된다. 화자는 어두운 밤에서 다시 어둠을 꿈꿀 수밖에 없다
고 하는데 그것은 '햇살이 비취어 오지도 못하는' 현실, 즉 어떤 희
망도 보이지 않는 절대의 어둠만이 엄습해 오기 때문이다. 그가 얼
마나 깊이 비극적 인식에 사로잡혀 있는가는 '하느님의 말씀이, 배
부른 군소리로 들리노니'라는 구절에서 절실하게 표상된다. 일반적
으로 하느님은 인간들이 절망상태에서 자신을 구원해 주기를 갈망
하는 대상으로 인식된다. 자신이 비록 신앙인이 아니라고 해도 크
나큰 절망에 빠지면 대개는 하느님에게 귀의하려 하고 구원을 바라

---

19) 서구의 낭만주의 시인들이 인식한 밤과 어둠은 그들의 고통스러운 생
    존을 안전한 상태로 보호해준다고 생각되었기 때문에 그들은 밤의 비
    밀을 천착하려고 했던 것이다. 池明烈, '낭만주의와 憧憬의 문제', 金容
    稷 外編, 『文藝思潮』(文學과 知性社, 1979), p.68.

38

는 것이 인간의 보편적인 심정이다.

　그러나 때로는 자신의 절망이 너무 가혹하다고 생각하거나 어떤 희
망도 가질 수 없다고 확신할 때는 하느님의 능력을 믿지 않을 뿐 아니
라 그를 저주하기도 한다. 그는 이미 자신의 불행이나 절망이 하느님
의 능력 밖에 있다고 생각하기 때문이다. 루카치는 비극적 인간의 신
에 대한 인식에 대해 다음과 같이 말하고 있다.

　　그(비극적 인간: 필자 주)는 강한 적대자들 사이의 싸움에 대해 신
　의 판단과 궁극적 진리에 대한 말씀이 내려지기를 바란다. 그러나 그
　를 둘러싼 세계는 자신의 길만을 쫓아가기만 할 뿐, 문제와 대답에 무
　관심한 채로 있다. 사물들은 모두 벙어리가 되고, 전투는 자의적이고
　무관심하게 승리자와 패배자를 구분한다. 신의 판단과 명확한 말씀은
　더 이상 운명의 행로에 울리지 않는다. 모든 것을 일깨워 생명을 불어
　넣은 것은 말씀의 소리였지만, 이제 모든 것은 스스로의 힘으로 홀로
　살아야 한다. 심판의 소리는 영원히 들리지 않는다.[20]

　신의 판단의 말씀이 더 이상 인간 운명의 행로에 울리지 않는다고
생각하는 것이 비극적 사고의 근간을 이룬다고 하지만, 하느님의 말
씀을 '배부른 군소리'로밖에 들리지 않는다는 이 시의 화자야말로 철
저히 하느님의 말씀을 무가치한 소리로 단정할 정도로 절체절명의
절망감에서 비극적 사고에 젖어 있다.

　이러한 절망감은 2연에서 더욱 짙게 드러난다. '낮에도 밤 - 밤에도
밤'이라는 이 도저한 밤의 인식이 그것이다. 자아는 어둠 속에서 스며
난 두더지 같은 신령으로 전락하고 술 취한 장님처럼 비틀거리게 된다.
이렇게 처절한 절망감 속에서 더 이상의 자기구원의 통로가 보이

---

20) Georg von Lukacs, *Die Seele und die Formen*, pp.332~333. 루시앙 골
　　드만, 송기형·정과리 옮김, 『숨은 神』(연구사, 1986), p.48. 재인용.

지 않는다고 생각할 때, 그가 가야 할 길은 전진보다는 퇴각과 같
은 자기함몰 이외에는 다른 방도가 없다. 비록 그것이 자신의 전존
재를 소멸시키는 육체적 죽음이 아니라고 하더라도, 이 시기에 있
어서 이상화에게는 자기함몰의 그림자가 그의 의식 속에 드리워져
있었음은 사실인 듯하다. 이상화뿐만 아니라 이 시기의 다른 시들
에서도 자기함몰의 극단적 주제라 할 죽음의 이미지는 거의 보편적
이었듯, 이러한 주제에 몰두하게 되는 것은 그만큼 그들이 부정적
현실 속에서 철저하게 좌절감에 빠져 있었음을 말해주는 것이다.

이상화의 공식적인 등단작품으로 알려진 〈末世의 欷嘆〉은 파멸의
길로 떨어지려는 자아의 극한 상황을 보여준다.

> 저녁의 피무든 洞窟속으로
> 아-밋없는, 그 洞窟속으로
> 싯도모르고
> 싯도모르고
> 나는 걱구러지련다.
> 나는 파뭇치이련다.
>
> 가을의 병든 微風의품에다
> 아-쑴쑤는 微風의품에다
> 낫도모르고
> 밤도모르고
> 나는 술취한집을 세우련다
> 나는 속압흔우슴을 비즈련다.
>
> 　　　　〈末世의 欷嘆〉전문 (『白潮』창간호 1922. 1)

이 시는 앞의 시들에 비해 형식성은 다소 간추려져 있지만 위기
의식은 더 강하게 노출된다. 제목에서부터 이미 우리는 종말의식을

40

엿볼 수 있듯이 이 시 전체를 통해서 받는 인상은 비관적 태도와 도피적이고 自嘲的인 自己放棄의 자세이다. 朴鍾和는 이 시에 대해 "근래에 얻을 수 없는 강한 白熱된 쇠같이 뜨거운 嗚咽의 노래였다. 신년 이래로 지금까지 이만한 아픈, 뜨거운 시가 없었다"[21]고 찬사를 보냈는데, 이에 의하면 이 시는 당시 매우 주목받았던 것으로 보인다. 이러한 찬사 속에는 그만큼 당대의 의식상을 절실히 표출하였다는 뜻도 들어 있기 때문이다.

구원받을 수 없는 최악의 절망상태에서 그가 택할 수 있는 길은 '저녁의 피 묻은 동굴' 속으로 거꾸러지는 것이며, 온종일 술에 취해 속 아픈 웃음을 빚어야 하는 자포자기의 태도밖에 없었던 것이다. 그런데 이렇게 자아가 동굴로 지향하려는 것은 그가 자아의 실현을 할 수 없다고 생각할 때, 오히려 그 반대의 상황을 선택함으로써 부정적 세계로부터 자아를 해방시키려는 의식과 관련이 있다. 그가 부정적 자기 동일성[22]을 선택하려는 것은 매우 소극적이고 굴욕적이며 도피적인 자세라고 하겠으나 궁극적으로는 자기 극복의 한 양태이기도 하다. 이러한 도피적 자아로의 전락은, 말하자면 속악한 현실과의 대결이 근본적으로 불가능한 상태에서 동굴로 퇴각하여 고통스런 현실로부터 자신을 차단시키거나 술에 의한 도취를 통해 순간적으로나마 그것을 잊어버리려 하는 의식을 내포한다.

그러나 비극적 현실과 자아를 분리하여 그 현장으로부터 일탈하려는 소극적 자기 구원의 태도는 인생의 순환궤도의 구조, 즉 자기 과업의 탐색이라는 개념을 망각하는 반영웅적 의미를 갖는다. 이럴 때 그는 무기력하고 절망적이며 비사회적 인물로서 이상을 갖지 못

---

21) 朴鍾和, '嗚呼, 我文壇 − 附月評', 『白潮』 2호(1922. 5), p.150.
22) E. H. Erikson, 아이덴티티(*Identity*), 曺大京 譯, 『世界思想全集』42(삼성출판사, 1981), pp.326~329.

하는 사람으로 전락되고 만다.23) 물론 이상에 대한 포기는 자의적인 것이기보다는 어쩔 수 없는 상태에서 추락되는 좌절의 순간이기는 하지만, 어쨌든 그는 전향적 자세보다는 뒤로 물러서려는 자세를 취한다.

한편, 이러한 그의 반영웅적인 자세는 다른 측면에서 보면, 속악한 현실로부터 자신을 분리하여 스스로 고립상태에 들게 됨으로 근본적으로는 현실에서 받은 고통이나 절망감을 극복할 수 있는 것은 아니다. 왜냐하면 그의 번민과 좌절감은 현실에서 촉발된 것이기에 그러한 악한 현실이 개선되지 않고는 극복이 불가능하기 때문이다. 오히려 그는 현실에서 고립됨으로써 또 다른 소외감과 상실감에 빠지게 될 뿐이다. 이것이 이상화가 안고 있는 이중의 비극이라 하겠다. 그는 이제 자아위기의 막다른 골목까지 다다른 것이다. 그래서 그는 자아파멸이라는 최후의 주제인 죽음의식에 휩싸여 치를 떨듯 격앙된 목소리로 부르짖게 된다. 〈二重의 死亡〉은 그러한 이상화의 의식상을 매우 거친 어조로 드러내고 있다.

> 죽음일다!
> 성난해가, 니ㅅ발을갈고
> 입술은, 붉으락푸르락, 소리업시홀적이며,
> 蹂躪바든계집가티 검은무릅헤, 곤두치고, 죽음일다!
>
> 晩鐘의소리에 마구를그리워 우는소 −
> 避亂民의마음으로 보금자리를 찻는새 −
> 다 − 검은濃霧의속으로, 埋葬이되고,
> 大地는 沈默한뭉텅이구름과, 가티되다!

---

23) D. J. Burrows, F. R. Lipides and J. T. Shawcross, eds, *Myths & Motifs in Literature*(New York: The Free Press. 1973), p.225.

'아, 길일흔, 어린羊아, 어대로, 가려느냐
아, 어미일흔, 새새끼야, 어대로, 가려느냐'
悲劇의序曲을 뢰프래인하듯
虛空을지나는, 숨결이말하더라.

아, 도적놈의죽일숨, 쉬듯한, 微風에부디쳐도,
설음의실패쓰리를, 풀기쉬운, 나의마음은,
하늘끗과, 地坪線이, 어둔秘密室에서, 입마추다,
죽은듯한그벌판을, 지내려할 째, 누가알랴,
어여샌계집의, 씹는말과가티,
제혼자, 지즐대며, 어둠에쓸는여울은, 다시고요히,
濃霧에휩싸여, 脈풀린내눈에서, 썰덕이다.

바람결을, 안으려나붓기는, 거미줄가티,
헛웃음웃는, 미친계집의머리털로묵근ㅡ
아, 이내신령의, 낡은 거문고줄은,
靑鐵의넷城門으로 다친듯한, 얼싸즌내귀를쓸코,
울어들다ㅡ울어들다ㅡ울다는, 다시웃다ㅡ
惡魔가, 野虎가티, 춤추는깁흔밤에,
물방아ㅅ간의風車가, 미친듯, 돌며,
곰팡스런 聲帶로 목매인노래를하듯……!

저녁바다의, 끗도업시朦朧한머ㅡㄴ길을,
運命의악지바른손에쓰을려, 나는彷徨해가는도다.
嵐風에, 돗대썩긴 木船과가티, 나는彷徨해가는도다.

아, 人生의쓴饗宴에, 불림바든, 젊은幻夢의속에서,
靑孀의마음우와가티, 寂寞한빗의陰地에서,
柩車를쌀흐며 葬式의哀曲을듯는護喪客처럼ㅡ
털싸지고힘없는개의목을 나도드리고,
나는, 넘어지다ㅡ나는, 걱굴어지다!

죽음일다!
부들업게쉬노든, 나의가슴이,
줄인牝狼의미친발톱에, 찌저지고,
아우성치는 거친어금니에, 깨물려죽음일다!

〈二重의 死亡〉 전문 (『白潮』3호 1923. 9)

　이 시는 '가서 못 오는 朴泰元의 애틋한 靈魂에게 바침'이라는 부
제를 달아놓은 것으로 봐서 그의 친구의 죽음을 애도하는 吊詩의
성격을 띠지만 사실은 절망감의 극단에 이른 자아의 위기의식을 토
로하고 있다. 시적 정제나 세련미가 부족한 것이 사실이지만 그만
큼 감정의 복받침이 격해 있었다고 하겠다. 이 시를 떠받들고 있는
두 개의 커다란 의미인 악한 현실과 그 상황 속에서 죽음의 위기에
처한 화자의 모습을 통해, 우리는 이 시인이 얼마나 큰 고통의 회
오리 속에 휩싸여 있었던가를 짐작할 수 있다.

　특히 이 시에서 우리가 주의해야 할 것은 그가 죽음에 대한 수용
의 자세가 아니라 두려워하고 있다는 점이다. 이것은 그가 아직까
지는 "죽음을 더 할 수 없이 황홀한 비약의 성취, 초월의 달성"[24]
으로 의식하는 것이 아닌 자기 존재의 영원한 파멸이라는 비극적
인식에 더 가까이하고 있음을 뜻한다. 다시 말해서 외부로부터 가
해지는 고통의 압력에 대한 불안감이 그만큼 크다는 것이다. 그래
서 그는 극도의 불안감과 방황의식에 처해 있다. '주린 빈랑의 미친
발톱에, 찢어지고, 아우성치는 거친 어금니에, 깨물려 죽음일다'라는
마지막 구절에서 보듯 그가 죽음을 낭만적으로 미화할 겨를이 없을
만큼 다급하고 무서운 상황이다. 이렇게 포악한 현실이기에 그는

---

24) 金興圭, '1920년대 初期詩의 浪漫的 想像力과 그 歷史的 性格', *op. cit.*
　　p.236.

'울어들다 – 울어들다 – 울다는, 다시 웃다 –'라며 실성한 것 같은 상태에 빠지며, 또한 '돛대 꺾인 목선과 같이, 나는 방황해 가도다'라고 하며 깊은 좌절감과 방황 속에 처할 수밖에 없다.

그는 친구의 죽음을 슬퍼하고 있지만 기실은 파멸 직전에 놓여 있는 자신을 내다보고 있다. '이중의 사망'이란 무엇인가. 그것은 친구가 정신과 육체의 완전한 죽음에 이르러 있다면, 그 자신도 이미 정신적으로는 죽은 것이나 다름없는 가사상태에서 이제는 육체마저도 '거꾸러'질 수밖에 없다는 상황이라는 것이다. 또 그것은 친구의 죽음 앞에 있는 자신도 결국 죽을 지경에 이르렀다는 사실의 표현에 다름 아니다.

이처럼 이상화의 죽음에 대한 의식은 포악한 현실로 인하여 박탈된 자기 동일성의 인식에서 비롯되었다고 할 수 있다. 이는 앞에서도 잠시 언급한 대로 죽음의 미화와 그 초월적 관념이 내포된 것이 아니라 죽음 그 자체의 비극성에 대한 인식이다. 따라서 이상화의 죽음의식은 아직 죽음의 역설적 의미, 즉 죽음을 통한 초월이라는 경지에는 도달하지 못하고 있다. 이러한 의식이 그에게 잠재하는 한 그는 죽음을 결코 스스로 수용할 수는 없다. 여기서 자아상실의 위기의식과 죽음에 대한 강박관념은 자꾸 가중될 수밖에 없다. 이제 이상화는 죽음을 받아들이지 않을 수 없는 막다른 상황까지 몰리게 된 것이다.

이상에서 본 것처럼 이상화는 초기의 감상적 시의식에서 출발하여 현실에 대한 의식과 자아의식이 강화됨으로써 절망감과 자아 소멸의 위기의식, 즉 죽음에 대한 인식이 깊어지게 된다. 이것은 국권 상실과 그에 의한 자아의 상실이라는 동일성의 이중적 상실에서 촉발된 것으로 볼 수 있다.

이렇게 그가 극한적 상황에서 동일성의 상실감에 의한 죽음의식에 직면할 때 그대로 순순히 함몰할 수만은 없다. 정상적이라면 그러한 상황에서 인간은 어떻게든 극복의 태도를 보이게 되기 마련이기 때문이다. 여기서 존재론적 전환이나 의식의 전환이 요구된다. 이를테면 절망적 상황으로부터 자신을 구원하기 위한 극복의지가 발동하게 된다.

2) 個我의 인식과 삶에 대한 충동

자아 파멸의 위기의식에 직면하게 된 이상화는 더 이상 자아방기의 자세로 머물기를 거부하고 소극적인 자아를 탈피하려고 한다. 그가 '자체의 존재인식'에 눈을 뜨고 발견한 어둠의 세계로 인하여 죽음의 극단에까지 이르렀을 때, 그리하여 이제는 거기서 더 물러설 자리가 없다고 생각했을 때 그는 스스로 죽음을 선택하려고 한다.

그러나 이 죽음은 패배를 의미하는 것이 아니라 오히려 자기 구제의 적극적 의미로서의 초월적 자세를 내포한다. 다시 말해서 그것은 상실된 자기 동일성을 회복하려는 노력이라 할 수 있다. 인간이란 "동일성의 위기가 심각할수록 오히려 상실한 동일성의 회복의 잠재적 귀소본능은 큰 것"[25]이기 때문에, 그대로 순순히 자기함몰의 수렁으로 빠져들 수만은 없다. 여기서 그는 죽음을 통해 재생하려는 역설적 자세를 취한다. 이러한 점에서 그것은 그에게 삶에 대한 새로운 대응자세가 된다고 하겠다.

〈나의 침실로〉에서 이상화가 자신을 죽음에 이르게 하는 허위에 찬 세계를 부정하고 침실로 이행하려는 것은 고통 받는 현실로부터

---

25) 朴喆熙, *op. cit.* p.88.

자신을 해방시키며, 나아가 그러한 현실에 대처하지 못하는 무력한
자아를 무화시키고 초월(재생)하려는 의식과 밀접한 관련이 있다.[26]
따라서 그것은 세계와 자아의 이중적 부정을 의미한다고 보겠는데,
이 부정을 통해서 그는 피상적으로는 고립되는 것 같지만 그것은
일시적인 시련일 뿐 사실은 그 과정을 통해 새로운 자아로 재생할
수 있다는 것에 더 큰 의미가 있다. 부정적인 자아를 부정함으로써
긍정적인 자아로 새 출발한다는 데에 부정의식의 참된 가치가 부여
된다고 할 때, 이상화의 이 부정의식은 한 단계 높이 성숙할 수 있
는 자기 시련으로서의 의미를 갖는다.

　'마돈나'지금은밤도, 모든목거지에, 다니노라疲困하야돌아가려는도다.
　아, 너도 먼동이트기전으로, 水蜜桃의네가슴에, 이슬이맷도록달려오
느라.

　'마돈나'오럼으나, 네집에서눈으로遺傳하든眞珠는, 다두고몸만오느라,
쌀리가자, 우리는밝음이오면, 어댄지도모르게숨는두별이어라.

　'마돈나'구석지고도어둔마음의거리에서, 나는두려워썰며기다리노라,
　아, 어느듯첫닭이울고-뭇개가짓도다, 나의아씨여, 너도듯느냐.
　'마돈나'지난밤이새도록, 내손수닥가둔寢室로가자, 寢室로!
　낡은달은쌔지려는데, 내귀가듯는발자욱-오, 너의것이냐?

---

26) 이러한 초월적 자세는 물론 정신적 전환을 의미하는데, 헨더슨은 이렇
　게 말하고 있다. "초월(transcendence)함으로써 해방되는 것을 나타내
　는 가장 흔한 꿈의 상징의 하나는 외로운 여행이나 순례의 주제인데,
　그것은 입문자(the initiate)가 죽음의 성격에 익숙해지는 영적인 순례
　인 것 같다. 그러나 이 죽음은 최후의 심판도 힘을 시험하는 입문의
　시련(initiatory trial)도 아니다. 그것은 어떤 연민의 정신이 주재하고
　밀어주는 해방과 부정과 속죄의 여행이다." 조셉 L. 헨더슨, '古代神話
　와 現代人', 칼 G. 융 외, 趙承國 譯, *op. cit.* p.80.

'마돈나'짧은심지를더우잡고, 눈물도업시하소연하는내맘의燭불을봐라,
羊털가튼바람결에도窒息이되어, 얄푸른연긔로써지려는도다.

'마돈나'오느라가자, 압산그름애가, 독갑이처럼, 발도업시이곳갓가이
오도다,
　아, 행여나, 누가볼는지 – 가슴이쮜누나, 나의아씨여, 너를부른다.

'마돈나'날이새련다, 쌀리오렴으나, 寺院의쇠북이, 우리를비웃기전에
네손이내목을안어라, 우리도이밤과가티, 오랜나라로가고말자.

'마돈나'뉘우침과두려움의외나무다리건너잇는내寢室열이도업느니!
　아, 바람이불도다, 그와가티가볍게오렴으나, 나의아씨여, 네가오느냐?

'마돈나'가엽서라, 나는미치고말앗는가, 업는소리를내귀가들음은 –,
내몸에피란피 – 가슴의샘이, 말라버린듯, 마음과목이타려는도다.

'마돈나'언젠들안갈수잇스랴, 갈테면, 우리가가자, 끄을려가지말고!
너는내말을밋는'마리아' – 내寢室이復活의洞窟임을네야알년만……

'마돈나'밤이주는꿈, 우리가얽는꿈　사람이안고궁그는목숨의꿈이다르
지 않흐니,
　아, 어린애가슴처럼歲月모르는나의寢室로가자, 아름답고오랜거긔로.

'마돈나'별들의웃음도흐려지려하고, 어둔밤물결도자자지려는도다,
　아, 안개가살아지기전으로, 네가와야지, 나의아씨여, 너를부른다.
　　　　　　　　　　　　　　〈나의 寢室로〉전문 (『白潮』3호, 1923. 9)

　이 작품도 『白潮』 3호에 발표된 것으로 〈緋音〉 중의 한 편이
지만 앞에서 살펴본 작품들과는 상당히 성격이 다르다. 예컨대
밤·죽음에 대한 인식이나 자아의 태도 등에서 그렇다. 특히 이 시
에는 이상화가 인식의 전환을 의식하고 있음이 분명히 드러나고 있

는데 이 이후의 작품에도 이러한 변화된 인식이 전개되고 있음이 주목된다.

한편, 이 시에서 보이는 의식의 전환의지는 그에게 새로운 삶의 태도를 갖게 한 것으로 보인다. 이미 吳世榮이 면밀한 분석을 통해 이 시는 "죽음과 재생의 신화구조를 그대로 형상화한 작품이었다."[27]고 주장한 바 있듯, 이것은 그의 의식의 전환점에 놓이는 일종의 통과제의적 기능을 지닌다. 그러면 이 시에 내포된 자아의식을 좀 더 구체적으로 살펴보기로 한다.

이 시에는 '가장 아름답고 오-랜 것은 오직 꿈속에서만 있어라'라는 에피그람을 제목 아래 달아놓았는데 이것을 통해서 볼 때 이 시는 몽상의 이미지가 강한 작품이다. 몽상에 잠기는 것은 현실적 제약이나 인간의 고뇌를 간접적으로 드러내는 것이라 할 수 있다. 이러한 제약과 고뇌가 강하면 강할수록 몽상을 통한 이상세계로의 지향은 더욱 강력해질 수밖에 없다는 점에서 그것은 비극성을 노정한다. 결국 이 시의 화자가 '마돈나'를 간절히 부르면서 그와 함께 침실로 가고자 하는 것도 자신을 '피곤'하게 하는 현실의 어떤 요소와 '내 맘'이 '羊털 같은 바람결에도 질식이 되어 얄푸른 연기로 꺼지려는' 연약함과 무기력함 때문이며, '내 몸에 피란 피 가슴의 샘이 말라버린 듯' 육체와 영혼이 함께 소멸할 것 같은 위기감 때문이다. 이러한 사실을 그 자신이 잘 알고 있으므로 그는 불안과 강박관념에 사로잡혀 있는 것이다. 그래서 그는 초월하고 싶은 충동을 느끼게 된다. '마돈나'는 바로 무기력하고 불완전한 그에게 동반자, 또는 그가 염원하는 어떤 이상적 존재(앞에서 본 '요정'과 같은)라고 할 수 있다.[28] 그런데 끝내 이 '마돈나'가 오지 않음으로써 그

---

27) 吳世榮 '어두운 빛의 美學', 申東旭 編, *op. cit.* pp.Ⅱ-9~27.
28) '마돈나'의 정체에 대해서는 구구한 해석이 있는데, 다음과 같은 견해

는 부활의 동굴에는 이르지 못하고, 따라서 존재의 초월도 이룩하지 못하게 된다.[29] 여기서 이 시의 화자가 갖는 비극성이 다시 드러나는데 이 비극성을 감소시키는 역할을 하는 것이 다름 아닌 '내 말'인 에피그람이다. 다시 말해서 가장 아름답고 오랜 것은 오직 꿈 속에서만 존재한다고 함으로써 그가 몽상에 빠지는 이유를 정당화한다. 결국 그는 몽상을 통해서 그것을 상징적으로 체험하게 된다고 할 수 있다.

다음으로, 이 시는 전반부에서 '마돈나'가 관능적 여인상으로 표현되고 그것이 '침실'이라는 말과 연관되면서 쾌락적 이미지를 보여주는데, 사실 이것은 후반부로 진전되면서 관능적·쾌락적 유희를 위한 합일이 아니라 죽음을 통해 부활하기 위한 것이었음이 드러난다. 그래서 이 시는 후반부에 진정한 의미가 놓인다. 그렇다면 우리는 왜 그가 죽음에의 몽상을 꾀하고 있는가를 알아야 한다. 그러기 위해서 우리는 이상화가 인식하고 있는 죽음에 대한 의미가 앞에서 본 것과는 매우 다름에 주목하지 않을 수 없다. 그가 〈이중의 사망〉에서는 생의 종말로서의 죽음임을 느끼고 위기감과 불안의식에 사로잡혔던 데 비해 이 시에서는 죽음을 종말 그 자체가 아니라 그것을 통해서 부활할 수 있다는 적극적 의미로 받아들이기 때문에 스스로 수용하려고 한다.

이런 인식의 전환은 어디서 온 것일까? 그것은 '마돈나 언젠들

들이 주목된다.

鄭漢模 : 진정한 삶, 개성, 근대적 자아.

吳世榮 : 영원한 여성.

조동일 : 현실에 존재하지도 않고 몸으로 존재하지도 않는, 미래에만 존재하는 것.

宋 稶 : 정신적으로 승화된 여인.

29) 이것은 한편으로는 시련이 계속되어야 한다는 것을 의미한다.

안 갈 수 있으랴, 갈 테면 우리가 가자, 끌려가지 말고'라고 하는 표현에서 알 수 있듯이 그는 죽음을 하나의 삶의 순환질서로 파악하고 누구나 언젠가는 죽을 수밖에 없다는 죽음의 속성을 이해하기 시작했기 때문이다. 이렇게 생각할 때 그것은 결코 두려운 것만은 아니다. 따라서 이상화의 의식의 변화는 타의에 의해 끌려가는 것과 스스로 수용하려는 자세의 차이, 즉 수동성에서 능동성으로 바뀌었다는 차이에서 온 것이다.

물론, 이러한 죽음에 대한 인식은 의식 속에서 이루어지는 상징적 의미를 띠는 것이다. 말하자면 그것은 파멸할 수밖에 없는 유한하고도 세속적인 삶의 태도를 버리고 새로운 자아로 재생하려는 과정에서 요구되는 통과제의의 의미를 띤다. 수동적 자아에서 능동적 자아로 전이되어 가는 과정을 심리적 발달과정에서 중요한 정신적 변모[30]라고 한 에릭슨의 말을 상기할 때, 이상화의 이러한 인식의 변화는 우리에게 큰 암시를 준다. 결국 이상화의 죽음의식은 악하고 부조리한 현실에서 비롯되는 위기의식과 거기에 적극적으로 대처하지 못하는 무력한 자아를 동시에 거부하고자 하는 의식이라 하겠다. 이를 통해 그는 낡은 자아를 떨쳐 버리고 그 대신 새로운 자아로 재생할 수 있게 된다.[31]

낡은 자아를 버리고 새롭게 출발하는 길은 엘리아데에 의하면 자궁과 같은 근원으로의 후퇴를 통해서 가능하다고 하는데,[32] 화자가 침실, 즉 동굴로 가고자 하는 것은 그 동굴을 어머니의 자궁과 같

---

30) E. H. Erikson, *op. cit.* p.219.
31) Kenneth Burke, *The Philosophy of Literary Form*(Baton Rouge; Louisiana State University Press, 1941), p.63.
32) Mircea Eliade, *Myth and Reality*, Translated from the French by Willard R. Trask(New York; Harper & Row, Publishers, 1963), p.80.

이 새로운 탄생이 가능한 곳으로 생각하기 때문이다. 원형상징에서 동굴은 자궁처럼 변형을 위한 장소로서 성스러운 의미를 지닌다. 그것은 창조 이전의 혼돈상태와 같은 영원한 세계이며 시작과 끝도 없는 무한한 가능성을 내포한다. 이 시에서 침실이 단순한 공간이 아니고 신성한 제의공간임은 그것이 부활의 동굴이라고 하는 데서도 알 수 있지만 '밤이 새도록 내 손수 닦아둔 침실', 또는 '뉘우침과 두려움의 외나무다리 건너 있는 내 침실'이라는 표현에서도 잘 드러난다. 흔히 무속에서 제의공간은 일상적 공간으로부터 엄격히 구별하기 위해 금줄을 치거나 황토를 뿌려 일반인들의 통행을 제한하고 불이나 물을 통해 다시 그 공간을 정화시킨다. 그러고 나서 제의가 이루어지게 되는 것을 볼 수 있는데,[33] 이 침실은 그와 같이 일상적 현실로부터 차단되고 격리된 재생을 위한 제의공간으로서의 신성한 의미를 지닌다. 그러므로 그곳은 '어린애 가슴처럼 세월 모르는 나의 침실'이라고 하듯 무시간적이고 순진무구하며, '아름답고 오랜' 신화적 공간인 것이다.

　그러나 이 공간에 도달하기까지는 결코 쉽게 이루어지는 것은 아니다. '뉘우침과 두려움의 외나무다리'[34]를 건너야 한다는 표현을

---

33) 金泰坤, 『韓國巫俗妍究』(集文堂, 1985), pp.165~166.
34) 엘리아데는 '다리'는 후퇴의 이미지로 흔히 나타난다고 했다. (Eliade, *Myth, Rites, Symbols*, ed. W. C. Beane and W. G. Doty, 2vols. New York, Harper & Row, 1976. pp.409~410.)
　동굴이 궁극적으로 부활의 공간이기는 하지만 거기에 도달하기 위해서는 실재의 세계로부터 후퇴해야 한다. 그러나 이 후퇴는 부활을 가능하게 하므로 전진이라는 역설적 의미를 띤다. 엘리아데는 이와 같은 후퇴의 최종 목표는 시간으로부터의 해방이라 하고, 과거로 멀리 후퇴하여 시간이 시작된 지점, 혹은 무시간의 지점, 즉 창조의 근원으로 돌아가는 것이라 말한다(*Myth and Reality, op. cit.* pp.85~86. 참조). 이 시의 화자가 날이 새기 전에 마돈나를 오라고 하며 시간에 대한

52

통해서 볼 때, 그것은 자아의 반성과 어떤 것에서도 두려움을 떨쳐 버릴 수 있는 강한 용기를 가질 때만이 가능하다. 즉 치열한 자기 반성을 통해 '구석지고도 어두운 마음의 거리에서', '두려워 떨며 기다리는' 소극성을 버리고 강인한 용기를 가진 자만이 부활의 동굴에서 재생할 수 있다.

한편, 죽음에 대한 인식의 변화와 함께 밤과 어둠에 대한 인식도 달라졌음을 알 수 있다. 앞에서 살펴본 시에서는 밤이 그의 생명을 위협하는 것으로 철저히 부정적으로 인식되었다. 그런데 이 시에서는 밤이 그에게 초월할 수 있는 시간으로서의 상징적 의미를 지닌다. '밤이 주는 꿈'에서 볼 수 있듯 그것은 꿈을 생성하게 만든다. 그래서 밤이 새기 전에 빨리 마돈나가 오기를 간절히 희구한다. 이 세계가 태초에 어둠으로부터 탄생했듯이 자아도 어둠 속에서 다시 태어날 수 있다는 맥락에서 이해할 때[35] 그가 밤의 어둠 속에서만 부활할 수 있다고 생각하는 것은 당연한 귀결이다. 또한 어둠이 죽음을 상징하는 것으로 보면 이 시의 화자가 어둠 속에 존재하려는 것은 그러한 죽음을 통해 재생하려고 하는 것이라 하겠다. 따라서 밤의 어둠은 통과제의 과정에서 보면 그에게 시련을 부가하는 것이지만 동시에 그것은 동굴에서의 부활을 가능하게 하는 신비로움을 지닌다.

강박관념에 젖어 있는데, 이런 점에서 외나무다리 건너 있는 '어린애 가슴처럼 세월 모르는' 침실로 후퇴하려는 의식은 퍽 시사적이다.
35) 제의적 공간과 관련해서 보면, 밤은 인간이 활동하는 일상적인 낮과는 구별되는 시간이다. 밤은 낮의 밖에 있는 시간이며 현실공간인 우주공간 밖에 있는 시간이다. 곧 우주공간이 소거되어 끝난 후의 공간 속에 있는 카오스의 시간이다. 그러므로 일상적 공간으로부터 격리되어 있는 침실공간과 일상적 시간의 밖에 있는 밤은 제의를 위한 시간과 공간이라는 조건에 부합된다. 金泰坤, *op. cit.* pp.165~169.

이러한 역설적 의미는 어둠 자체를 부정적 현실의 상관물로 볼 때도 결과는 동일하다. 어두운 현실이기에 그는 어둠으로부터 초월하려는 부활의지를 갖는다. 어둠이 없다면 그에게 피곤함도 없으며 비록 '연약한 촛불'과 같지만 자신의 희생이 필요하지도 않다. 그것은 2연에서 '우리는 밝음이 오면 어딘지 모르게 숨는 두 별이어라'라는 표현에서도 암시되어 있는 바, 밝은 세상 즉 이상적 세계에서는 부정할 어둠이 없듯 별의 존재도 무의미하다.[36] 그러므로 어둠은 그를 죽음으로 몰고 가지만 결과적으로는 그에게 재생할 수 있는 계기를 부여한다. 마치 李陸史가 〈絶頂〉에서 '겨울은 강철로 된 무지갠가 보다'라고 하여 겨울을 통해서 오히려 무지개로 초월할 수 있다고 한 것처럼 그것은 역설적 의미를 지닌다.[37] 이 역설적 의미 뒤에는 어둠에 대한 이상화의 대응자세가 변화하고 있다는 의미가 숨어 있으며, 자기 인식의 적극적 태도가 반영되어 있다고 하겠다.

이상에서 살펴본 대로 〈나의 침실로〉가 비록 '죽음과 재생'이라는 주제를 완결된 과정으로 보여주지 못하고 결국 마돈나와의 합일을 이루지 못함으로써 비극성을 드러낸다고 해도, 현실과 자아에 대한 각성을 보여준다는 점에서는 의미심장함이 있다. 그가 세속적

---

36) 吳世榮은 빛의 이원적 의미를 논하면서 '밝음이 오면 숨는 두 별'은 부정적인 빛을 전제로 한 말이라 하고 부정적인 빛의 세계 속에서 시인과 님은 소멸하는 존재이며 절망하는 존재라고 해석하였다. 吳世榮, *op. cit.* pp. I -20~21.

37) 인간에겐 이렇게 초월할 수 있는 힘이 있기에 늘 절망으로부터 극복해 나올 수 있는 것이다. 틸리치는 "인간은 철저한 절망으로부터 생겨나는 용기를 통해서만 절대와의 절대적 관계를 가질 수 있다"(Paul Tillich, *The Courage To Be*, New Haven, Yale University Press, 1959. p.186.)고 하였으며, 또한 부버는 "Where there is danger What Saves grows, too."라 하였다. Martin Buber, *I and Thou*, Trans. Whalter Kaufman(New York, Charles Scribner's Sons, 1970), p.105.

이고 무기력한 자아에서 새로운 자아로 태어나려고 하는 것은 앞에서의 비극적 자아인식에서 본다면 분명히 의식적으로 한 단계 성숙되고 있다. 이것은 존재론적 전환을 이룩하려는 자아의 적극적 의지에서 비롯된다고 할 수 있다.

그렇다면 새롭게 재생되는 자아의 실체는 무엇일까? 결론부터 말한다면 그것은 초기 시에서 보였던 죽음에 대한 불안감이나 위기의식을 떨쳐 버리고 오히려 삶에 대한 강한 욕구를 나타내는 人性으로서의 자아를 의미한다.

오늘을 넘어선 가리지말라!
슯흠이든, 깃븜이든, 무엇이든,
오는쌔를 보려는 미리의근심도-.

아, 沈默을 품은사람아, 목을열으라,
우리는, 아모래도 가고는말 나그넬너라,
젊음의 어둔溫泉에 입을적셔라.

춤추어라, 오늘만의 젓가슴에서,
사람아, 압뒤로 헤매지말고
짓태워버려라!
씌슬려버려라!
오늘의 生命은 오늘의씃까지만-

아, 밤이어두어오도다,
사람은 헛것일너라,
쌔는 지나가다
울음의 먼길가는 모르는 사이로-

우리의 가슴복판에 숨어사는

열푸른 마음의꼿아 피어버리라,
우리는 오늘을지리며, 먼길가는나그넬너라.
〈마음의 꼿〉 전문 (『白潮』 3호, 1923. 9)

이 시에서 초기에 보이던 감상성이 완전히 가시지는 않았지만 분
명히 달라진 세계관을 볼 수 있다. 지난 시절에 대한 그리움도 몽상
에의 탐닉도 보이지 않는다. 반면에 철저하게 오늘을 살아야 한다고
강조한다. 지금까지 본 바 시련을 거쳐서 도달한 것이 다름 아닌 현
실에 충실해야 한다는 현실주의적 인식이었던 것이다. 심지어 그는
'오늘을 넘어선 가리지 말라! ……오는 때를 보려는 미리의 근심도'
라고 하여 미래에 대한 관념을 갖지 말라고 한다. 물론 이 진술 속
에는 미래에 대한 회의의식이 깔려 있기는 하지만[38] 궁극적으로는
오늘의 삶에 충실해야 함을 노래하는 것이라 볼 수 있다.

이러한 자세를 갖게 된 것은 삶에 대한 새로운 인식이 있었기 때
문이다. '우리는 아무래도 가고는 말 나그넬러라'라는 여유와 인간
운명의 직시에서 알 수 있듯(이것도 부정적으로 보면 삶에 대한 허
무의식으로 볼 수 있는데, 4연에서 그것이 직접 드러나고 있다) 어
차피 가고 말 나그네와 같은 인생이라면 침묵하거나 앞뒤로 헤맬
것이 아니라 오늘의 생명을 있는 대로 다 태워 버림으로써 주어진
삶을 충실히 살아야 한다는 것이다. 이것은 단순히 미래를 망각하
는 것이 아니라 오히려 죽음에 직면하여 그것에 대한 공포를 극복
하고[39] 인간의 모든 영역을 수용할 수 있는 비전을 갖고자 하는 노

---

38) 이는 비극적 사고가 그의 의식에 계속 남아 있다는 증거이다. 비극적
사고는 절대적이고 근본적인 형태로 미래를 거부하기 때문에 단지 유
일한 시간 차원으로서의 '현재'만을 갖는다. R. 골드만. *op. cit.* p.46.
39) 마이어홉에 의하면, "순간 속에 사는 사람들은 인생에 있어서의 필연
적으로 연결되는 궁극적 목적지, 즉 죽음을 망각한다." *op. cit.* p.170.

56

력이라 할 것이다. 이러한 정신적 변화는 언제나 자신의 유한성을 직시할 때만 가능하다.

이렇게 변모한 이상화의 세계관은 당대의 젊은이들이 현실과 이상과의 괴리로 인하여 스스로 고립하고 침묵하려고 했던 자세와는 대조를 이룬다. 물론 이상화의 경우도 초기에는 그러한 경향을 보이기는 했지만 그는 곧 거기서 일탈하고 새로운 자세로 나아가고 있다. 그는 '침묵을 품은 사람아 목을 열어라'고 하면서 '오늘만의 젖가슴에서' 삶을 다 누릴 것을 강하게 외친다. 이와 같은 자세는 침묵 속에 칩거하고 있는 젊은이들의 태도보다 사실 더 옳은 판단인지 모른다. 왜냐하면 그들이 '울음의 먼 길 가는 모르는 사이로', '때는 지나가' 버리고 말기 때문이다. 비탄에 젖어 허송세월을 보내는 것보다는 오늘의 생명을 다해 열심히 살 때 어떤 희망도 다가올 것은 자명한 이치이다. 그는 '傍白'이라는 글에서 이렇게 진술한다.

> 영원은 순간이잇고서야 구성되는것이다.
> 그러므로 나는밋는다 -
> 영원한세계는 순간마다를 사람답게사는째와 사람답게사는데서 肇産
> 이되는 것이라고 - .[40)]

결국 오늘을 철저히 살 수 있는 사람만이 내일도 그럴 수 있을 것이며, 그렇지 못한 사람은 내일도 마찬가지일 수밖에 없다. 따라서 오늘의 생명을 오늘의 끝까지 다 태워버려야 한다는 이상화의 현실주의적 의식은 결코 미래를 망각하는 것이 아니다. 오히려 그것은 영원을 생각하는 적극적인 자세라 할 수 있다. 영원은 언제나 한 순간 순간들이 연장되는 곳에 있기 때문이다.

---

40) 『開闢』 63호(1925. 11).

오를지어다, 잇다는너의들의天國으로 -
내려보내라, 잇다는너의들의地獄으로 -

나는한우님과運命에게사로잡힌세상을써난,
네들의보지못할머 - ㄴ길가는나그네일다!

죽음을가진뭇쎼여! 나를짜르라!
너의들의靑春도 새송장의눈알처럼 쉬, 써지리라,
아!모든神明이여, 詐欺師들이여, 자추를감초라,
虛無를쌔다른, 그쌔의칼날이네게로가리라.

나는萬象을가리운假粧넘어를보앗다,
다시나는, 이세상의秘符를, 혼자보앗다,
그는이짜를만들고, 人生을처음으로만든 未知의妖精이, 저의게叛逆할
싸하는 어리석은 쯧으로
'모든것이헛것이다'적어둔 그秘符를,

아!세상에잇는무리여!나를미드라
나를 짜르지안커든, 속썩은너의들의사랑을가져가거라,
나는이세상에서 비러입는 '숨키는옷'을벗고,
내집가는 어렴풋한直線의우를 이제야가럄이다.

사람아!목숨과幸福이 모르는새나라에만잇도다.
세상은罪惡을늬우치는마당이니
게서어든모 - 든것은목숨과함께 던저바리라,
그쌔야, 우리를기대리든 우리목숨이 참으로오리라.
〈虛無敎徒의 讚頌歌〉 전문 (『開闢』 54호, 1924. 12)

〈마음의 꽃〉에서 시적 화자가 '오늘의 생명'은 '오늘' 안에서 모
두 태워 버리라고 소리 높여 외치고 있지만 좀 더 면밀히 살펴보면
거기에는 살아야 한다는 강한 욕구에도 불구하고 구체적인 삶의 태

도는 분명히 드러나지 않는다. 그것은 그가 삶의 태도에 대해 구체
적으로 인식하고 있기보다는 관념적이고 추상적으로 생각하고 있음
을 나타내는 것이다. 따라서 거기서 우리가 받는 느낌은 목소리의
높이만큼 절실하지 못하고 공허함이 적지 않다.

이러한 점은 〈虛無敎徒의 讚頌歌〉에서도 일부 드러나고 있으나
이 시의 화자가 추구하는 삶의 태도는 〈마음의 꽃〉에서 한 걸음 진
전되어 있음은 틀림없다. 특히 앞의 시에서 다소 느낄 수 있었던
강한 어조라든가 남성적 자아상이 여기서는 거의 영웅적 이미지[41]
로 드러난다. 김준오가 이상화의 시를 파토스의 시로 규정하려고
한 것도 이와 같은 격렬한 어조에 근거하고 있지만,[42] 그것은 확실
히 동시대의 시에서 쉽게 찾아볼 수 없는 독특한 모습이다.

또한 이 시에는 강렬한 어조에 걸맞게 능동적이고 적극적인 자아
상이 드러난다. '나는 하느님과 운명에게 사로잡힌 세상을 떠난, 네
들이 보지 못할 먼 길 가는 나그네'라고 하는 구절에서 분명히 볼
수 있듯이 그는 자신의 운명을 스스로 개척해 가려고 한다. 하느님
이나 운명에 자신을 맡기지 않고 자기의 힘으로 살겠다는 이 의지
적 자아는 선지자적이며 영웅적 이미지를 띤다. 이는 하느님과 운
명의 끈으로부터 자아를 분리하려는 의식이라 할 수 있는데, 이러
한 분리의식은 시련을 내포하지만 그 궁극적인 목표는 자아의 개성
을 획득하려는 의지와 관련이 있다. 특히 여기서 우리는 탐색영웅
의 원형적 이미지를 볼 수 있다. 즉 '네들이 보지 못할 먼 길'이란
속인들은 보지도 갈 수도 없는 入社者가 가는 특별한 장소로 통하
는 길이며 그러한 '먼 길을 가는 나그네'는 탐색여행에 든 입사자의

---

41) 물론 이 영웅적 이미지는 자아 자체와 동일한 것이 아니라 상징적 형
   태를 지닌다. 조셉. L. 헨더슨, '古代 神話와 現代人', *op. cit.* p.151.
42) 金埈五, '李相和論', *op. cit.* pp.86~89.

모습이다. 이것은 곧 목표를 성취하기 위해 시련 속에서 탐색여행을 하는 영웅의 위치와 같은 것이라 할 수 있다.[43] 그가 '나를 따르라', '나를 믿으라'고 '세상에 있는 무리들'에게 외치는 것은 이러한 영웅적 이미지와 관련해서 본다면 매우 자연스런 일이다.

이러한 자아의식은 융에 의하면 일종의 '자아팽창(Inflation)'의 순간이기도 하다. 그에 의하면 이러한 자아는 "초인적 힘을 가지고 있는 것처럼 느끼고 스스로 영웅이나 구세주가 된 것 같은 기분으로 행동한다."[44] 그러나 그것은 의식성이 결여되어 있기 때문에 자아실현의 참다운 경지는 못된다고 하는데[45] 이 점에서 이 시에 노출되는 자아의식은 다소간 허위성을 드러낸다. 그럼에도 불구하고 한편으로는 당대의 현실에서 절망감 속에 위축·상실되어 가는 자아를 건져내고 나아가 자아실현의 통로를 마련하려는 의지의 적극적 표현으로 본다면 이와 같은 자아팽창의 순간은 어느 정도 필요하다고 할 수 있다.

이렇게 그가 선지자적·영웅적 의식을 가지게 된 것은 쉬 꺼져버리고 말 것이라는 청춘과, 결국엔 죽음에 이를 수밖에 없다는 인간운명을 직시했기 때문이다. 더욱 중요한 것은 허위에 찬 세계와 악한 현실을 그 혼자 보았다는 선지자적 의식이 내재되어 있는 것이다. 많은 비평가들이 악의 발견을 통과제의의 한 과정으로 정의하고 있듯이[46] 악한 현실의 발견은 자기 동일성 형성에 중요한 기능으로 부가된다. 4연에서 자기 동일성에 대한 감각이 좀 더 분명

43) W. H. Auden, *The Quest Hero*, in *Perspectives in Contemporary Criticism*, ed. S. N. Grebstein(New York; Harper & Row, 1968), pp.371~372.
44) 李符永, *op. cit.* pp.107~108.
45) *Loc. cit.*
46) M. Marcus, *op. cit.* pp.203~204.

히 나타나는 것은 이러한 점에서 퍽 시사적이다. "나는 이 세상에서 빌어 입은 '숨기는 옷'을 벗고, 내 집 가는 어렴풋한 직선의 위를 이제야 가렴이다"라고 하는 것에서 '내 집'에 대한 의식은 바로 자신의 개성을 확보하려는 노력이라 할 것이다. 이것은 개체로서의 상대적 자율성을 성취하려는 욕구이며 개성화의 과정을 뜻한다.[47] 개성화의 과정이란 마음의 성장 패턴의 하나로 자아가 다른 것으로부터 구별될 수 있는 특징을 가지는 것이며 궁극에는 진정한 자아상의 확립 및 자아실현과 관련이 있다.[48] 이러한 개성화의 과정은 목표의 달성을 위한 스스로의 노력이 전제될 때 더욱 참된 결과를 가져오게 됨은 물론이다.

> 어떤 관점에서 보면 이 과정(개성화의 과정: 필자 주)은 인간에게서 (모든 다른 생물에게서나 마찬가지로) 자연히 그리고 무의식중에 일어난다. 그것은 인간의 生來의 인간성을 따라 사는 과정이다. 그렇지만 엄격히 말하자면 개성화의 과정은 개인이 그것을 認知하고, 의식적으로 그것과 산 관계를 맺을 경우에만 참된 것이다.[49]

그런데 이렇게 '내 집'에 대한 의식, 즉 '개체로서의 상대적 자율성' 또는 '개성화'의 감각이 인식되고 있지만 결국에는 그것이 성취되지는 못한다. 그것은 '어렴풋한 직선 위'를 가려고 한다는 말이 암시하듯이 아직도 확신이 부족하며 또 가려는 의지이지 도달된 순

---

47) 조셉 L. 헨더슨, *Loc. cit.*
48) 개성화(*Individuation*)는 개인지상주의(*Individualism*)와는 분명히 구별된다. 개인 지상주의는 집단적 고려나 의식에 대하여 자기의 개인적 특성을 강조하거나 내세우는 것이지만, 개성화는 개체의 특수성을 충분히 고려한 바탕 위에서 집단적 규정의 보다 나은 충족을 가능하게 하는 것이다. 李符永, *op. cit.* p.106.
49) M. L. 폰 프란쯔, '個性化의 過程', *op. cit.* p.194.

간이 아니기 때문이다. 그리고 마지막 연에서 보듯 그가 지향하려
는 이상향인 '목숨과 행복'이 '모르는 새 나라에만' 있고 '세상은 죄
악을 뉘우치는 마당'일 뿐이므로 현실에서는 도달하기가 거의 불가
능한 것인지도 모른다. 이렇게 현실이 부정적인 것으로만 인식되기
에 그는 거기서 얻은 모든 것을 목숨과 함께 던져 버리려고 한다.
즉 세속적 욕망을 일절 포기하고 목숨(허위적 생명)까지도 버릴 때
진정한 삶의 새로운 목숨이 온다는 것이다. 여기서 우리는 그가 재
생의 의지를 다시 드러내고 있음을 보게 된다.

　이 시는 '허무교도의 찬송가'라는 제목이 암시하는바 세상에 대한
허무의식이 바탕에 깔려 있다. 이것은 세상은 속되고 악하므로 이
상세계란 현실에 존재하는 것이 아니라 '모르는 새 나라'에만 있다
는 그의 비관주의에서 기인하는 것으로 보인다. 그렇지만 그러한
허무의식에도 불구하고 이상화가 세속적 허위의식을 깨뜨리고 참된
목숨으로 살아야 한다는 강렬한 의식을 드러냄으로써 진정한 자아
상의 추구를 염원하는 그의 세계관을 확연히 보여주고 있음에 그
깊은 의미가 있다. 이에 의하면 그의 자아의식은 분명히 한 단계
상승하고 있다.

　　　나는살련다 나는살련다
　　　바른맘으로살지못하면 밋처서도살고말련다
　　　남의입에서 세상의입에서
　　　사람靈魂의목숨까지 끈흐려는
　　　비웃슴의쌀이
　　　내송장의불상스런그꼴우흐로
　　　소낙비가치 내려쏘들지라도 -
　　　씻퍼볼지라도
　　　나는살련다 내 쯧대로살련다

그래도살수업다면 -
나는제목숨이앗가운줄모르는
벙어리의 붉은울음속에서라도
살고는말련다
怨恨이란일홈도얼골도모러는
장마진내물의여울속에쌔저서나는살련다
게서팔과다리를허둥거리고
붓그럼업시몸살을처보다
죽으면 - 죽으면 - 죽어서라도살고는말련다

<독白> 전문 (『東亞日報』 1923. 陰 9. 17)

이 시에는 살려고 하는 적극적 의지가 비장하게 토로된다. 첫 행
에서 두 번에 걸쳐 반복되는 '나는 살련다'라는 구절을 비롯해 모두
8번이나 되뇌는 것에서도 단적으로 드러나듯이 어떻게든 살고 말겠
다는 삶에 대한 치열한 인식이 전편을 휩싸고 있다. 거꾸로 생각하
면 그만큼 절망감과 죽음이라는 압력이 무섭게 엄습해오고 있다는
것이라 하겠지만 화자는 그럴수록 더욱 삶에 대한 집념을 버릴 수
없다고 한다. 이것은 삶과 죽음에 관련한 사람들의 마음을 피력하
고 있는 朴鍾和의 다음과 같은 말을 상기시킨다.

사람사람은 死를두려워한다. 쓸쓸한永遠으로도라감을실혀한다 苦惱
의生, 悲慘의生, 絶望의深淵이건만은 그러하나生에對한執着은 죽엄이갓
가와올사록 더욱 强하여진다. 그러할것이다. 永遠의沈默冷冷의死로 쓸
쓸히도라가기가실흘것이다 쓰거운사랑잇고눈물잇고 快樂잇는生을 써나
기가실흘것이다.[50]

박종화는 죽음이 가까이 올수록 생에 대한 집착이 더욱 강해지는

---

50) 朴鍾和, '永遠의 僧房夢', 『白潮』 창간호(1922). p.58.

것이 사람들의 심정임을 간파하면서도 그럼에도 불구하고 자신은 죽음에 대한 탐닉을 떨쳐 버릴 수 없는 이유로 "僞善假飾으로 반죽한 이 세상, 苦惱悲慘으로 엉키운 이 人生! 眞理없는 空洞缺陷에 싸힌 人生"[51) 때문이라고 절규한다. 이러한 사정은 이미 앞에서 살펴본 대로 이상화에게도 예외는 아니었지만, 적어도 이 시를 통해서는 죽음의식에 대한 경도가 거의 드러나지 않는다. 그 반면에 그는 어떤 상황 속에서도 자신의 삶을 위협하는 요소를 극복하고 살아남고 말겠다는 다짐을 한다. 심지어는 '죽으면 - 죽어서라도 살고는 말련다'라고 불멸의지를 보여준다.

특히 ① '미쳐서도 살고 말련다', ② '벙어리의 붉은 울음 속에서라도 살고는 말련다', ③ '원한이란 이름도… 여울 속에 빠져서 나는 살련다'라고 하는 의지를 통해서 우리는 그가 얼마나 삶에 대한 충동과 애착이 강한가를 알 수 있다. 이는 현실적으로는 부정적인 이미지이지만 삶에의 강렬한 충동을 드러내는 반어적 태도를 환기시킨다. 정상적·이성적 방법으로는 세계를 인식할 수 없거나 존재할 수 없다고 생각할 때 이러한 반영웅적·부정적 자기 동일성을 선택하게 된다. 이것은 고통스러운 자아의 해방이라는 심리상태를 반영한다. 즉 ①의 경우 부조리한 사회질서를 인식하지 못하는 상태이므로 그것으로부터 오는 고통을 느끼지 못하게 된다. ②의 경우에는, 언어는 우리가 사는 세계에 질서를 부여하는 수단이요, 그 언어를 구사한다는 것은 사회의 질서 속에 존재한다는 것을 뜻하지만 벙어리는 언어구사능력이 없기 때문에 원형상징에서 보면 이성 이전의 무의식의 상태를 나타내므로 이런 상태에서는 과거·현재·미래의 구분이 사라지고 자아는 외적 세계의 경험과 무의식의 내적 세계의

---

51) *Loc. cit.*

경험을 구분할 수 없게 되어 현실로부터 해방된다. 또한 ③의 경우 분별력이 없는 무의식의 상태요, 이성적인 판단이 정지된 세계이므로 고통에 대한 판단력이 무너진다. 따라서 이 이미지들은 모두 무의식의 영원한 세계를 암시하며 고통스러운 실존의 세계로부터 해방되는 것을 의미한다.

이와 같은 그의 의지는 현실과의 대결을 회피하지 않겠다는 내적 결의를 묵시적으로 드러내는 것이며, 나아가서 어떠한 경우도 자기 존재를 포기하지 않으려는 자기애를 나타낸다. 이를테면 자기시련을 거쳐 내적 확신을 이룩한 입사자의 한 모습을 여기서 볼 수 있다.

이와 함께 우리가 이 시에서 주목해야 할 것은 '바른 맘', '내 뜻대로', '원한이란 이름도 얼굴도 모르는', '부끄럼 없이'라는 어휘들이다. 이들은 모두 윤리적 의미를 함축하고 있다. 표면적으로 보면 이 말들은 허위적이며 속악한 삶과 대비되는 윤리적 진정한 삶의 태도를 나타낸다. 비록 이러한 구절들이 이 시에서 구체적으로 윤리적 삶의 태도와 직결되어 있지는 않다고 해도 이것은 그가 이렇게 살아야 한다는 태도를 간접적으로 반영하는 것이라 할 수 있다. 그가 세상의 입, 남의 입에서 어떠한 비웃음이 쏟아지더라도 '내 뜻대로 살련다'라고 하며 결코 자기 신념을 굽히지 않겠다는 결의를 다짐하는 것을 통해서 볼 때 그것은 더욱 확실한 듯하다. 그는 육체적 불멸성에 대한 의지는 물론이고 윤리적으로도 '자기 길'에 대한 의지가 깊어져 있다. 이로써 우리는 그가 또 한 단계 높은 차원으로의 상승을 이룩하고 있음을 볼 수 있다.

물론, 이러한 사실은 이상화가 존재론적으로나 의식적으로 완전한 경지에 이르렀다거나 진정한 자기를 확립했다는 점을 뜻하지는 않는다. 인간의 의식이란 매우 미묘한 것이기 때문에 시시각각으로

변화를 일으킨다는 점과, 더욱 중요한 것은 그것이 문학적 상징을
띠고 있다는 점을 간과해서는 안 된다. 또한 그것은 직선적인 발전
이 아니라 자연계처럼 쇠퇴와 재생을 반복하는 주기적 발전이며,
동시에 정신적 성장이 따르는 나선적인 발전이라 할 수 있다. 이상
화 시에 드러나는 자아의식도 빛과 어둠처럼 때로는 순환적 의미를
띠고 상승과 하강의 곡선을 그리면서 긍정적 모습과 부정적 모습이
부심하지만 그러나 분명한 것은 지양적 양상을 보이면서 발전된다
는 점이다.

여기까지 오면서 반복되는 시련과 자아추구로 인하여 그의 자아
의식이 한층 강화되기는 했으나 진정한 의미에서 그것은 자기가 요
구하는 모습은 아니다. 즉 다소 적극적·능동적인 자아로 변화되었
다고 해도 그것이 아직도 개인적 범주를 크게 벗어나지 못하기 때
문이다. 이를테면 그것은 "사람이 생명의식을 가장 정성되게 간절
하게 追索하는 동안은 그 효과가 아직은 자신에만 있으므로 小
我"52)에 머물러 있다는 것과 같다. 그러므로 그에게는 개인적 자아
의 껍질을 깨고 나와야 할 과제가 부과되어 있으며, 따라서 자기
성찰도 계속되어야만 한다.

3) 사회적 자아와 실천의식

작품의 발표로 보면 1925~26년의 2년간은 이상화에게는 최절정
기가 된다. 이 시기에 그는 현재까지 밝혀진 전 작품(63편)의 절반
을 상회하는 34편을 발표하였다.53) 어떤 의미에서는 이 시기에 그

---

52) 李相和, '傍白', 『開闢』 63호(1925. 11).
53) 참고로 이상화의 작품 발표현황을 연대별로 보면 다음과 같다(괄호 안
    은 편수임).: 1922(4), 1923(4), 1924(3), 1925(18), 1926(16), 1928(2),

66

의 문학적 생애는 다했다고 할 만큼 이후로는 1년에 한두 편을 발
표할 뿐이고 작품의 성과도 주목할 만한 것이 거의 없는 형편이다.
이런 점에서 이 시기는 그의 문학적 생애에서 그 어느 때보다 중요
하다고 할 수 있는데 더욱 주목되는 것은 작품의 경향에서도 현저
한 변화를 보인다는 점이다. 이에 대해서는 이미 대부분의 이상화
시 논자들이 대체로 일치된 견해를 보이고 있듯 작품은 물론 의식
의 변화도 매우 뚜렷이 드러나고 있다.54)

  앞에서 이상화의 초기 시를 통해 자아 상실의 위기의식으로부터
적극적 자아인식으로 전이되어온 과정을 살펴본 결과 아직도 문제
로 남는 것은 個我의 좁은 껍질을 깨고 나오는 것이라 한 바 있는
데, 이 시기의 시적 특질은 이 과제를 대체로 극복하려고 한다는
점이다. 이른바 '小我'에서 '大我' 의식으로 전환하여 현실과 자아를
깊이 인식하고 있음이 드러난다. 다시 말해서 그가 삶의 뿌리를 내
리고 있는 공동체로서의 시대와 사회 및 동시대의 사람들에 대해
그는 보다 투철한 통찰과 관심을 보이게 된다. 앞에서 보아 온 대
로 이러한 과정까지 도달하기에는 상당한 갈등과 시련을 겪은 결과
였다.

  이점은 그의 '出家者의 遺書'55)라는 글을 통해서도 명징하게 드러
난다. 이 글에는 그의 의식변화를 읽을 수 있는 몇 가지 중요한 단
서를 발견할 수 있다. 그것을 요약해 보면, 첫째 '이 존재에서 저
생활로 가고는 말 그 과도기를 참으로 지나려는 사람'에겐 항상 비

____

    1929(1), 1930(1), 1932(1), 1933(2), 1935(2), 1936(1), 1941(1), 기타(7).
54) 이러한 변화를 가져오게 되는 외적 영향은 다음 두 가지로 지적된다.
    즉 직접적인 요인으로 일본에서 關東 大震災 때의 한국인 학살사건의
    경험과, 간접적 요인으로서 프로문학의 한국수입과 그 영향이 그것이
    다. 金時泰, '抵抗과 挫折의 惡循環', op. cit. pp.172~174.
55) 『開闢』 57호(1925. 3).

극이라는 것이 따르므로 그것을 극복하기 위해서는 '참되게 깨친 마음과 정성되게 살 몸뚱이'가 서로 조화·융합된 상태라야 한다는 것이다. 둘째는 그가 집을 나서야 한다[56]는 반성을 '열여덟 되던 해'부터 해왔지만 의지와 과단성의 박약함으로 인해 실행을 못했다는 것이다. 셋째는 사람이란 혼자 살 수 없으며 그래서 함께 살며 서로가 섬겨야 할 '선천적 의무와 이론적 구권'이 있다는 것 등이다. 이것을 통해서 보면 우리는 존재론적 전환에 대한 관심과 자기성찰, 그리고 사회의 일원으로서의 자아의 문제 등에 대한 그의 고심을 엿볼 수 있다.

이러한 자기 성찰이 있었기에 그가 많은 절망과 좌절감 속에서도 함몰되지 않고 오히려 자아추구를 더욱 굳건히 다져올 수 있었다고 하겠다. 여기서 우리는 그가 개인적 자아, '소아'의 폐쇄성에 자족하지 않고 사회적 자아로 나올 수 있었던 근거를 확보할 수 있다. 결국 확장·심화되어온 그의 자아의식은 사회적 자아로 전환되면서 그에게 시대와 사회를 보다 깊이 관찰·직시하도록 요구하게 되었던 것이다. 융은 한 인간이 개인적 자아의 좁은 세계에서 사회의 일원으로서의 자아인식을 갖게 되는 과정을 집단적 무의식과 개인적 무의식과의 관계를 통해 다음과 같이 설명한다.

사람이 자기 성찰과 거기 맞는 행동을 통해서 자기를 의식하게 되면 될수록 집단적 무의식에 중첩된 개인적 무의식의 층은 사라진다. 그리하여 하나의 의식이 생기게 되는데 그 의식은 이미 작은 개인적이며 예민한 자아세계(Ich-Welt)에 갇혀 있지 않고 보다 넓은 세계, 객체(object)에 참여하고 있는 의식이다.[57]

---

56) 이것은 정신적·존재론적 전환을 뜻하는 것으로 個我의 좁은 집으로부터 밖으로 나와야 한다는 것인 듯하다.

57) C. G. Jung, *Die Beziehungen Zwischen Ich und dem Unbewußten*,

인간은 자기 성찰을 통해서 자신이 해야 할 행동을 찾고 그것을 계속해서 깊이 인식하게 됨으로써 집단적 무의식이 그것을 덮어씌우고 있는 개인적 무의식으로부터 분출되어 새로운 의식이 생기게 된다는 것이다. 이 새로운 의식을 융은 "나의 조그마한 공명심, 이기적인 욕망과 희망과 기대에서 벗어나 사적인 것이 아닌 '객체인 세계'와 결부된 관계기능"[58]이라 한다. 그래서 이 의식이 곧 자아실현을 하도록 만든다는 것이다.

사회적 자아인식으로 한 단계 더 성숙된 이상화의 자아가 바라본 당대의 식민지 현실은 여전히 처참할 뿐이요, 자아실현의 통로마저도 보이지 않는다. 여기서 이상화의 사회적 자아와 속악하고 부조리한 식민지적 현실은 상충될 수밖에 없고, 이 상충된 관계에 의해 이상화의 자아는 다시 갈등하게 된다. 물론 이 갈등은 앞에서 본 것과 현저히 다른 것으로 개인적인 욕심에서 오는 갈등이 아니고 나와 다른 사람이 함께 겪는 어려움이다. 즉 집단적 무의식을 발동시키는 집단적인 문제들이다.[59] 다음 시는 이러한 집단적 문제에 대한 인식으로 하여 그의 자아가 다시 갈등과 위기에 직면하고 있음을 매우 적나라하게 보여준다.

> 아, 가도다, 가도다, 쪼처가도다
> 이즘속에잇는間島와 遼東벌로
> 주린목숨움켜쥐고, 쪼처가도다
> 진흙을밥으로, 햇채를마서도
> 마구나, 가젓드면, 단잠은얽맬것을—
> 사람을만든검아, 하로일즉

李符永, *op. cit.* pp.108~109. 재인용.
58) *Loc. cit.*
59) 李符永, *Loc. cit.*

차라로주린목숨쌔서가거라!

아, 사노라, 사노라, 취해사노라

自暴속에잇는서울과시골로

멍든목숨행여갈가, 취해사노라

어둔밤말업는닭을안고서

피울음을울드면, 셜음은풀릴것을 -

사람을만든검아, 하로일즉

차라로취한목숨, 죽여바리라!

〈가장 悲痛한 祈慾〉 전문(『開闢』 55호, 1925. 1)

'間島移民을 보고'라는 부제를 달아 놓은 이 시는 악하고 피폐된 삶의 현장에서 더 이상 견딜 수 없어 간도와 요동벌로 살 길을 찾아 떠나는 사람들의 모습을 보고 느낀 울분을 표현하고 있다. 그만큼 거친 호흡과 울부짖음으로 일관되어 있다.[60]

당대의 현실이 얼마나 철저히 황폐되고 굶주린 상태였던가를 이 시를 통해 우리는 여실히 알 수 있다. '진흙을 밥으로, 햇채[61]를 마셔도/마구나 가졌드면 단잠을 얽맬 것을'이라는 진술이 비록 다소의 과장된 목소리라 하더라도 그 과장에 앞서 우리는 모든 것이 박탈된 당대의 실상을 절감하게 된다. 이런 절박한 상황에서는 살 만한 가치근거란 찾을 수 없다. 더욱이 '사람을 만든 검'에게도 구원

---

60) 그들은 간도나 요동벌이 이 땅보다는 살기가 나을 것이라 생각하기에 그곳으로 가는 것이지만, 실상 그 간도의 생활이란 아래 예문에 의하면 이 땅보다 나을 것이 없다. 그러니 그 암울함이 어떠했으리라는 점은 자명하다. "먹을래야 밥이 없고 입을래야 옷이 없는 방랑의 신세가 되어 산야나 노변에 쓰러진 채로 친척과 故舊의 간호도 받지 못하고 외로히 인생행로에 종언을 고하는 자가 연년히 巨數에 이르러 가고 있다." 趙東杰, 『日帝下 韓國農民運動史』(한길사, 1979), p.79.

61) '햇채'는 葷菜, 즉 맵고 쓴 나물을 뜻한다. 金載弘, '尙火 李相和', 『韓國現代詩人研究』(一志社, 1986), p.64.

을 기대할 수 없다. 그러기에 화자가 '차라리 주린 목숨 빼앗아 가라'고 하게 되는 것이다. 이것은 바로 그가 모든 것으로부터 절망하고 있음을 나타낸 것이다.

이러한 극단적 자아부정은 그에게 소명감이 지나치게 극대화되어 있기 때문이다. 이를테면 그는 자신이 해야 할 일, 즉 자아실현에 너무 집착하고 있는 나머지 자신의 개성이나 한계를 등한시하고 있다는 점이다. 이렇게 되면 자아실현 의지와 그 불가능함의 상충으로 인하여 필연적으로 자아소외, 또는 자아부정에 빠지게 된다.[62]

자아실현의 불가능함으로 인한 절망감과 자아부정은 2연에서 더욱 강조된다. 그는 서울과 시골 모두가 자폭 속에 있으므로 어디에도 구원처는 없다고 한다. 그리하여 이런 세계는 이성으로서는 견딜 수 없기에 차라리 죽여 달라는 것이다. 그렇지 않고는 취해서 사는 길밖에 없게 된다. 술은 이럴 때 순간적으로나마 인간을 고통에서 해방시키는 것이기 때문이다. 그것은 또 인간을 환상의 상태로 유도하기도 한다.[63] 그러므로 도취상태에 대한 열망은 견딜 수 없는 현실에서 無我의 경지로 추락하여 모든 것을 잊으려 하는 것이 된다.

그가 '어둔 밤 말없는 돌'을 안고 피울음을 울면 설음이 풀릴 수 있을 것이라고 하는 것도 여기서 이해할 수 있다. 돌과 자신은 대조적인 모습으로 인식되기 때문이다. 즉 돌은 어두운 밤을 인식할 수 없으며 인식하지 않아도 되는 완전히 무시간적이고 무이성적인 무기물

---

62) 李符永, op. cit. p.106

63) 엘리아데는 그러한 도취상태는 원시종교에서 영혼이 하늘에서 비상하거나, 땅 위에서 방황하는 것, 또는 죽은 사람이 있는 지하의 세계로 하강하는 것 등을 의미한다고 하였다. M. Eliade, *Rites and Symbols of Initiation; The Mysteries of Birth and Rebirth*, Trans. from the French by Willard R. Trask(New York; Harper & Rows, Publishers. 1958), p.95.

이다. 그것은 어두운 밤으로 하여 절망하지 않아도 된다. 그렇지만
자신은 그럴 수 없는 인간이기에 어두운 밤으로 인해 절망의 늪에
빠질 수밖에 없는 현실적 존재이다. 이런 대비적 관계로 볼 때 그가
돌을 안고자 하는 것은 무의식 속에 돌이 되고 싶은 충동이 일고 있
음을 나타낸다.64) 원시종교에서 돌은 '견고함·준엄함·영원함'이라
는 속성이 있는 것으로 인식되었다. 그래서 그것은 언제나 스스로 살
아남고 또 스스로 존재한다는 것이다.65) 따라서 이러한 돌과의 일체
감('돌을 안고')을 통해서 그는 정신적 위안('설움이 풀릴 것을')을
얻을 수 있다고 생각한 것이다. 또한 그것이 '피울음'을 통해 가능하
다고 하는 데서 시련과 정화의 상징성을 드러내기도 한다.

이 시에서 보이는 죽음과 도취에 대한 충동은 〈招魂〉에서는 과
거 회귀의식으로 지향된다. 그리고 앞에서 절망적 현실로서의 '서울'
을 여기서는 '叛逆이 낳은 都會'라 하고 있다.

> 설엄다 健忘症이든 都會야!
> 어제부터 살기조차 다-두엇대도
> 몇百년전 네몸이생기든 넷꿈이나마
> 마즈막으로 한번은 생각고나말어라.
> 서울아 叛逆이나흔 都會야!
>
> 〈招魂〉전문 (1925년 작, 『開闢』 65호, 1926. 1)

서울은 식민지 통치의 중심부이면서 擬似近代文明으로 치장되어
타락해 가는 도시이기도 하다. 그곳은 지난 시절의 순수성을 잃어
가고 있는 '건망증이 든 도회'이며 민족고유성의 파괴로부터 성장되

---

64) 뒤에서 살펴볼 〈極端〉이라는 시에서는 이러한 의미가 적극적으로 제
시되어 있다.
65) M. Eliade, *Patterns in Comparative Religion*, Trans. Rosemary
Sheed(New York; Sheed and Ward, 1958), p.216.

는 '반역의 도회'이다. 2~3행에서 서울을 보고 '몇 백 년 전 네 몸
이 생기던 옛 꿈이나마/마지막으로 한번은 생각나고 말어라'라고 하
는 것은 바로 그런 부정적인 서울에서 타락되지 않은 순수성에 대
한 갈망과 함께 日帝에 의해 침탈되지 않은 조화로운 세계에 대한
회복의지라는 이중의 의미가 내포되어 있다. 그러므로 이것은 현실
부정의 또 다른 표현에 지나지 않는다.

위에서 우리는 부정적 현실을 부정하는 세 가지 태도인 도취의식
과 죽음에 대한 충동 및 과거 회귀의식을 보았는데, 여기에는 그가
현실을 깊이 인식하고 있다 하더라도 얼마간은 초기 시(특히 자아
상실과 위기의식의 시편들)의 소극적 태도의 음영이 드리워져 있음
이 사실이다. 이 같은 태도는 그의 의식이 자아에게 갈등을 촉발시
키는 현실로 투사된다기보다는 다시 안으로 위축되고 있는 결과이
다. 그의 시선은 비록 현실을 응시하고 있다고 하더라도 의식은 뒤
로 물러서고 있다. 그만큼 현실이 암담했던 것이다.

그러나 그렇게 위축되는 그의 의식은 한없이 지속되지는 않는다.
아니 지속될 수가 없다. 왜냐하면 "사람이 된 個性이 엇지 살까하
는 觀察"[66]이 없는 사람은 사람다움이 없다고 생각하는 그가 어떻
게 살아야 하는가라는 자기 물음을 포기하고 뒤로 물러서려는 것은
일종의 자살행위나 다름없기 때문이다. 끊임없이 새로운 자아로 나
아가고자 하는 갈구만이 자아의 존재가치를 구현하는 추진력이 되
므로 그 노력을 그만둘 수 없다. 다음 시는 다시 자아의 변화를 추
구하는 그의 의식을 보여준다.

---

66) 李相和, '文壇側面觀', 『開闢』 58호(1925. 4).

오랜 오랜넷적부터
아 몃百년 몃千년넷적부터
호미와가래에게 등심살을빗기이고
감자와기장에게 속기름을쌔앗기인
山村의쌔만남은 쌍바닥우에서
아즉도사람은 收穫을 바라고 잇다.

게으름을 비저내는 이느진봄날
'나는 이러케도 시달렷노라……'
돍맹이를 내보이는논과밧 —
거게서 조으는듯 호미질하는
농샤짓는사람의 목숨을나는본다.
마음도입도업는 흙인줄알면서
얼마라도 더달나고 정성껏뒤지는
그들의가슴엔 저주를바들
宿命이주는 自足이 아즉도잇다
自足이식힌 屈從이 아즉도잇다

한울에도 게으른 힌구름이돌고
쌍에서도 고달픈 沈默이까라진
오 — 이런날 이런째에는
이쌍과내마음의 憂鬱을쌕술
東海에서暴風雨나 소다저라 — 빈다.
　　　　　〈暴風雨를 기다리는 마음〉전문 (『開闢』57호, 1925. 3)

　이 시는 累代에 걸쳐 대물림하면서 농사를 지어왔으므로 이제는
피폐되어 버린 농토와, 거기서 아무런 자각도 하지 못하는 농민들
의 모습을 드러낸다. 땅은 일방적으로 빼앗기기만 하고 농민들은
더 나올 것도 없는 거기서 계속 무엇인가 바라고 있다. 따라서 이
들은 매우 불화적인 관계이다. 그것은 마치 '나'와 일제처럼 악한

관계이다. 황폐하고 소모되어 뼈만 남은 땅에서 아직도 수확을 기대하고 있는 인간은 自足을 넘어서는 수탈자의 모습이다. 2연에서 그것은 시달리고 시달려서 이제는 돌멩이를 내보이는 논과 밭에서 조는 듯 호미질을 하는 농민이라 하여 무기력한 모습으로 제시된다. 3연에 오면 좀 더 구체화되는데 이 3연은 말하자면 1·2연의 통합적 구조가 된다. '마음도 입도 없는 흙', 즉 대답을 할 수 없는, 다 빼앗겨서 내놓을 것이 없는 상황인 데도 더 달라고 정성껏 뒤지는 그들의 행위란 매우 이기주의적인 태도이다. 물론 알면서도 정성껏 뒤질 수밖에 없는 절실함이 있다고도 하겠지만, 이 시의 구조로 보면 그것은 숙명처럼 알고 자족과 굴종에 젖어 사는 무감각하고 창의성을 상실한 사람으로서의 행동이다. '저주받을' 것이라는 진술이 그것을 증명한다. 이런 점에서 그들은 악마적 이미저리를 표상하는 반영웅적인 인물이다.[67] 그들은 무기력하기에 이상을 모르는 인물이다.

지금까지 시적 화자는 대상의 밖에서 제3자적 입장으로 바라보는 위치에 서 있었다. 이런 위치에서 바라보는 그의 눈에 비친 대상으로서의 농토는 더할 수 없이 황폐되어 생성이 불가능한 상태이다. 거기서 삶을 영위하는 농민들이란 또 무기력하고 무감각하며 철저히 부정적 인성의 소유자들이었다. 그러면서도 전자는 박탈당하는 입장에서 이 민족의 현실을 상기시키는 이미지로 드러나고, 후자는 안일에 빠져 반성도 하지 못하는 저주해야 할 사람들로 표상되고 있다. 따라서 이들에게는 발전이 있을 수 없으며 결과적으로 현재의 상태를 벗어날 수도 없다. 이렇게 한 쪽은 피탈자의 위치에서, 다른 한 쪽은 그 무기력함에서 모두 비극적 상황을 드러내지만 중

---

67) D. J. Burrows, et al, eds, *Loc. cit.*

요한 것은 그것이 근본적으로는 모두 극복의 가능성이 보이지 않는다는 데 더 큰 비극성이 있다.

이러한 비극성은 4연에서도 볼 수 있다. 즉 하늘과 땅 어느 것도 구원할 수 있는 존재가 못된다고 함으로써 더욱 절망적으로 제시된다. 그리고 여기서 비로소 자아의 인식이 드러나게 되는데 그는 희망이 보이지 않는 비극적 현실로 하여 우울 속에 빠져 있다. 또한 그는 '이 땅과 내 마음의 우울'을 동일시함으로써 자아의 황폐함과 불모성을 은밀히 드러내고 있다.

그러나 자아는 우울을 자각하고 있다는 점에서 다른 것과 구분된다. 다시 말해서 그는 발전의 가능성을 내포하고 있다. '우울을 뿌술' 폭풍우를 갈망하는 것은 그 가능성을 실현하려는 의지이자 노력이다. 여기서 폭풍우는 그의 우울을 제거하여 존재론적 전환을 가능하게 해주는 것으로 인식된다. 비는 곧 물이며 물은 생명이 있는 모든 것들을 존속시키는 생명수의 의미를 지닌다. 또한 그것은 파괴를 주재할 수도 있지만 그것을 통해 창조를 가능하게 함으로써 재생의 모티프가 된다. 그리고 비는 하늘에서 내려온다는 점에서 빛과 같은 성질을 띠기도 하는데, 이러한 이유로 그것은 신화에서 종종 하늘로부터 지상으로 내려오는 영적인 영향의 상징으로 간주된다.[68] 이 시에서 폭풍우는 그러므로, 파괴의 이미지를 드러내면서 동시에 재생을 이룩하도록 하는 정화의 기능을 함축하고 있다. 이 폭풍우를 통하여 그는 자아의 전기를 모색하고자 한다. 이러한 변화 의지는 그의 시에서 지속적으로 드러난다.

---

68) J. E. Cirlot, *A Dictionary of Symbols*, Trans. from the Spanish by Jack Sage, Foreword by Herbert Read(New York; Philosophical Library, 1962), p.259.

　　　　내게로오느라 사람아 내게로오느라
　　　　병든어린애의 헛소리와가튼
　　　　묵은哲理와 날근聖敎는 다이저버리고
　　　　哀痛을안은채 내게로만오느라.

　　　　한우님을비웃을 自由가여게잇고
　　　　늙어지지안는 靑春도여게잇다
　　　　눈물저즌세상을바리고 웃는내게로와서
　　　　아 生命이 變動에만잇슴을 깨처보아라
　　　　　〈바다의 노래─나의 넉, 물결과어우러저東海의마음을가저온노래〉
　　　　　　　　　　　　　　　　전문 (『開闢』 57호, 1925. 3)

　　이 시에서 자아는 전지전능한 신의 모습을 보여준다. 이것은 부
제에서 보듯 '나의 넉'이 동해의 물결과 어우러져 동일시되어 바다
와 자아의 구분이 무너지고 '내'가 바다의 속성을 지닌 신화적 존재
로 전환되었기 때문이다. 이와 같은 바다에 대한 관조는 현재적 자
아를 초월하고 새로운 존재로 나아가고자 하는 자아추구의 의식을
내포한다. 화자는 바다에 대한 깊은 명상을 통해 자아의 밖으로 나
올 수 있으며 이때 그의 영혼은 자유롭게 비상할 수 있게 된다. 그
리하여 이 순간 그를 둘러싸고 있던 기존질서는 무너지고 자아는
재생하게 된다.
　　바다는 영원히 흐른다. 그리고 끝없이 재생하여 결코 소멸되지
않는다. 오직 무한한 가능성만 있을 뿐이다.69) 2연의 1~2행에서 보
듯 그곳엔 하느님도 비웃을 수 있는 절대적인 자유가 있으며 '늙어
지지도 않는 청춘'으로서의 영원한 젊음만 있다. 그것은 완전히 시
간으로부터 해방된 무시간의 신화적 공간이다. 또한 바다는 자궁과

――――――――――――――
69) 이것은 상승과 하강이라는 의미와의 관련에서 분명히 드러난다. 즉 다
　　음과 같은 도식에 의해 재생구조가 구현된다.

같은 공간으로서의 원형이미지를 띤다. 그래서 그곳은 새로운 탄생
을 실현시킬 수 있는 능력을 잠재하고 있다.

  시의 화자는 이와 같은 바다와 일체화되어 있으므로 어떤 것이든
재생시킬 수 있는 능력을 가진 (신화적) 인물이기에 '사람아 내게
오너라'라고 말할 수 있게 된다. 그가 부르고 있는 사람들은 ① 병
든 어린애[70]의 허튼 소리와 같이 완전히 가치를 상실해 버린 묵은
철리와 낡은 성교, 즉 현실적으로 가치를 상실한 유교적 봉건체제
의 낡은 인습과 규범에 얽매여 있는 사람들이며, ② 눈물에 젖은
세상에서 절망하고 있는 사람들을 말한다. 화자는 이들을 그 절망
에서 구원해 줄 수 있는 힘을 가지고 있다. '나'는 그들과는 대조적
인 인물이기 때문이다. '웃는 내게'는 화해와 기쁨이 있으며 '생명의
변동'을 성취시켜 절망적 상황을 구제해 줄 수 있는 힘이 잠재되어

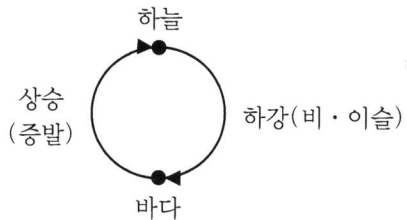

여기서 하강은 침몰·시련·죽음을, 상승은 희망·재생·창조 등의 의
미를 함축한다. 또 물 속에 들어가는 것은 형태의 해체, 나오는 것은
형태의 현현으로 생과 사의 구조를 드러낸다. M. Eliade, *The Sacred
and the Profane, The Nature of Religion.* Trans. from the French
by Willard R. Trask(New York; Harcourt, Brace & World, 1959),
p.131.
70) 어린아이는 원형이미지에서 'divine child'로서 불완전한 삶과 재생을
상징한다. (Jung and Kerengi, *Essay on a Science of Mythology;
The Myth of the Divine child and Divine Maiden,* Trans. R. F. C.
Hill. New York; Haper Torch books, 1963. pp.83~84). 그런데 이 시
에서는 그 자체로서 불완전한 어린아이를 '병든 어린애'라 함으로써
'哲理와 聖教'를 철저히 부정하는 의식을 반영하고 있다.

있다. 그래서 그들을 '내게'로 오라고 하는 것이다.

그러나 이들이 '나'에게로 오기 위해서는 구질서로서의 '묵은 철리와 낡은 성교'로부터 떠나야 한다. 이것은 새로운 질서세계로 나아가기 위한 필연적인 과정이다. 이를테면 입사자가 새로운 세계나 존재로 나아가기 위해서는 현재의 세계와 자아를 거부하고 버려야 하는 것처럼 그것으로부터 분리되어 나와야 한다. 그럼에도 불구하고 그것은 쉽게 이루어질 수 있는 것은 아니다. '숙명이 주는 자족과 굴종'에 젖어 구태의연한 삶을 영위하고 있는 그들이 아무런 갈등 없이 자신들의 현 체계를 버린다는 것은 쉽게 생각할 수 없다. 그리하여 대단한 결단을 요구하지만 그 결단에는 그만큼의 '애통'이 수반되어야만 한다. 물론 이 '애통'의 최종적인 의미는 시련을 통한 새로운 탄생에 있으며 기쁨을 맞이하기 위한 것이므로 스스로 수용하지 않으면 안 된다.

> '설음을 지난뒤의깃븜'이良心生命의한아뿐인希望이다. 永久의喜悅은 自然이尨大한悲劇넘어에모서노핫다. 아, 나는이悲劇을마종가야겟다. 良心과自足 彌縫과의싸홈이다. 다시말하면 사람과 개도야지와의싸홈이다.[71]

양심과 자족·미봉과의 싸움은 개나 돼지 같은 짐승스런 삶을 버리고 사람다운 사람이 되기 위한 자기양심과의 싸움이다. 이 싸움엔 필연적으로 비극이 따른다. 그러나 이 비극은 새로운 삶, '양심생활'을 얻기 위한 것이므로 희망을 동반한 슬픔이다. 참된 기쁨은 이 비극을 통해서만 얻을 수 있으니 그는 스스로 그것을 마중하겠다는 것이다. 이를테면 어떤 것도 그에 상응한 대가를 치르지 않고는 얻을 수 없다는 삶의 질서를 그는 인식하고 있다 하겠다.

---

71) 李相和, '出家者의 遺書'.

결국 이 시는 진정한 생명이란 변동에만 있다는 것을 자각하고 그 진정한 생명을 위해서 끊임없이 자기 혁신을 추구해야 한다는 이상화의 삶에 대한 자각을 보여준다고 할 수 있다. 시에 드러나는 화자로 본다면 그는 이미 '생명의 변동'을 이룩한 진정한 자아상에 이르러 있다고 하겠지만 사실은 그것의 역설적인 의미로 드러난다. 즉 생명의 실상은 오직 변화에만 있음을 깨닫고 끊임없이 새로운 자아가 되고자 하는 노력을 경주해야 한다는 것이나 다름없다. 그는 바다를 통해 삶과 죽음의 재생과정이라는 상징적 의미를 경험하고 있었던 것이다.

이러한 변화를 통한 자아추구는 후기 시에서 거의 일관된 주제로 드러난다. 먼저 〈極端〉에서는 절망적인 세계와 부정적인 자아를 탈피하고 영원한 삶을 얻으려는 자아의식을 이렇게 노래한다.

> 펄덕이는 내신령이 몸부림치며
> 어제오늘몃번이나 발버둥질하다
> 쉬지안는'타임'은 내울음뒤로
> 흐르도다 흐르도다 날죽이려흐르도다.
>
> 별비치다름질하는그사이로
> 나무가지ᄉᄀᆖᆫ틀 바람이뭇지를째
> 귓두람이 웨우는가 말업는한울을보고?
> 이러케도 세상은 야밤에잇서라.
> 지난해지난날은 그쑴속에서
> 나도몰래 그러케 지나왓도다
> 쌍은 내가드된쌍은 몃번궁구려
> 아 이런눈물쫠짝에 날던젓도다.
>
> 나는 몰럿노라 安逸한세상이自足에잇슴을

나는 몰럿노라 幸福된목숨이 屈從에잇슴을
그러나 새길을찻고 그길을가다가
거리에서도죽으려는내신령은 너머도외로워라.

自足 屈從에서 내길을찻기보담
남의목숨에서 내사리를얽매기보담
오 차라로 죽음－죽음이 내길이노라
다른나라 새사리로 드러갈그죽음이!

그러나 이길을 밟기까지는
아 그날 그째가 가장 괴롭도다
아즉도 남은애닯음이 잇스려니
그를생각는그째가 쓰리고압흐다.

가서는오지못할 이목숨으로
언제든지 헛웃음속에만 살려거든
검아 나의신령을돍맹이로 만드러다고
개천바닥에석고잇는돍맹이로 만드러다고.

〈極端〉전문 (『開闢』59호, 1925. 5)

　이 시에서 '펄떡거리는 내 신령'의 몸부림과 발버둥은 절망적 세
계에 처한 자아의 방황과 갈등을 노정한다. 그는 '어제 오늘' 그리
고 '몇 번'이라는 말을 통해 그 갈등이 결코 일시적인 것이 아니며
또 중량도 가볍지 않음을 나타낸다. 이러한 갈등에 빠져 있는 그에
게 시간의 흐름은 부정적인 것으로 인식될 수밖에 없다. 이때 인간
의 삶이란 오직 죽음으로의 여행이라고만 생각될 뿐 창조적 긍정적
의미는 사라지게 된다. 시간에 대한 이런 부정적 반응에 대해 마이
어홉은 우리의 생활과 문학뿐만 아니라 모든 시대 모든 문화에 걸
쳐 인간의 사상과 감정의 역사적 기록에 침투하고 있다고 하면서

부정적 시간이 갖는 특성에 대하여 다음과 같이 언급한다.

> 시간의 자궁에서 분만된 것은 다시 시간이라는 거대한 괴물에 삼켜지고 만다. 시간 또는 시간이 흘러가는 방향에 고유한 이 성질은 이제 창조에 관여하는 아버지가 아니라 파괴적이고 악마 같고 가증스런 것이 된다.72)

시간이 부정적이라 생각될 때 그것은 '날 죽이려' 무섭게 달려오는 죽음의 열차가 된다. 이 열차 앞에서 그는 강박관념에 사로잡혀 있다. 시간에 대한 부정적 인식은 2연에서 세계에 대한 부정적 인식으로 확대된다. 별빛이 달음질하여 사라져 버리고 나뭇가지의 끝을 바람이 무찔러 버린다는 상황이 그것이다.

세계에 대한 부정적 인식은 다시 자아에게로 전환된다. 그것은 어둠에 대한 책임의식과 관련이 있으며 아무런 자각 없이 살아온 자아의 삶을 반성하는 것이기도 하다. 이렇게 자신의 위치를 확인하고 반성했을 때 그는 안일한 세상이 自足에 있고 '행복된 목숨'이 屈從에 있었기 때문이라는 잘못된 사실을 새삼 깨닫는다. 안일과 굴종에 젖어 사는 삶이 피상적으로는 행복한 목숨처럼 보일지 모르지만 그것은 부정적 삶의 한 전형일 뿐이다. '그러나 새 길을 찾고 그 길'을 가야 한다는 새로운 의지의 표명에서 우리는 그것이 오류였다고 생각하고 있음을 확인할 수 있다.

자아의 반성을 통해 모색하는 '새 길'이기에 그는 '거리에서도 죽으려는' 강인한 의지를 갖게 된다. 이 같은 의지에도 불구하고 거기에는 모험을 동반하지 않을 수 없으며 선구자로서의 외로움도 따르게 된다. 물론 이 외로움은 정신적인 재생을 증진시키기 위해서 탐

---

72) H. Meyerhoff. *op. cit.* pp.112~113.

색자가 거쳐야 할 시련이다.

　4연에서의 '새 길'에 대한 추구와 시련이라는 주제는 5~7연에서 더욱 강조되고 구체화된다. 그는 다시 자족과 굴종, 남에게 의지해 살려는 것은 왜곡된 삶임을 확인한다. 그렇게 사느니 차라리 죽음을 택하고자 한다. 그러나 이 죽음이 결코 존재의 소멸이 아님은 '다른 나라 새살이로 들어갈 그 죽음'이라 하는 데서 분명히 알 수 있다. 그 것은 새로운 자아로의 재생을 위한 통과제의의 의미를 지닌다. 이러 한 전환을 완성하기 위해서는 아직도 남아있는 애달픔을 끊어버려야 하지만, 그것은 쓰리고 아픈 것이라고 함으로써 입사자가 겪어야 할 시련의 과정임을 암시한다. 재생을 위해 겪어야 하는 이 시련은 통과 제의의 특징이며, 그 목적은 육체적 불멸성의 정복에 있다고 엘리아 데는 말한다.[73] 불멸성에 대한 의식은 끝에서 잘 드러나고 있는 바, 그는 영원한 존재로 재생되기를 염원한다.

　시적 화자가 시련을 거쳐 재생하고자 하는 자아는 '돌멩이'와 같 은 강인하고도 영원한 존재이다. 다시 회귀할 수 없는 인간, 헛웃음 속에서만 살려는 인간은 존재의 초월도 가치 있는 삶도 모르는 완 전히 속악한 존재의 표상이다. 그러므로 그것을 극복하기 위해서는 돌멩이와 같은 존재가 되어야 한다. 죽음과 無의 길로 향해 흐르는 시간은 결코 역류하거나 정지되지 않는다고 할 때 그것을 초월할 수 있는 길이란 시간으로부터 해방되는 길밖에 없다. 그 초월의 길 이 곧 돌멩이와 같은 영원한 존재로 전환하는 것이다.

　그러나 돌멩이와 같은 영원한 존재로의 전환을 갈망한 그의 기도 는 결과적으로 비극성을 내포한다. 왜냐하면 그것은 존재의 초월은 가능하지만 행동성은 결하고 있어서 절망적 현실과의 대결을 통한

---

73) M. Eliade, *Rites and Symbols of Initiation, op. cit.* pp.35~37.

현실의 개선이라는 점에서는 아무런 가치도 실현할 수 없기 때문이다. 화자가 다시 '개천 바닥에 썩고 있는 돌멩이'가 되게 해 달라고 기원하는 까닭이 여기에 있다. 이러한 자학적인 진술은 돌멩이로 초월하려는 그의 의지가 옳지 않았음을 암시한다. 그것은 돌멩이로의 초월에 대한 의지와 기도를 반성하는 화자의 반어적 태도이기도 하다. 이런 점에서 이상화가 추구하려는 자아는 영원 지향적이기보다는 현실 지향적 자세에 가깝다.

그가 〈선구자의 노래〉에서 남들이야 미친 사람으로 보든 말든 자신이 생각하는 '참된 사람'으로 살겠다는 것은 일상적인 삶을 영위하는 사람으로서는 잘 이해될 수 없는 모험심과 강렬한 행동을 가진 선구자로서의 자아의식을 보여주는 것이다. 그는 현실에 만족하고 안일한 삶을 살기보다는 회의하고 반성하는 선구자로 나서기를 소망한다. 그러기에 그는, '사람아 미친 내 뒤를 따라만 오너라/나는 미친 흥에 겨워 죽음도 뵈줄테다'(〈선구자의 노래〉 끝련)라고 강하게 외칠 수 있다. 미친 흥과 같은 집념과 강한 의욕이 그에게 있었기 때문에 그는 감히 죽음도 보여줄 수 있다는 용기를 가지게 된다. 이러한 용기가 그를 어둠에 대결하여 싸우겠다는 결연한 행동으로 나아가게 했을 것임은 자명하다.

그가 어떻게든 현실에서 행동적 자아로 나아가려고 하는 것은 그의 정신 속에 일어나는 갈등, 즉 자아와 자기의 충돌을 겪으면서도 결국 환상의 세계보다는 현실세계를 직시하려고 했기 때문이다. 그것은 〈靑年〉[74]이라는 시에서 '마음은 하늘가를 날면서도/가슴은 붉은 땅을 못 떠나노라'(3연)고 하는 데서 극명하게 드러난다. 이는

---

74) 이 시는 발표지와 연대는 알 수 없고, 《尙火와 古月》에 실려 있다. 여기서 마음이 몽상이나 과거 회귀, 죽음, 안일, 굴종에 빠지려는 일상적 자아라면, 가슴은 그가 지향하려는 이상적 자아라고 할 수 있다.

'붉은 땅'의 황폐한 현실을 외면할 수 없다는 투철한 현실인식과 자아인식의 결과라 할 수 있다. 이렇듯 그는 현실을 깊이 성찰하고 오늘을 철저히 사는 것만이 영원에 도달하는 길이라고 여러 시에서 노래한다.

　이상화 시의 절창으로 널리 회자되는 다음 시는 이 모든 것을 선명하게 드러낸다.

　　　지금은 남의쌍 – 쌔앗긴들에도 봄은오는가?

　　　나는 온몸에 해살을 밧고
　　　푸른한울 푸른들이 맛부튼 곳으로
　　　가름아가튼 논길을싸라 쑴속을가듯 거러만간다.

　　　입술을 다문 한울아 들아
　　　내맘에는 내혼자온것 갓지를 안쿠나
　　　내가쓸엇느냐 누가부르드냐 답답워라 말을해다오.

　　　바람은 내귀에 속삭이며
　　　한자욱도 섯지마라 옷자락을 흔들고
　　　종소리는 울타리넘의 아씨가티 구름뒤에서 반갑다웃네.

　　　고맙게 잘자란 보리밧아
　　　간밤 자정이넘어 나리든 곱은비로
　　　너는 삼단가튼머리를 깜앗구나 내머리조차 갑븐하다.

　　　혼자라도 갓부게나 가자
　　　마른논을 안고도는 착한도랑이
　　　젓먹이 달래는 노래를하고 제혼자 엇게춤만 추고가네.

　　　나비 제비야 쌉치지마라

맨드램이 들마꼿에도 인사를해야지
아주까리 기름을바른이가 지심매든 그들이라 다보고십다.

내손에 호미를 쥐여다오
살찐 젓가슴과가튼 부드러운 이흙을
발목이 시도록 밟어도보고 조흔쌈조차 흘리고십다.

강가에 나온 아해와가티
쌈도모르고 긋도업시 닷는 내혼아
무엇을찻느냐 어데로가느냐 웃어웁다 답을하려무나.

나는 온몸에 풋내를 씌고
푸른웃슴 푸른설음이 어우러진사이로
다리를절며 하로를것는다 아마도 봄신령이 접혓나보다.
그러나 지금은 – 들을쌔앗겨 봄조차 쌔앗기것네
　　　　　〈쌔앗긴들에도, 봄은오는가〉 전문 (『開闢』 70호, 1926. 6)

　　이상화가 몽상을 통한 꿈으로의 퇴각과 죽음에 대한 경도, 그리고 개아의 삶에 대한 강렬한 충동도 다 극복하고 개성과 시대와 사회라는 세 개의 축을 깊이 성찰하여 그 속에서 조화로운 삶을 도모해야 한다는 사회적·역사적 자아로 전환했을 때, 모든 것이 상실된 암담한 조국의 현실 앞에서 자신의 위치를 어떻게 두어야 할 것인가를 인식한다는 점은 매우 중요하고도 당연한 일이다. 이 시는 바로 그러한 자아의 인식과 행동성을 역설한다.

　　이 시의 구조는 식민지적 현실을 회복해야 한다는 강한 의지와 그런 가운데도 일말의 한계의식과 불안감을 떨쳐 버릴 수 없다는 자아의식으로 대비된다. 이것은 첫 행과 끝 행에서도 단적으로 드러난다. 이에 의하면 화자의 의식은 희망과 비관적이라는 두 개의 대조적인 축에 의해 상승과 하강 또는 서로 갈등을 일으키고 있음을 볼 수 있다. 이를 구체적으로 분석하면 다음과 같다.

먼저, 1연에서 화자는 지금은 비록 빼앗긴 들이기는 하지만 그 들에도 '봄은 오는가'라고 하여 빼앗긴 상황을 '지금'이라는 시간성 으로 한정시켜 회복의 필연성을 암시한다. 물론 이 말 속에는 회의 적인 의식이 내포되어 있기는 하지만 봄이 올 것이라는 기대감을 갖고 있음은 사실이다. 그러기에 봄이 온다는 기대감과 희망을 품 고 '푸른 하늘과 푸른 들'이 맞붙는 곳, 완전히 조화로운 곳을 지향 하여 가게 된다. 그러나 그것이 현실과는 거리가 있음은 '꿈 속을 가듯 걸어만 간다'는 구절을 통해 알 수 있다. 말하자면 봄의 도래 가 의식 속에서 경험되고 있음을 뜻한다고 하겠다. 그러니까 실재 의 세계는 '입술을 다문 하늘과 들'인 침묵의 세계요, 불화의 세계 이다.

이처럼 침묵에 잠겨 있는 하늘과 들을 그가 다시 확인했기에 모 두가 동참해서 그 침묵을 깨뜨리고 화해의 관계로 전환시켜야 한다 는 것이다. '내 맘에는 내 혼자 온 것 같지를 않구나'라는 구절은 그러한 의식을 나타내는데 이것은 누군가 자신과 동행을 하고 있다 는 의식을 뜻한다. 아무리 그에게 선구자적인 의식이 있다고 해도 홀로 간다는 것은 고독한 것이 아닐 수 없다. 이런 이유로 볼 때 누군가와 함께 그 길을 간다고 생각하려는 것은 자신에게 더 큰 힘 을 불어넣으려고 하는 의식과 관련이 있다고 하겠다. 다음 행에서 입을 다물고 있는 하늘과 들에게 '내'가 왜 나오게 되었는지 말을 해달라고 외치는 것도 그러한 힘이 더욱 생겼기에 자신의 소명감에 대해 확인을 하려는 것이다. 바꾸어 말하면 이것은 침묵을 깨뜨리 고자 하는 의식을 간접적으로 드러내는 것이다. 회복시켜야 한다는 그의 의지는 4연에서 더욱 강화된다. 한 자국도 섰지 말고 결연히 나아가야 한다는 자아를 바람을 통해서 느끼고 있는 것은 소명감에 충만한 그이기에 가능하다. 이런 자신은 종다리도 반겨준다고 하듯 그는 자부심을 더 강하게 가질 수 있으며 정신적 평온도 느낄 수 있다. 결국 그는 입술을 다문 하늘과 들을 통해 자신의 소명감과 행동을 다시 확인하게 된 것이다.

5연에서 그는 잘 자란 보리밭을 보고 정신적 위안을 받는다. 이것은 자신의 행동이 결코 무상한 것이 아니라는 사실을 예감하고 있음을 뜻한다. 보리밭은 겨울의 모진 추위 속에서도 끝내 그것을 이겨냈기에 고맙고 또 한편으로 대견하기까지 하다. 이 의미 속에는 자신도 고난을 극복할 수 있다는 것과 그 뒤에 올 행복한 미래에 대한 예감, 그리고 그 모든 것에 대한 자기 암시가 들어있다. 여기서 그는 더욱 힘을 얻을 수 있게 되었으므로 이제 그는 '혼자라도 가쁘게 나가자'고 스스로 다짐한다. 그리하여 착한 도랑이 마른 논을 안고 돌 듯 자신도 메마른 땅(결핍된 현실)을 위해 흥에 겨워 무엇인가 하고자 한다.

그러나 7연에 이르면 그는 너무 들뜨지 말고 자제해야 할 것을 자신에게 경계한다. 이 민족이 살아온 조국강토를 다시 회복하기 위해서는 너무 흥에만 겨워 있을 수만은 없다. 그것은 자칫 본분을 망각할 수도 있기 때문이다. 그래서 그는 8연에서 내 손에 호미를 쥐어달라고 한다. 이것은 바로 흥에 취해있는 자신을 되돌아보고 구체적인 행동을 취하겠다는 의지를 뜻한다. 그리고 여기에 와서는 앞에서 '보고 싶다'라 하던 확인의식이 '밟아보고 싶다', '땀을 흘리고 싶다'라 하여 행동성이 한층 강화되고 있는 것도 주목되는 점이다.

8연까지 그의 의식과 행동성은 점차 고조되어 왔는데 이러한 상승적 의식은 9연에서 하강곡선을 그리며 갈등양상을 보인다. 이를테면 이 땅에 드리워진 어둠이 너무나 막강하다고 생각하기에 그의 행동이 결코 용이하지 않다는 것이다. 이는 그의 행동과 어두운 현실과의 대결이 어떻게 귀결될 것인가라는 사실을 이미 직감하고 있다는 데서 연유한다. 일제의 막강한 힘과 조직력이라는 거대한 폭력 앞에 자신의 행동이란 어쩌면 너무도 미약하고 무력한 것인지도 모른다. 그가 '강가에 나온 아이'와 같이 순수하기에 그것이 얼마나 위험한 것인지도 모르고 끝없이 치닫고 있지만 그 결과로서 얻을 수 있는 대가란 사실 좌절감과 비극성밖에 없다고 할 수 있다. 이미 그것은 역사가 뒷받침하고 있듯이 적극적인 행동의 뒤에 남는 것은 실존적 자아를 훼손시키는 고통이 따른다. 9연의 끝 행에서 다시 자신의 행동에 대한 회의와 방황, 그리고 自嘲的 태도를 보이는 것은 그러한 의미에서 더욱 절실하게 읽힌다.

그러나 그는 희망을 버릴 수 없으며 결코 그의 행동도 포기할 수는 없다. 현실적이고 행동적인 그의 자아가 그것을 허용할 수 없기 때문이다. 10연은 그러한 희망과 좌절, 행동을 집약적으로 보여준다. '푸른 웃음'에서 볼 수 있는 희망과 '푸른 설음'에서 드러나는 절망감(그러나 이것은 완전한 절망이 아니라 희망이 내포된 절망이다) 이 마음속에 교차하는 가운데 그는 불구의 몸으로 하루를 걷는다. 물론 이 불구의식은 상실과 절망감의 정신적 불구를 뜻하지만 그럼에도 불구하고 그는 '하루를 걷는다'고 하여 절망감에서 주저앉거나 포기하지 않고 끝까지 행동하고자 한다. 그가 이렇게 할 수 있었던 것은 다름 아닌 '봄신령'이 접혔기 때문이다. 즉 그에게는 '봄'의 도래에 대한 강한 믿음이 있었던 것이다. 그 믿음이 있었기에 그의 행동은 결코 중단될 수 없다.

여기서 우리는 이상화가 '待天命'의 자세보다는 '盡人事'의 행동성을 중시하고 있음을 다시 확인할 수 있다. 기다림이 어둠의 상황을 견디는 한 방법이 될 수는 있겠지만, 그것은 부정적인 현실이 회복 될 수 있다는 확고한 신념이 있을 때만 유효하다. 그러나 이때도 그것이 수동적으로만 머물러 버린다면 개인적 삶의 지속에는 도움 이 될지언정 공동체로서의 삶을 위해서는 별로 의미가 없다. 이상 화의 논리를 빌리면 그것은 자족과 굴종이 될 수도 있기 때문이다. 그는 수동적 기다림보다는 봄의 도래에 대한 신념과 함께 끊임없이 행동을 동반하고자 함으로써 어둠을 몰아내려는 적극적인 의지를 분명히 나타낸다. 그것은 회복의 속도를 가속시키는 일이기도 하다.

또 한편으로는 이렇게 대결의지의 강도가 높은 만큼 암담한 시대 로 인한 위기의식도 크게 된다는 점도 간과할 수 없다. 이 시의 끝 행은 이 위기의식을 드러내고 있다. 국토의 상실과 그 어둠 속에서 도 끝까지 버틸 수 있었던 것이 정신만은 빼앗기지 않아 회복에의 신념이 있었기 때문이라면 지금은 그 정신과 희망마저 상실할 위기 에 직면했다는 것은, 그러므로 매우 절망적 현실임을 나타낸다. 결 과적으로 그는 더욱 가혹해지는 어둠의 포악성을 다시 확인하게 되 었던 것이다. 따라서 아직도 미래는 그만큼 불확실한 채로 그의 앞 길에 놓여 있다고 하겠다.

이상에서 우리는 이상화의 의식의 실체를 가장 함축적으로 드러 내고 있다고 생각되는 이 시를 통하여 그의 의식의 흐름을 살펴보 았다. 그의 의식은 상승과 하강의 두 개의 축으로 드러나는데 상승 은 행동성의 양상으로, 하강은 무너뜨리기 어려운 막강한 어둠에 대한 인식이 압박해 올 때 갈등의 양상으로 드러난다. 그러나 궁극 적으로 그가 지향하는 통일적 자아로서의 자기인식은 어둠과 대결 해야 한다는 행동성에 있음을 후기 시는 분명히 보여준다.

3. 결 언

이상에서 이상화의 시에 나타난 의식의 변화와 자아실현의 과정
을 살펴보았다. 이것을 단계별로 간추리면 다음과 같다.

먼저, 초기 시에 드러나는 자아는 대체로 소극적인 태도를 띠고
있다. 이러한 소극적 태도에 의해 동경·꿈을 통한 이상세계에 대
한 지향의식, 그리고 여기에 현실인식이 부가되면서 속악한 현실에
의해 자아 함몰이라는 불안감과 위기의식에 빠지게 된다. 죽음과
관련되는 시어가 이 시기에 특히 많이 나오는 것은 그의 소극적인
자세에 기인하는 자아 상실의 위기의식을 드러내는 것이라 할 수
있다. 즉 그는 속악하고 부정적인 현실에 적극적으로 맞서려고 하
기보다는 그것을 절망적인 것으로 인식함으로써 좌절의식이 크게
고조되었기 때문이라 하겠다.

그러나 그러한 자아 상실의 위기의식은 극복되지 않을 수 없다.
그렇지 않는다면 자아 함몰의 비극적 종말로 치달을 수밖에 없기
때문이다. 여기서 의식의 전환이 절실히 요구된다. 그리하여 전환의
지로서의 자아의식이 강하게 투사되면서 극복의 실마리를 찾으려
하는데 그것이 곧 재생의지로 나타나게 된다.

제2단계는 이 재생의지와 그 결과로서 획득되는 새로운 자아의
식, 즉 자기 삶에 대한 강렬한 충동을 드러낸다. 그는 새롭게 태어
나려는 존재론적 전환을 모색하고 그 실현으로서 죽음의식을 떨쳐
버리고 어떻게든 살아야 할 것을 강하게 표출한다. 이것은 〈나의
침실로〉에서 본 바 상징적 죽음의식을 통해 통과제의를 겪은 결과
였다고 할 수 있다. 이 시기에 두드러진 삶에의 강렬한 욕구는 그
자체로서는 자신의 존재를 죽음의식으로부터 구제하여 현실로 나오

게 했지만, 그것은 소아적 범주를 벗어나지 못하기 때문에 진정한
자아는 못된다. 여기서 그에게는 또 다시 의식의 전환이 요구되는
데, 제3단계는 이 주제를 확연히 보여준다.

　제3단계에 오면 그는 현실과 자아에 대한 보다 치열한 성찰을 통
해 어둠의 세계, 악하고 부조리한 현실에 맞서 대결하려 한다. 이러
한 그의 자세는 진정한 자아상을 획득하기 위한 끊임없는 자기 노
력에서 가능하게 된다. '개성과 시대와 사회'를 깊이 관찰하지 못하
고 그것과의 '接流' 없이, 어떻게 살까 하는 관찰이 없는 사람은 사
람다움이 없다고 하는 진술을 통해서 보더라도 그가 얼마나 공동체
속에서의 바른 삶을 지향하려 했던가를 단적으로 알 수 있다. 그는
늘 자족과 굴종에 젖어 아무런 자각 없이 현실에 안주하려는 삶의
자세를 부정한다. 이와 같은 그의 적극적 의지는 곧 자신의 삶을
일깨우고 채찍질하려는 의식으로 귀결된다. 그래서 그의 후기 시는
자아의식의 강화를 위한 재생의지가 더욱 두드러진다. 여러 작품
속에서 명백하게 볼 수 있는 통과제의와 관련된 양상은 바로 자아
에 대한 새로운 인식과 새 삶을 추구하려는 과정의 상징적 表現이
라 하겠다.

　이렇게 하여 결국 그는 좌절과 슬픔, 무기력한 자아를 떨쳐 버리
고 행동성을 수반한 강인한 자아로 나아가게 된다. 여기서 우리는
그가 지속적으로 추구하고자 했던 것이 행동적 자아였다는 사실을
확인할 수 있다. 비록 그가 부조리하고 악한 현실의 압력에 의해
때때로 좌절과 갈등을 겪기도 하였지만, 그것은 결과적으로 자아의
식을 강화시키는 시련으로서의 의미를 지닐 뿐 자아함몰이라는 비
극적 결과로 추락하게 하지는 못했다. 그러므로 그것은 전진을 위
한 일시적 후퇴와 같은 것이었다고 할 수 있다.

II. 윤동주의 시

1. 전 제

尹東柱(1917~1945)의 유고는 그동안 계속 補遺되어 왔다. 1948년 31편으로 첫 유고시집1)이 나온 이후 1955년에 88편의 시와 5편의 산문을 묶어 다시 간행되었고 1976년에 다시 23편이 추가되어 현재 총 116편에 이른다.2) 여기에는 산문 5편을 비롯하여 많은 동시도 포함되어 있다.

현재까지 밝혀진 바에 의하면 윤동주의 시는 1934년 12월부터 1942년 6월까지 햇수로 약 9년간에 창작된 것으로 되어 있다. 이 9년 중 초기 4~5년은 동시가 주류를 이루지만 이것들도 자아의식을 살펴보는 데는 필요하다고 보아 고찰대상으로 삼았다. 그리고 이 전체 작품을 놓고 작품상에 나타나는 변화의 과정을 살펴 크게 3단계로 분할하였다. 즉 1934~1938년 〈異蹟〉까지를 1단계, 1938년 9월에 지은 〈아우의 印象畵〉부터 1941년 11월작 〈별헤는 밤〉까지 2단계, 나머지 1941년 11월작 〈序詩〉~1942년 6월까지를 3단계로 나누어 보았다. 이것은 지향성의 문제와 의식의 변화라는 점을 참고한 것이다. 물론 세밀하게 접근해가면 엄밀히 말해서 각 작품마다 주제나 지향체계가 다르다고 하겠으나 이상화의 시에서처럼 큰

---

1) 尹一柱 編, 《하늘과바람과별과詩》(정음사, 1948).
2) 모두 정음사에서 증보 또는 개정판으로 간행되었다. 특히 1983년에는 그동안 미진했던 작품 제작 연도를 다시 고증하여 개정판을 냈는데, 본고가 이 개정판을 텍스트로 삼게 된 이유도 바로 작품 제작 연도를 고려하여 엮었다는 사실에 있다.

줄기를 잡아서 서로 類合시킬 수 있으므로 이렇게 세 단계로 나누어 보았다. 그리하여 제1단계는 불완전한 자아와 좌절의식, 제2단계는 소명의식과 자아의 시련, 제3단계는 이상적 자아와 待春意識 등을 주요 관점으로 삼았다.

널리 알려진 대로 윤동주 시에서는 자아성찰의 문제가 두드러지게 드러난다. 어두운 현실과 자아실현이라는 결코 화해될 수 없는 양극 속에 그는 갈등하면서도 끊임없이 자아실현에 관심을 갖는다. 그 과정에서 때로는 좌절을 겪기도 하고, 또 어느 때는 소명의식에 불타 부정적인 현실을 회복해야 한다는 의지를 보이기도 한다. 자아의 입장에서 보면 상반되는 이 두 개념은 의식의 내면화와 외면화라는 대칭점이 된다. 이것을 양극 점으로 하여 그의 의식도 하강과 상승의 곡선을 나타낸다. 우리는 이 점에 유의하고 작품이 쓰인 시기를 고려하여 자아실현의 과정을 통시적 입장에서 해명해 보고자 한다. 이를 위해 가능한 한 선입관을 배제하고 작품 자체를 통해서 그 내적 추이과정을 추적할 것이다. 이것이 작품을 있는 그대로 바라보며, 또 통일적 구조라는 측면에서 보고자 하는 우리의 관점에서 보다 온당한 방법이라고 보기 때문이다.

2. 자아실현의 과정

1) 불완전한 자아와 좌절의식

윤동주는 초기에는 주로 동시를 썼다. 동시의 특성이 그렇듯 이 시기에는 순수하고 천진난만한 시의 세계와 순진한 자아상이 많이 드러난다. 그래서 여기서는 자아와 대상이 뚜렷이 분리되지 않은 조화로운 세계상이 나타난다. 즉 현실에 대한 깊은 인식이 직접 드러나기보다는 순수하고 평화로운 세계가 많이 엿보인다. 이에 대해 때로는 "황금시대 또는 낙원의 재생 이미지로 파악하여 현실세계의 문제와 의미가 관련되어 있는 것으로 보고 현재의 아픔을 역설적으로 부각시키는 反世界가 된다."[3]는 견해가 있기도 하지만, 그러나 이러한 동시의 세계는 어린 시절의 순수 서정을 그대로 나타내는 것으로 보아야 한다. 즉 현실세계를 직접적으로 의식하고 그것을 역으로 드러내는 것이 아니라 오히려 밀착된 현실인식과는 거리가 있는 무의식적 태도의 소산으로 파악하는 것이 좋을 것이다.

그런데 이러한 순수 서정의 세계는 차츰 자아에 대한 인식의 문이 열리면서 막연하게나마 그리움의 정서나 이상과 현실의 괴리감으로 인한 불안감을 노출하기도 한다. 이것도 당대 현실에 대한 깊은 통찰에 연유하는 것이 아니라 이 시기에 볼 수 있는 근원적 불안의식이나 좌절감과 같은 것이라고 생각된다. 이를테면 동일성 형성의 초기단계로서의 자아에 대한 눈뜸이라고 볼 수 있다. 이와 같은 관점에서 이제 윤동주의 초기 시를 구체적으로 살펴보기로 한다.

윤동주의 초기 시에서 먼저 지적할 수 있는 것은 순수하고 화해로우며 막연한 동경의 세계이다.

> 창공
> 그 여름날
> 熱情의 포플라는
> 오히려 창공의 푸른 젖가슴을
> 어루만지며
> 팔을 펼쳐 흔들었다.

---

3) 金興圭, '尹東柱論', op. cit. p.127.

〈중략〉
푸르른 어린 마음이 理想에 타고
그의 憧憬의 날 가을에
凋落의 눈물을 비웃다.

〈蒼空〉에서 (1935. 10. 20)

　　시적 화자의 눈을 통해서 인식되는 세계는 매우 평화롭다. 전반부에서 창공과 여름날의 포플러(미루나무)와의 관계에서 보듯 세계는 지극히 조화롭기만 하다. "여름의 미토스인 로맨스는 지속적인 열정과 순진무구의 세계를 상징한다."[4]고 프라이가 지적한 것처럼 이는 순진한 자아와 순수한 세계를 표상한다. 그리고 후반부에서도 '어린 마음이 이상에 타고', '동경'에 젖을 뿐 '조락의 눈물을 비웃다'라고 할 만큼 밝은 세계를 드러낸다. 이것은 성인의 세계에서 보는 미래지향적 의식이 아니라 어린 시절에 흔히 볼 수 있는 본능적 기다림이나 순수한 동경의 세계이다. 이를 삶의 어려움이나 현실의 어두운 상황에 의한 자기방어기제로 파악한다면 해석자의 선입관이 지나치게 개입되어 시 자체의 순수성을 훼손시킬 우려가 있다. 그러므로 이러한 시는 현실인식 이전의 세계로서 시인의 의식은 아직 자아인식에 깊이 닿아 있지 않다고 볼 수 있다.

　　아롱아롱 조개껍데기
　　울언니 바닷가에서
　　주워온 조개껍데기

　　여긴여긴 북쪽나라요
　　조개는 귀여운 선물

---

4) N. 프라이, *op. cit.* p.335.

장난감 조개껍데기

데굴데굴 굴리며 놀다
짝 잃은 조개껍데기
한 짝을 그리워하네

아롱아롱 조개껍데기
나처럼 그리워하네
물소리 바다물소리.

〈조개 껍질〉 전문 (1935. 12)

이 시에서도 현실인식과 깊이 관련된 내용은 보이지 않는다. 언니가 주어다 준 귀여운 선물인 조개껍데기를 굴리며 노는 순진한 자아의 모습이 보일 뿐이다. 다만 시의 화자가 조개껍데기와 자신을 동일시하여 자연스럽게 그리움의 정서를 떠올리게 되지만 이 그리움의 정서도 현실의 통찰로부터 새로운 세계로 나아가려는 의지로 볼 수는 없다.

그런데 여기서 조개껍데기가 그리워하는 것은 잃어버린 다른 한 짝이며 바닷물소리라는 것에는 다소 주의를 요한다. 조개껍데기가 완전하기 위해서는 다른 한 짝이 있어야 하며, 또한 바다로 돌아가지 않을 때는 삶의 실현이 불가능하다. 즉 조개껍데기의 그리움은 자기 삶을 회생시키려는 근원적 그리움이 되는 것이다. 이러한 조개껍데기의 그리움을 화자가 나와 같은 것이라고 하는 데서 그는 무엇인가 외로운 감정에 젖어 있음을 알 수 있다. 시의 문맥대로라면 자신도 짝을 상실했으며 진정한 삶의 현장으로부터 멀리 이탈되어 있다. 그래서 그것을 회복하고자 하는 의식으로서의 그리움을 드러내는 것으로 볼 수도 있으나 시의 전체 분위기로 본다면 이것은 지나친 확대해석이 될 가능성이 많다.

'귀여운 선물'인 '장난감 조개껍데기'를 갖고 노는 화자의 그리움은 '북쪽나라'에 사는 아이로서의 바다에 대한 막연한 그리움이요, 동경일 것이다. 그리고 그 바다는 새로운 세계일 수도 있다. 그런 점에서 화자가 바다를 그리워하는 것은 원초적이고 근원적인 것에 대한 동경을 함축하고 있다. 이렇게 본다면 그의 그리움은 현실부정이나 자아상실에 대한 동일성을 회복하려는 것이 아니라 순진한 자아로서의 그에게 동일성에 대한 감각이 의식되고 있는 것이라 하겠다. 다시 말해서 불완전한 자아로서의 그에게 자기인식의 문이 열리고 있는 것이다.

> 종달새는 이른 봄날
> 질디진 거리의 뒷골목이
> 싫더라.
> 명랑한 봄하늘,
> 가벼운 두 나래를 펴서
> 요염한 봄노래가
> 좋더라.
> 그러나,
> 오늘도 구멍 뚫린 구두를 끌고,
> 훌렁훌렁 뒷거리길로
> 고기새끼 같은 나는 헤매나니,
> 나래와 노래가 없음인가
> 가슴이 답답하구나.

〈종달새〉 전문 (1936. 3)

이 시는 종달새와 화자를 대비시켜 자아의식을 드러낸다. 종달새는 '질디진 거리의 뒷골목'이 싫고 '명랑한 봄하늘, 가벼운 두 나래

98

를 펴서 요염한 봄노래'를 부르는 것을 좋아하지만, 화자는 그렇지 못하다고 한다. 그는 싫어하는 뒷골목을 고기새끼처럼 헤매고 있다고 함으로써 방황의식을 드러낸다. 그는 〈거리에서〉라는 시에서도 자신을 괴로운 거리를 헤엄치는 '인어'로 비유하면서 외로운 자아가 공상에 젖고 있다는 것을 표현하고 있는데, 이와 같이 자아를 '고기새끼'나 '인어'에 비유하는 것은 프라이에 의하면 하위모방 양식으로서 악마적 이미저리에 속한다. 반면에 종달새는 상위모방의 양식으로서 화자가 지향하는 이상적 대상으로서의 순진무구한 세계가 된다. 이렇게 순진무구의 세계와 경험의 묵시적인 이미지가 악마적인 이미지와 갖는 관계는 轉位의 양상이 된다.5) 즉 화자는 고기새끼와 같은 바람직하지 못한 것에서 종달새와 같이 자유롭게 비상할 수 있는 자아로의 전환을 의식하는 것이다.

  그러나 시적 화자는 그것이 매우 어려운 것임을 알고 있다. '나래와 노래가 없음인가'라는 반문을 통해서 보면 그가 자아를 의식하고 있음이 분명하다. 그의 가슴이 답답한 이유는 곧 '나래와 노래'의 부재의식에서 종달새로의 전위가 불가능하다는 사실을 자각하고 있기 때문이다. 이러한 자아인식에 도달하기까지는 고기새끼처럼 헤매어야 하는 시련을 통해서였지만, 더욱 답답한 것은 그가 '가벼운 두 나래를 펴서 요염한 봄노래'를 부르는 종달새처럼 초월적인 비상의 경지를 염원하면서도 현실적으로는 고기새끼와 같이 물6) 속에서 헤맬 수밖에 없는 무기력한 자아로 남아있어야 한다는 점이다. 그가 자아인식을 통해서 발견한 자신의 모습은 '구멍 뚫린 구두

---

5) N. 프라이, *op. cit.* pp.207~217.
6) 프라이가 논의한 원형적 이미지로 볼 때, 물은 하위모방의 악마적 이미지에서는 죽음이며, 고기는 바다의 괴물이 된다. *op. cit.* pp.208~209의 도표 참조.

를 끌고' 뒷거리길을 헤매는 방랑자의 위치였다. 그래서 그는 불안과 방황의 깊은 바다에 던져져 있다고 한다.

그러나 이러한 그의 상황이 현실세계의 문제로부터 촉발된 것인지는 아직도 분명하지 않다는 점에 유의하지 않으면 안 된다. 굳이 그것이 時代苦에 의한 것이라고 단정할 구체적인 상황이 제시되어 있지 않기 때문이다. 그렇다면 이와 같은 자아인식은 불완전한 자아가 원초적인 동경과 이상을 충족시키지 못한다는 괴리감에서 오는 비극성에 기인하는 것이라 할 수 있다.

한편, 이 시에 드러나는 답답한 심정이 〈山林〉에서는 불안과 공포의식으로 나타나기도 한다.

> 時計가 자근자근 가슴을 때려
> 不安한 마음을 山林이 부른다.
>
> 千年 노래인 年輪에 짜들은 幽暗한 山林이,
> 고달픈 한몸을 抱擁할 因緣을 가졌나보다.
> 山林의 검은 波動 우으로부터
> 어둠은 어린 가슴을 짓밟고
> 이파리를 흔드는 저녁바람이
> 솨-恐怖에 떨게 한다.
>
> 멀리 첫여름의 개고리 재질댐에
> 흘러간 마을의 過去는 아질타.
>
> 나무틈으로 반짝이는 별만이
> 새날의 希望으로 나를 이끈다.
>
> 〈山林〉 전문 (1936. 6. 26)

이 시는 크게 보면 이원구조를 이루고 있다. 1~2연에서의 불안 의식과 그것의 해소, 3~6연에서의 공포의식과 그것의 해소인식 등 이 그것이다. 먼저 1연에서 보면 화자의 불안은 '시계가 자근자근 가슴을 때려'서라고 하듯 시간에 대한 강박관념7)에서 기인된다. 다 소 확대해서 말한다면 이것은 무력한 자아에 의한 초조감이라 할 수 있다. 시간을 역사법칙의 한 구성요소로서의 어떤 진보개념이 있는 것으로 인정할 때, 그 역사적 시간 속에서 아무것도 할 수 없 다는 자아야말로 시간에 대해 누구보다도 민감하지 않을 수 없다. 그에게 있어서 시간은 끊임없는 도전의 대상으로서의 新奇와 창조 라는 열려진 미래로 향해 흐르는 것이 아니라 좌절감의 근원으로서 의 망각과 죽음이라는 닫힌 미래로 흐르는 것이다. 이때 시간은 자 신에게 위대한 아버지와 친구가 되지 못하며 인간을 잡아먹는 무서 운 폭군과 같은 것으로 다가오는 불안의 덩어리로 인식된다.8)

또한 시간에 대한 불안감은 상대적으로 그것을 해소하고자 하는 노력도 동시에 따르게 된다. 그러지 않으면 그야말로 그는 시간에 잡아먹히는, 불안과 강박관념에 휩싸여 견딜 수 없는 상태로 추락 하고 말기 때문이다. 여기서 '산림'은 그가 불안감을 해소할 수 있 는 대상이 된다. 그것은 불안에 떠는 고달픈 몸을 감싸주는 자연공 간으로서 불완전하고 유한한 자아에 대조된다. 이를테면 '나래와 노 래'가 없는 화자에 비해서 산림은 '천년 노래인 연륜에 짜들은 유암' 한 존재이다. 그는 결핍된 자아의 고통에 대해 여기서 위안을 받으

---

7) 시간은 현대인 일반에게 강박관념이 되어 있으며, 현대세계에 있어서 인간의 오리엔테이션에 이처럼 특이하고 중심적인 위치를 점유하게 된 것은 정신분석학이 나타나기 훨씬 이전이었다. H. Meyerhoff, *op. cit.* p.131.
8) *Ibid.* pp.139~141.

려고 했던 것이다.

그러나 산림에서도 그는 불안감을 해소하지 못하고 또 다른 불안 요소를 발견하게 된다. 그것이 위로부터 내려오는 어둠과 바람을 막아주지 못하기 때문에 그를 '공포에 떨게' 하므로 그곳에서도 정신적 위안을 받을 수 없다. 그래서 그는 과거로의 회귀를 의식하기도 하지만, 그것도 이미 '흘러간 마을의 과거는 아련'할 뿐이므로 현실적으로는 무용하다.

이러한 과정에서 그는 '새날의 희망'으로서의 '별'이라고 하는 이상 세계를 발견하게 된다. 별은 시간으로부터 자유로울 수 있는 불멸성과 끊임없이 재생하는 순환성, 또한 어둠 속에서는 더욱 빛날 수 있으며 바람으로부터도 아무런 침해를 받지 않는 절대성을 내포하는 상징적 존재이다. 이런 인식에서 화자는 현재의 위치로부터 공간적 이동을 통한 산림에서도, 시간적 이동을 통한 과거, 그리고 과거의 공간인 '흘러간 마을'에서도 희망을 발견할 수 없었기 때문에 결국 시간적으로는 미래이며 공간적으로는 별이라고 하는 새로운 세계를 지향하려고 한다.9) 궁극적으로 그가 나아갈 곳은 미래이며, 그것도 별이라고 하는 天上의 존재인데, 그의 가슴 속에 설정한 이 새로운 세계는 '나'와 별만큼의 먼 거리에 존재하기에 사실상 도

---

9) 이 시에서 드러나는 자아의 지향의식을 도식화하면 다음과 같다.

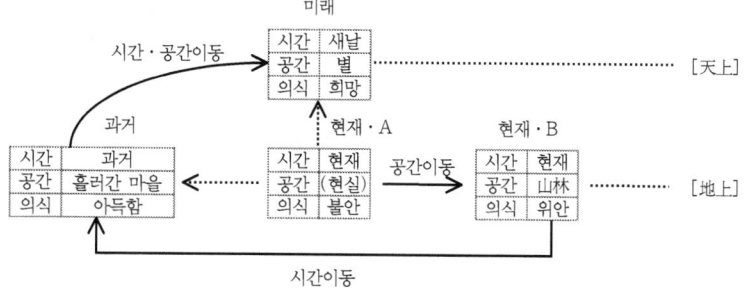

달이 불가능한 것이라고 하겠다. 그러므로 이것은 진정한 의미에서 그를 위안해 주는 것이 아니라 또다시 좌절감을 유발시킬 가능성을 잠재하고 있다.

> 호젓한 世紀의 달을 따라
> 알 듯 모를 듯한 데로 거닐고자!
>
> 아닌밤중에 뛰기듯이
> 잠자리를 뛰쳐
> 끝없는 曠野를 홀로 거니는
> 사람의 心思는 외로우려니
>
> 아-이 젊은이는
> 피라밋처럼 슬프구나
>
> 〈悲哀〉 전문 (1937. 8. 18)

이 시에서 달은 별의 변용으로 볼 수 있다. 별처럼 달도 어둠 속에서만 현현되며, 시간성에서 보면 주기적으로 되풀이하여 출몰하는 순환성이 있다. 이런 의미에서 달은 죽음과 부활, 풍요와 재생이라는 통과제의의 이미지를 지니며 동시에 영원회귀의 신화성을 띤다.10) 화자가 '세기의 달을 따라 알 듯 모를 듯한 데로 거닐고자' 하는 것, 즉 미지의 세계로 지향해 가려는 것은 밤과 광야라는 불모의 세계를11) 초월하여 풍요와 영원한 이상향을 동경하는 것이라 하겠다. 동경은 때때로 과거를 지향하기도 하고 그 반대로 미래를

---

10) M. Eliade, *The Sacred and the Profane, op. cit.* pp.124~125.
11) *Ibid.* p.23. 이 시에서 피라미드와 자아를 동일시하는 것으로 본다면 광야는 사막과 동일한 이미지로 읽혀진다. 따라서 그것은 끝없음·황량함·불모성·무미건조함을 드러내는 반생명적인 세계이며 혼돈의 세계를 상징한다.

지향하기도 하지만, 그것이 어떠한 방향으로 가든 현실에 대한 증오와 밀접한 관련을 맺는다. 이와 같은 동경 방향의 유동성은 기성 세계에서 다른 세계로, 불확실한 세계로, 생성과정의 세계로 이동 비약할 수 있는 원동력이 된다.12)

그리고 '아닌 밤중'으로부터 '세기의 달'을 따르려는 의지 속에는 역사의식이 투영되어 있는 것으로 보인다. 밤이라고 하는 부정적 시간과 잠이라고 하는 무의식에서 뛰쳐나와 광야를 거니는 것은 시간과 공간과 자아에 대한 감각이 일어나고 있기 때문이다. 그럼에도 불구하고 외로움과 슬픔에 빠지게 되는 것으로 본다면, 초월적 의지에 대한 무상함과 자아의 무력감에 대한 부피가 더 크게 인식되고 있다 할 것이다. '광야와 나', '사막과 피라미드'의 대응구조에서 매우 상징적으로 드러나듯이 그는 흘러가 버린 榮華의 무덤(피라밋)처럼 무상하고 무기력한 존재이다. 따라서 황량한 광야의 밤이라고 하는 비극적 상황을 초월하려는, 또는 극복하려는 이 '젊은이'의 행동은 현실적으로 그에게 어떤 보상도 주지 못한다. 여기에 이 젊은이의 '비애'가 있다.

이런 점에서 이 시에서의 화자는 불완전하고 비극적이며 달에 대한 동경도 현실에 대한 깊은 통찰이나 자아의 성찰에 기인하는 것이 아니라 낭만적인 의미가 짙다고 하겠다. 낭만주의자들이 무한한 것을 추구하나 결국은 무지개를 좇아가는 지평선과 같이 거기에 도달하지 못하고 오히려 그 열정적인 동경만큼이나 큰 환멸에 빠지게 되는 것처럼,13) 그는 외로움과 슬픔에 빠지게 된다. 이러한 비극성은 '잣가지가 드높아 서리를 모르올' 耆郞과 같은 기상14)이 그에게

12) 池明烈, *op. cit.* p.69.
13) *Loc. cit.*
14) 〈讚耆婆郞歌〉. 이 노래에서는 달이 耆郞의 마음의 끝을 좇는 것으로

104

결여되어 있기 때문이다.

이상에서 본 것처럼 자아가 별이나 달을 지향하려는 것은 현실적으로 충족 받지 못하는 불완전한 자아의 의식 속에 한 이상향을 설정하고 그에 합치하려는 의지라고 할 수 있다. 그러나 이 시에서 보듯 그것은 한갓 슬픈 꿈과 다를 바 없다.[15] 이 헛된 꿈을 깰 때 그는 다시 현실로 돌아올 수 있을 텐데, 그 현실은 '황폐의 쑥밭'이기에 그는 역시 좌절할 수밖에 없다.

　　　　꿈은 눈을 떴다
　　　　그윽한 幽霧에서.
　　　　노래하는 종달이
　　　　도망쳐 날아나고,
　　　　지난날 봄타령하던
　　　　금잔디밭은 아니다.

　　　　塔은 무너졌다,
　　　　붉은 마음의 塔이 -

　　　　손톱으로 새긴 大理石塔이 -
　　　　하로저녁 暴風에 餘地없이도,

　　　　오오 荒廢의 쑥밭,
　　　　눈물과 목매임이여!

_____

되어 있어 〈悲哀〉의 구조와는 대조적이다. 이러한 대조는 '耆郎'과 '젊은이'의 정신세계의 대조적인 상황과도 같다.

15) 이 점에서 후기 시에 나타나는 별에 대한 인식과 구별된다. 즉 초기 시에 보이는 이러한 좌절의식은 아직도 그가 신념이나 자아확립이 성숙되지 않은 상태에서 막연히 의식하고 있기 때문에 그만큼 괴리감이 크다는 데서 연유하는 듯하다.

꿈은 깨어졌다
塔은 무너졌다.

〈꿈은 깨어지고〉 전문 (1936. 7. 27)

1연 1행에서 '꿈은 눈을 떴다'라고 하는 것은 어법상으로는 '꿈은 깨어지고 눈을 떴다'라 해야 옳다. 그러나 표현 그대로 본다면 꿈이 눈을 떴을 때 화자는 '노래하는 종달이'와 '지난날 봄타령하던 금잔디밭'을 꿈 속에서 본다는 것이며, 이 꿈이 깨어지고 눈을 떴을 때는 종달이가 도망쳐 날아가고 금잔디밭도 아닌 현실로 다시 돌아오게 되는 이중의 의미를 내포하는 것으로 읽을 수 있다. 그러므로 이것은 표면적으로는 모순어법이 되겠지만 내면적으로는 꿈꾸는 상태와 꿈을 깬 상태의 두 가지 의미를 함께 드러내는 함축적인 표현이라 하겠다.

여기서 꿈은 물론 밤에 꾸는 꿈이 아니라 낮의 몽상과 관련을 맺는다. 바슐라르가 지적한 대로 몽상은 아주 자연스러운-또한 심리적 평정에 아주 유용한-정신적 현상이다.[16] 시적 화자는 몽상을 통하여 '그윽한 幽霧에서' 고독한 자신이 '지난날 봄타령하던 금잔디밭' 위로 노래하는 종다리가 되어 비상한다. 이 순간만은 그는 어떠한 불안과 공포도 느끼지 못한다. 몽상은 그에게 다만 존재의 휴식을 깨닫게 해주며 안존을 느끼게 해줄 따름이기 때문이다.

그런데 이렇게 몽상에 빠지게 되는 것은 그가 처한 현실이 희망적이지 못하다는 데 그 원인이 있다. 바꾸어 말하면 그가 몽상을 통하여 평온한 상태에 들려고 하는 것은 괴로운 현실로부터 벗어나려고 하는 심리적 현상이 된다. "고독한 몽상속에서, 우주적 몽상을 꿈꾸는 자는 응시한다라는 동사의 진정한 주체이며 응시력의 첫 번

16) G. 바슐라르, 『몽상의 詩學』, op. cit. p.20~21.

째 증거이다. ……꿈꾸면서 응시한다"[17]라는 바슐라르의 말처럼 몽상 속에는 이미 현실을 관찰하고 있다는 의미가 전제되어 있다. 그러므로 몽상 전후의 현실 상황은 동일한 것이 된다. 곧 그가 인식하는 현실은 꿈이 깨어진 상태에서 보는 세계로서 '황폐의 쑥밭'이며 '눈물과 목메임'으로 절규해야 하는 '탑'이 무너진 폐허의 공간이다. 또한 그 탑은 '붉은 마음의 탑'이라고 하듯 마음속에서(몽상을 통하여) '손톱'으로 새겨 어렵게 쌓아올린 대리석탑인데 그것이 '하루저녁 폭풍에 여지없이도' 무너져 버린 것, 다시 말해서 정신 속마저도 '황폐의 쑥밭'이 되어 버린 것이다. 이 같은 절망적 상황의 인식에서 그는 종다리와 같이 비상하려고 했던 것이며, 이 몽상에서 깨어나 현실로 돌아왔을 때 그는 더 깊은 절망감에 빠진다.

이렇게 몽상은 결국엔 절망감으로 되돌아올 수밖에 없는 속성을 지니는 것이지만, 그러나 그것은 현실에 대한 응시와 자아에 대한 성찰을 강화시켜 준다는 의의를 지닌다. 여기서 이제 그는 자아의 좁은 테두리를 벗어나 역사 속의 일원이 되기를 갈망한다.

> 나는 아마도 眞實한 世紀의 季節을 따라ㅡ
> 하늘만 보이는 울타리 안을 뛰쳐,
> 歷史같은 포지션을 지켜야 봅니다.
>
> 〈寒暖計〉 4연 (1937. 7)

이와 같이 그가 '하늘만 보이는 울타리 안을 뛰쳐' 나와서 진실한 세기의 계절을 따라 '역사 같은 포지션'을 지켜야 할 것이라고 하는 것은 분명 새로운 자아, 즉 역사적 자아로 나아가야 되겠다는 전환 의지임에 틀림없다. 이러한 전신의 의지는 현실을 좀 더 깊이 알려

---

17) *Ibid*. p.195.

는 것이며 그 속에서 자신의 위치를 어디에 두어야 할 것인가를 모색하려는 노력에 다름 아니다. 또한 그것은 새로운 길로 가야 한다는 의식이기도 하다. 그래서 그가 가야 할 새로운 길은 역사의 현장이며 인간들이 사는 마을임을 다음의 시는 잘 보여준다.

> 내를 건너서 숲으로
> 고개를 넘어서 마을로
>
> 어제도 가고 오늘도 갈
> 나의 길 새로운 길
>
> 민들레가 피고 까치가 날고
> 아가씨가 지나고 바람이 일고
>
> 나의 길은 언제나 새로운 길
> 오늘도……내일도……
> 내를 건너서 숲으로
> 고개를 넘어서 마을로

〈새로운 길〉 전문 (1938. 5. 10)

시적 화자는 내를 건너서 숲으로, 고개를 넘어서 다시 마을로 끊임없이 새로운 길을 가고 있다. 인생의 행로에는 민들레·까치·아가씨가 있으며, 또 바람도 일고 있다. 여기서 3연은 1연과 서로 대응을 이루고 있음이 주목된다. 즉 내와 민들레, 숲과 까치, 고개와 아가씨, 마을과 바람이 그것이다. 이에서 보면 인간세상(아가씨·마을)에는 고개와 바람이 있다. 이 바람과 고개를 인간의 삶에서 벗어날 수 없는 시련과 같은 것이라고 한다면, 끊임없이 가야 할 그의 새로운 길은 화해와 시련으로서의 고락이 교차하는 삶의 역정임을

108

암시한다. 양괄식으로 이루어진 이 시의 구조에서 내→숲→고개→
마을의 과정, 곧 결국엔 그의 길이 '마을'로 귀착되고 있다는 사실
은 '역사 같은 포지션'을 지키려는 그의 새로운 인식과 부합된다.
앞에서 보아온 대로 그에게 세계와 자아인식이 열리면서 줄곧 불안
감과 좌절감에서 자연공간으로 전전하였던 그의 의식의 방향이 어
느 곳에서도 충족 받지 못한다고 생각했을 때 결국 그는 인간들이
사는 현실로 되돌아올 수밖에 없었다. 그 길만이 새로운 길임을 그
는 깨닫는다.

새로운 길을 지향하는 그의 의식은 〈異蹟〉에서 더욱 명료하게
드러난다.

발에 터분한 것을 다 빼어 버리고
黃昏이 湖水위로 걸어 오듯이
나도 사뿐사뿐 걸어 보리이까?

내사 이 湖水가로
부르는 이 없이
불리워 온 것은
참말 異蹟이외다.
오늘 따라
戀情, 自惚, 猜忌, 이것들이
자꾸 金메달처럼 만져지는구려

하나, 내 모든 것을 餘念 없이
물결에 씻어 보내려니
당신은 湖面으로 나를 불러내소서.

〈異蹟〉 전문 (1938. 6. 19)

'발에 터분한 것'을 다 빼어버릴 때 황혼처럼 그는 호수 위를 사

뿐사뿐 걸을 수 있다고 한다. 즉 不淨한 것을 다 떨쳐 버리고 순수
한 자아로 돌아와야만 그는 가벼운 발걸음으로 스스로 호수 위를
걸어갈 수 있다는 것이다.

그런데 그는 누가 부르는 이 없이 스스로 호수가로 불려 왔다고
한다. 이것은 '연정, 자홀, 시기'와 같은 것에 연연하던 소극적이었던
자아로 본다면 참으로 '이적'이 아닐 수 없다. 이같이 스스로 불려
왔다고 하는 것은 분명 동일성에 대한 감각이 의식되고 있는 것이
며 적극적인 자아로 나아가고 있음을 시사한다. 왜냐하면 자아의
전체적인 과업은 수동적인 것을 능동적인 것으로 전이시키는 것이
기 때문이다.[18]

결국 그는 '연정, 자홀, 시기'와 같은 것에 빠지기 쉬운 부정적인
자아를 모두 호수의 물결에 씻어버림으로써 새로운 자아로 재생할
수 있을 것이다. 이런 정화의 과정을 거치게 될 때, 그는 능동적이
고 이상적인 자아로 다시 태어날 수 있게 된다. 그래서 그는 호면
으로 자신을 불러줄 것을 '당신'에게 기원한다. 여기서 '당신'은 어떤
절대자와 같이 자신을 구원해 줄 수 있는 능력을 지닌 존재라 할
수 있다. 그가 '이적'처럼 스스로 호수가로 나오기는 했지만, 아직도
자꾸 부정적인 자아로 빠지려고 하는 소극성이 남아 있기에 그는
좀 더 강력한 절대자의 힘이 필요함을 염원한다.

지금까지 살펴본 바와 같이 윤동주의 초기 시에서는 순진무구한
자아로부터 서서히 세계인식과 자아의식에 눈떠가는 과정이 드러나
고 있음을 알 수 있다. 여기서 자아의식은 분명히 인식되고 있는
것으로 보이지만, 당대의 시대의식이나 또 거기서 자아가 어떻게
대응해야 하는가라는 적극성은 그렇게 분명하게 드러나지는 않는

---

18) E. H. Erikson, *op. cit.* p.367.

다. 이것은 아직도 그가 수동적인 자아를 탈피하지 못하고 있음을 뜻한다. 다만 〈한난계〉와 같은 시에서는 역사적 현실에 대한 인식을 보여주고 있다. 그가 역사적 자아라는 보다 적극적인 자기인식을 가지기 위해서는 인식의 전환이 필요한데 〈이적〉은 그러한 재생의지를 매우 실증적으로 드러내고 있다. 이 시에서 보이는 정화의지는 존재론적 전환을 이룩하려는 심리를 반영하는 것이다.

존재론적 전환을 기도하려는 이러한 자아의식은 윤동주 시에서 크게 두 가지로 집약할 수 있다. 그 하나가 순진하고 불완전한 자아에서 역사적 자아로 나아가려고 하는 정화의식이 되겠고, 다른 하나는 소명감을 실현할 수 있는 보다 적극적인 자아로 재생하려는 상징적 죽음의식이 된다. 이 같은 두 의식을 핵심으로 하여 그의 시에는 많은 재생의지가 드러나고 있는데, 이 과정에서 드러나는 자아인식의 단계나, 어둠에 대한 인식이나, 생에 대한 가치인식 등은 모두 자기동일성을 형성하려는 의지와 밀접한 관련이 있다. 이 가운데 정화의지는 초기시의 불완전하고 소극적인 자아에서 역사적 자아로 나아가려는 전환점으로서의 중요한 계기가 된다고 하겠다.

2) 소명의식과 자아의 시련

시인이 자기인식과 외부세계에 대한 눈을 뜸으로써 그가 가장 크게 직면케 되는 것은 밤과 어둠에 대한 인식이다. 윤동주 시에 드러나는 많은 어둠의 이미지들은 비극적 현실과 직접 관련이 있는 것으로 보인다. 이것은 그에게 소명감을 촉발시키게 하며, 또 좌절과 고통을 배태케 하는 자기 압박의 요소들이기도 하다.

일제 말기의 참담했던 현실은 한 시인에게도 너무나 거대한 어둠

이었으며 삶의 윤리적 가치마저도 박탈해갔던 것이다. 강압적이고
조직적인 군국주의 앞에 한 인간으로서의 거부의 몸짓이야말로 처
음부터 공허한 것이 될 수밖에 없었으리라. 그것이 이 민족의 실재
였다고 한다면 거기에 대처하려는 적극적 행동은 필연적으로 자기
희생이 따르게 마련이다. 이런 상황 앞에서 시인은 고통과 좌절, 갈
등 속에 빠져들게 된다.

　여기서 또한 그 나름대로의 극복의 의지도 보이게 된다. 그의 시
도처에서 발견되는 소명감·소외·그리움·부끄러움 의식들이 그것
이다. 소명감이 부정적인 현실을 회복하려는 의지라면 소외의식은
그러한 현실에 합류할 수 없거나 거기서 스스로 일탈하고자 하는 거
부의 몸짓이다. 또한 그리움은 고통스런 현실을 잊어버리고 싶은 의
식이며 부끄러움이나 미움의 감정은 소극적이고 무력한 자아에 대한
반성이요, 새로운 자아로 나아갈 수 있는 단초가 된다. 이와 같은 그
의 고통과 갈등, 소명감과 무력감들은 대체로 어두운 현실인식에 그
뿌리를 내리고 있다. 이제 어두운 현실과 그 속에서 자아가 어떻게
존재해야 하는가라는 문제를 시를 통해 보기로 한다.

　　　붉은 이마에 싸늘한 달이 서리어
　　　아우의 얼굴은 슬픈 그림이다.

　　　발거리 멈추어
　　　살그머니 애린 손을 잡으며
　　　'너는 자라 무엇이 되려니'
　　　'사람이 되지'
　　　아우의 설흔 진정코 설은 對答이다.

　　　슬며-시 잡었든 손을 놓고

  아우의 얼굴을 다시 들여다 본다

  싸늘한 달이 붉은 이마에 젖어
  아우의 얼굴은 슬픈 그림이다.

〈아우의 印象畵〉 전문 (1938. 9. 15)

이 시에서 아직 현실이란 어떤 것인가라는 물음을 해소해 줄 수 있을 만큼 구체적인 상황 제시는 없다. 다만 현실 속에 존재하는 자아의 삶이 어떠한 상태라고 하는 것은 간접적으로 읽을 수 있다. 여기서 아우와 시의 화자는 서로 다른 모습으로 대비된다. 아우가 어려운 삶에 대한 인식을 갖지 못한 순수세계에 닿아 있다면 형인 화자는 이미 그 인식의 입구를 통과하여 삶의 어려움을 자각하고 있는 보다 성숙된 자아이다. 그러므로 화자는 아우의 얼굴을 현실의 모습으로 보지 않고 삶의 어려운 현장에 던져질 미래의 얼굴로 보고 있다. 그런 아우의 얼굴은 '슬픈 그림'이 아닐 수 없다. 바꾸어 말하면 이것은 현재 자신의 얼굴이기도 하다. 화자는 이미 어려운 삶의 현장에 던져져 있기 때문이다. 현실적 어려움이 무엇인지, 갈등의 근원이 무엇인지는 시의 표면에 분명히 드러나지 않으나 화자가 인생역정에서 겪게 될 고통의 중량을 감지한다는 것은 분명히 드러난다.

이러한 아우와 자아와의 대조는 어떤 의미에서는 그의 마음속에 있는 두 개의 자아의 객관화라 할 수 있다. 즉 자아의 어떤 숨겨진 성향이나 감춰진 특징, 또는 억압되어 있는 의식의 객관화로서, 그의 또 하나의 면을 두드러지게 하고 그것을 더욱 명확히 내세워 대조시키고 있다. 따라서 이 한 쌍의 인상은 본질적으로 두 인물이라는 모습을 빌어 표현하고 있는 한 인간인지도 모른다.[19] 그러니까 아우는 그의 잠재의식의 한 객체화라고 볼 수도 있다. 삶의 어려움을 경험한 자아가 고통으로부터 벗어나고 싶은 충동에서 아우와 같은 어린 시절인 것이다. 따라서 아우는 자아의 지향적 대상으로서의 그의 내면에 있는 또 다른 모습의 실체화라 하겠다.

여기서 우리는 잠정적으로 윤동주의 의식 속에 모순된 두 개의 자아가 갈등을 일으키고 있음을 보게 된다. 〈自畵像〉엔 이러한 갈등의 양상이 구체적으로 드러난다.

산모퉁이를 돌아 논가 외딴 우물을 홀로 찾어가선 가만히 들여다 봅니다.

우물속에는 달이 밝고 구름이 흐르고 하늘이 펼치고 파아란 바람이 불고 가을이 있읍니다.
그리고 한 사나이가 있습니다.
어쩐지 그 사나이가 미워져 돌아갑니다.

돌아가다 생각하니 그 사나이가 가엾어집니다.
도로 가 들여다 보니 사나이는 그대로 있읍니다.
다시 그 사나이가 미워져 돌아갑니다.
돌아가다 생각하니 그 사나이가 그리워집니다.

우물속에는 달이 밝고 구름이 흐르고 하늘이 펼치고 파아란 바람이 불고 가을이 있고 追憶처럼 사나이가 있습니다.

〈自畵像〉 전문 (1939. 9)

이 시는 소외로부터 자아발견에 이르는 과정과 그에 의한 자신의 복합적인 감정을 보여준다. 시적 화자는 '산모퉁이를 돌아 외딴 우

---

19) 아놀드 하우저, 김진욱 옮김, 『藝術과 疎外』(종로서적, 1981), p.169.

물을 홀로 찾아'가는데 이것은 곧 악한 현실로부터 자아를 유리시키는 행위라 하겠다. 그가 현실을 부정적이라 판단했을 때, 거기에 동조하거나 합류할 수 없기에 스스로 거기서 떠날 수밖에 없다.

우물을 들여다보는 행위는 자아성찰을 의미한다. 우물은 자신을 비춰볼 수 있는 대상으로서의 거울의 이미지를 내포한다. 또한 이 우물은 순수성을 지향하는 공간이기도 하다. 우물은 늘 때 묻지 않은 순수한 물—새 생명의 원천이기도 한—이 솟아나오는 곳이다. 이 공간은 현실과는 완전히 상반되는 곳이며, 오로지 순수한 자연 그 자체이다. 그 속에는 달·구름·하늘·바람도 파란 바람이 불고 있는 조화로운 장소이다. 이러한 자연공간과 그것을 들여다보고 있는 자아는 너무나 대조적이다. 자아는 이미 현실적 고통으로부터 갈등하고 있는 사람이기 때문이다. 따라서 우물을 통해 하늘을 바라보는 것은 그것에 대한 그리움을 느끼는 것이요, 동시에 하늘의 조화로운 질서를 지상에 옮겨놓고 싶어 하는 욕망을 나타낸다.

그러나 그것은 현실적으로는 불가능하다. 그럼에도 자아는 그것을 그리워하며 소극적인 자세로 바라보고 있다. 그가 자기혐오의 감정에 빠지게 되는 까닭이 여기에 있다. 또 한편으로 그는 소극적인 자세로 존재할 수밖에 없는 현실 상황을 인식할 때, 어쩔 수 없다는 생각에서 자신을 가엾은 존재로 파악하기도 한다. 그래서 도로 가서 들여다보지만, 그것은 자신을 재인하는 것에 불과할 뿐 전과 다를 바 없다. 그는 다시 미워져 돌아간다. 이렇게 자아에 대한 미움과 연민이라는 두 감정이 교차하는 것은 현실적 자아와 윤리적 자아의 충돌에서 오는 갈등의 양상을 의미한다.[20]

이렇게 하여 결국은 시적 자아가 우물 속에 '추억처럼' 서 있다고

---

20) 李符永. op. cit. p.98.

함으로써 과거로 돌아가고 싶은 심정을 드러낸다. 현실적인 괴리감이 그로 하여금 추억속의 자아로 회귀하도록 만든 것이다. 이와 같이 조화로운 자연 속에 묻혀 살던 지난 시절을 그리워하는 이유는 크게 두 가지의 의미로 구분될 수 있다. 하나는 현실적 고뇌를 잊어보려는 행위로서의 순수한 시절의 추억에 잠기려는 퇴행의식과 관련된다. 다른 하나는 적극적인 의지로 과거의 모습을 현재의 시간 속에 재현하고 싶은, 또는 그것을 닮아가려는 의식을 나타낸다고 볼 수 있다. 즉 미움의 감정을 유발시키는 부정적인 자아로부터 긍정적인 자아로 나아가려는 의지를 나타낸다고 하겠다.

이상과 같은 의미에서 보면 이 시는 자아가 성숙된 순간으로 나아가는 전단계로서의 시련의 과정을 드러낸다. 그러나 현실적으로는 자아에 대한 혐오와 연민, 그리움의 감정이 복합적으로 의식 속에서 갈등하고 있으므로 여전히 그는 자기 동일성의 위기[21])에 들어 있다. 이러한 위기의식에서 그는 현실공간으로부터 '바다'라는 원초적 공간으로 나아가려고 한다.

> 괴로운 사람아 괴로운 사람아
> 옷자락 물결속에서도
> 가슴속 깊이 돌돌 샘물이 흘러
> 이밤을 더불어 말할 이 없도다.
> 거리의 소음과 노래 부를 수 없도다.
> 그신듯이 냇가에 앉았으니
> 사랑과 일을 거리에 맡기고

---

21) E. H. Erikson, op. cit. p.190. 이 말은 성장 회복 그리고 분화를 위한 자원들을 집결 정비하면서 발달의 방향을 정하는 결정적 순간으로서 필요한 전환점을 지칭하는 용어로, 예를 들어 개인의 치료과정에서의 위기, 개인의 발달에 있어서의 위기, 혹은 급격한 역사적 변화의 긴장 속에서의 위기, 새로운 엘리트 출현에 있어서의 위기 등과 같은 것이다.

　　가만히 가만히
　　바다로 가자,
　　바다로 가자.

　　　　　　　　　　　〈산골물〉 전문 (1939. 9. 추정)

　이 시의 화자는 괴로운 사람에게 바다로 가자고 말을 건네는 형식을 취하고 있지만, 사실은 괴로운 사람과 화자는 동일한 처지이다. 고통스런 자아이기에 그는 새로운 세계로 가야 한다는 생각에 젖어 있다. '옷자락'도 '가슴속'도 물결과 샘물이 흘러내린다는 인식에서 보면 그는 분명히 변화를 의식하고 있다. 그가 변화를 모색할 수밖에 없는 이유는 4~5행에서 구체화된다. 그는 '더불어 말할 이'가 없는 소외감과 '거리의 소음'과 함께 노래 부를 수 없는 부정적인 현실이기에 그것을 부정하고 냇가에 앉아 흘러가는 '산골물'을 보게 된 것이다. 산골물의 부단한 흐름을 통해 그는 자신의 괴로움을 씻을 수 있는 통로를 발견했던 것이다.

　그러나 그것은 '사랑과 일을 거리에 맡기고' 가야 하는, 곧 현실에 대한 책임감을 회피할 수밖에 없으며 현재적 자아도 버려야 하는 또 다른 괴로움을 겪어야 한다. 물론 그것이 궁극적으로는 그 모든 것의 회피와 도피가 아님은 분명하다. 다만 현실적인 괴로움을 씻고 새로운 출발을 하기 위한 일시적인 것일 뿐이다. 마치 산골물이 쉬지 않고 흘러가 봐야 자신의 모습은 무화되어 버리고 말지만, 끊임없이 흘러가지 않고는 바다라는 새로운 세계를 만나지 못하는 것과 같다. 더욱이 산골물이 바다에 이르러 자신의 모습을 사라지게 함으로써 궁극에는 재생(증발)이 가능하듯이 모든 것을 버리는 것은 곧 새로운 출발을 의미한다. 바다는 모든 물의 귀착지인 동시에 끊임없이 재생하며 순환하는 영원의 존재이다.[22] 그러므로 화자가 모든 것을 버리고 '바다로 가자'고 하는 것은 괴로움을 떨쳐 버리고 싶은 욕구이며 동시에 재생하고자 하는 잠재의식의 표출이라 하겠다.

이렇게 소외감과 번거로운 세상으로부터 촉발되는 괴로움을 씻기 위해 바다로 가려는 의식이, 다음 시에서는 의사를 통해 치유하려고 병원으로 찾아가는 이미지 드러난다.

> 살구나무 그늘로 얼굴을 가리고, 病院 뒤뜰에 누워, 젊은 女子가 흰 옷 아래로 하얀 다리를 드러내 놓고 日光浴을 한다. 한나절이 기울도록 가슴을 앓는다는 이 女子를 찾아 오는 이, 나비 한마리도 없다. 슬프지도 않은 살구나무가지에는 바람조차 없다.
>
> 나도 모를 아픔을 오래 참다 처음으로 이곳에 찾아왔다. 그러나 나의 늙은 의사는 젊은이의 病을 모른다. 나한테는 病이 없다고 한다. 이 지나친 試鍊, 이 지나친 疲勞, 나는 성내서는 안 된다.
>
> 女子는 자리에서 일어나 옷깃을 여미고 花壇에서 金盞花 한포기를 따 가슴에 꽂고 病室안으로 사라진다. 나는 그 女子의 健康이 - 아니 내 健康도 速히 回復되기를 바라며 그가 누웠던 자리에 누워본다.
>
> 〈病院〉 전문 (1940. 12)

이 시를 高錫珪는 "생명의 소모에서 느껴지는 異常的 俯瞰은……'병의 의식'에서 발현된 것"[23]으로 보았는데, 사실 이 병의 원인은 '나도 모를 아픔'이라고 하여 분명히 제시되어 있지 않다. 다만 3연의 '여자가 누웠던 자리에 누워본다'라는 구절에서 우리는 그의 병이 그 여자의 병과 동일한 것이 아닌가 하는 암시를 받을 수 있다. 그렇다면 화자의 병은 가슴앓이임을 알게 된다. 즉 그의 병은 육체

---

22) Cf. 第2章 각주 69) 참조.
23) 高錫珪, '尹東柱의 精神的 素描', 『超劇』(삼협문화사, 1954), p.48.

적인 것이 아니라 정신적인 것이다.

그런데 의사는 그의 병을 진단할 수 없으며 더구나 세속적인 직업의식과 타성에 젖어 있을 법한 늙은 의사로서는 이 젊은이의 지친 마음을 알 수 없다. 여기서 우리는 그가 겪고 있는 지나친 시련과 피로가 곧 時代苦와 관련이 있다는 것을 감지할 수 있다. 시대적 고통에 시달리는 그의 병이야말로 의사의 진단이나 처방으로는 치유가 불가능한지도 모른다.

그러나 그는 결코 '성내서는 안 된다'고 스스로 다짐을 하면서 그것을 냉철하게 대처하며 견디려 한다. 이렇게 아픔을 견디고 시련을 극복하려는 것은 성숙단계로 나아감을 암시하는 것으로 그는 이 시련을 극복함으로써 새롭고 더 강인한 자아로 나아갈 수 있을 것이다.24) 또 그가 이렇게 아픔을 참을 수 있는 것은 그 병이 결코 절망적인 것이 아니고 회복될 수 있다고 보기 때문이다. 따라서 그는 희망을 가지고 있다. '금잔화 한 포기를 따 가슴에 꽂고 병실 안'으로 들어가는 그 여자에게서 희망을 잃지 않으려는 의지를 보고 있듯, 그는 그 여자의 병과 함께 '내 건강도 속히 회복되기를 바라며 그가 누웠던 자리에 누워' 봄으로써 회복에의 소망과 의지를 다지고 있다. 이와 같은 그의 병이 회복될 때 그는 병원으로부터 다시 현실로 복귀할 수 있게 될 것이다.

한편, 이 병이 시대적 아픔에서 연유한 것이므로 현실이 바람직스럽게 개선이 된다면 자연히 그의 병도 회복이 될 수 있다. 그때는 당연히 현실로의 복귀도 이루어지게 될 것이다. 그렇지만 현실이 개선되지 않은 상태에서 그의 병은 쉽게 치유될 수는 없다. 여기에 화자의 괴로움은 있다고 하겠는데, 그가 빨리 회복되기를 기

---

24) M. Eliade, *Rites and Symbols of Initiation, op. cit.* p.62.

원하는 것은 곧 그 병을 극복하고 다시 현실로 돌아오려는 의지라 할 수 있다. 이 의지가 더욱 강화될 때 과거 회귀나 바다로의 지향, 그리고 (의사는 그의 병을 모른다고 하면서도) 의사의 힘을 빌려 치유하려는 그의 소극적인 자아의식은 감소될 것임은 자명해진다.

이러한 소극적 태도의 자아를 탈피하고 보다 강인한 자아로 나아가려는 것이 다름 아닌 소명의식이다. 〈무서운 시간〉에서 이 소명의식이 고조되고 있음을 볼 수 있다. 여기서 그는 자아의 소멸을 강요하는 시간에 맞서 자신의 '일'을 마칠 때까지 살아남으려 한다.

거 나를 부르는 것이 누구요,

가랑잎 이파리 푸르러 나오는 그늘인데,
나 아직 여기 呼吸이 남아 있소.
한번도 손들어 보지 못한 나를
손들어 표할 하늘도 없는 나를

어디에 내 한몸 둘 하늘이 있어
나를 부르는 것이오.

일을 마치고 내 죽는 날 아침에는
서럽지도 않은 가랑잎이 떨어질 텐데……

나를 부르지마오.

〈무서운 時間〉 전문 (1941. 2. 7)

이 시에서도 우선은 자신을 죽음으로 이르게 하는 시간에 대한 강박관념과 불안의식이 짙게 깔려 있지만 〈산림〉에서 본 것과는 자아의식에서 큰 차이를 보여준다. 자아인식이 불투명했던 초기 시에서는 자아의 무력감으로 인하여 시간에 대해 깊이 인식하려 하거

나 대결의 자세를 보이지 않았다. 그 대신에 그는 그것으로부터 초
월할 수 있는 곳을 찾아 나선 결과 '별'이라는 결코 현실적으로는
닿을 수 없는 이상세계를 발견하고 그것만이 '새 날의 희망'이라고
인식하며 지향하려고 한다. 이를테면 지상에서는 시간을 초월할 수
없다는 인식에서 천상물인 별의 세계로 이끌렸던 것이다.

그러나 이 시에서는 그것과는 매우 다른 자아의식을 엿볼 수 있
다. 시적 화자가 시간에 대한 강박관념을 가지고 있음에도 불구하
고 그는 그것을 분명히 인식하려고 함은 물론 오히려 자신을 부르
지 말라고 대항의 자세를 보인다. 이렇게 다른 자세를 보일 수 있
게 된 것은 자아의식이 그만큼 강화되었다는 것을 의미한다. 앞에
서 보아온 것처럼 시련을 겪어왔기에 한층 의지가 강한 자아로 성
숙했다는 뜻도 된다. 그래서 그는 '무서운 시간'에 의해 소멸할 것
같은 위기감을 느끼면서도 '나를 부르는 것'이 누구인지 반문하면서
시간에 순순히 끌려가려고만 하지 않는다.[25] 오히려 가랑잎이 다시
푸르러 나오는 소생의 힘을 보면서 자신도 아직 호흡이 남아 있다
고 주장한다. 다시 말해서 그도 소멸의 위기에서 다시 소생하려는
강한 의지를 보인다. 결코 그는 순순히 사라질 수만은 없다고 반발
한다.

3연에서 '한 번도 손들어 보지 못한 나'였다는 무기력한 자아와
'손들어 표할 하늘도 없는 나'라는 완전히 박탈·상실된 세계와 자
아에 대한 성찰을 하고 있는 그가 이런 상황을 외면하고 그대로 사
라져 버릴 수는 없다. 뿐만 아니라 아무 의미 없이 죽는다는 것은,

---

25) 마광수는 이 시에서 '나'를 부르는 이의 정체가 드러나지 않는다고 하
　　면서 〈또 太初의 아침〉과 연관시켜 '바람', 또는 '하늘에서 들려오는
　　소리'로 해석하고 있다. (op. cit. p.147). 그러나 이것은 제목과 관련시
　　켜서 보거나 시의 내용으로 본다면 '시간'을 지칭하는 것이라 생각된다.

저 세상에서도 '내 한 몸 둘 하늘'이 없을 것이란 표현에서 보듯이
용납될 수 없다. 그러기에 5연에서 '일을 마치고' 죽을 것이라고 하
게 되는 것이다. 여기서 '일'이란 곧 박탈당하고 상실된 세계와 자
아를 회복하는 것이 된다. 그것을 완수하고 죽을 때는 서러울 것이
없어진다.[26] 할 일을 다 하고 죽는 사람에게 후회나 미련이 있을
수 없듯 서러울 것도 없다. 그래서 그는 그 일을 끝마칠 때까지 '나'
를 부르지 말라고 항거하는 것이다.

　이러한 소명의식은 기독교적 상상력에 의해 쓰인 것으로 보이는
〈또 太初의 아침〉이나 〈十字架〉에서 더욱 분명하게 드러난다. 전자
에서는 소명감의 인식을 통해 행동적인 자아로 전환하려는 자세를,
후자에서는 어두운 현실을 위해 자기희생도 불사하겠다는 속죄양의
식을 극명하게 보여준다.

> 하얗게 눈이 덮이었고
> 電信柱가 잉잉 울어
> 하나님 말씀이 들려온다.
> 무슨 啓示일까.
>
> 빨리
> 봄이 오면
> 罪를 짓고
> 눈이

---

26) 여기서 아침에 죽는다고 하는 표현도 주목된다. 이 말 속에는 밤에 일
　을 하고 아침이면 마친다고 하는 의미가 내포되어 있다. 즉 밤이라는
　상황에서는 내가 할 일(어둠을 소거하는 일)이 있으므로 나는 별처럼
　현현되어야 하지만, 아침이 되면 어둠이 없어지듯 나의 할 일이 없으
　며 나도 현현될 필요가 없게 된다. 또한 내가 할 일을 마쳤다는 것은
　나에게 부과된 소명을 다 했다는 것이요, 그로 해서 상실된 것이 회복
　되었다는 의미가 있다.

밝아

이브가 解産하는 수고를 다하면
無花果 잎사귀로 부끄런 데를 가리고
나는 이마에 땀을 흘려야겠다.
〈또 太初의 아침〉 전문 (1941. 5. 31)

1연에서 하얗게 눈이 덮인 세계는 모든 것이 무화되어 버린 생명 부재의 지상을 뜻한다면 그 반대편에 하나님의 세계인 하늘이 있다. 이 두 세계, 즉 절대적인 고난의 세계로서의 눈 덮인 지상과 신성한 천상의 세계를 이어주는 것이 전신주이며, 그것은 '잉잉 울어' 하나님의 말씀을 대신 전해준다. 화자는 대조적인 이 두 세계를 인식하고 있기에 고통스러운 지상의 상황을 더욱 뼈저리게 생각한다. 그래서 바람에 의해 울려오는 전신주의 소리를 들으면서 하나님의 계시를 생각한다. 그것은 지상을 위해 무엇인가 해야 한다는 자기암시일 수도 있다. 자신의 무의식 속에 잠재되어 있는 소명감이 있었기에 전신주의 울음소리를 하나님의 계시로 들을 수 있는 것이다.

그러면 3연에서 왜 그가 하나님의 계시, 즉 겨울의 상황을 극복해야 한다는 말씀을 듣고 그것을 완수하기 위해서는 죄를 지어야만 가능하다는 것일까? 상식적으로 보면 하나님은 죄를 지어서는 안 된다고 하는데, 그는 죄를 짓는다고 함으로써 하나님의 말씀을 거역하겠다는 것이다. 여기에는 상당히 미묘한 의미가 내포되어 있는 것으로 보인다. 이것을 이해하기 위해 우리는 태초의 공간으로 다시 돌아가서 생각해 보아야 할 필요성을 느낀다.

에덴동산에 살던 이브는 죄를 짓지 않을 때 계속해서 그 공간에서 살 수 있었으나 그는 죄를 지음으로써 추방되었으며 해산의 고통을 그 대가로 받게 되었다. 그러나 이 시의 화자가 존재하고 있는 지상은 선악의 분별이 없는 에덴동산이 아니라 이미 온갖 죄악으로 가득 찬 타락의 공간이다. 이렇게 타락된 공간에 사는 인간에게는 선악의 분별을 요구한다. 왜냐하면 선악의 분별이 분명히 되어야만 악을 물리치기 위한 행동이 나올 수 있기 때문이다. 여기서 우리는 그가 죄를 지을 수밖에 없는 이유를 알게 된다. 다시 말해서 그는 죄악에 대한 분명한 인식을 갖기 위한 시련으로서의 죄를 지어야 한다고 했던 것이다. 그것은 '죄를 짓고 눈이 밝아'라고 하는 데서 분명히 드러난다. 이렇게 죄를 지음으로써 자기 시련을 마친 그는 비로소 죄악에 대한 분별력을 가진 새로운 자아가 되어 이제 그것과 맞서 행동을 하려고 한다.

그러나 여기에는 다시 고통이 동반되지 않으면 안 된다. 마치 이브가 해산하는 수고를 다한 뒤에 새 생명을 잉태할 수 있는 것처럼 필연적으로 새로운 세계의 도래는 해산의 수고가 따라야 한다. 그리고 부끄러움이 없는 용기도 필요하게 된다. '무화과 잎사귀로 부끄런 데를 가리고'라는 것은 부끄러움의 은폐가 아니라 용기를 발휘하기 위한 노력이며 동시에 소극적인 채로 존재하려는 부끄러운 자아를 소거시키는 행위라 하겠다. 그런 뒤에야 그는 비로소 '이마에 땀을 흘려야겠다'는 신념, 즉 행동적인 자아로의 전환을 꾀할 수 있게 된다.

　　　쫓아오던 햇빛인데
　　　지금 敎會堂 꼭대기
　　　十字架에 걸리었읍니다.

　　　尖塔이 저렇게도 높은데
　　　어떻게 올라갈 수 있을까요.

124

鐘소리도 들려오지 않는데
휘파람이나 불며 서성거리다가,

괴로왔던 사나이,
幸福한 예수 그리스도에게
처럼
十字架가 許諾된다면

모가지를 드리우고
꽃처럼 피어나는 피를
어두워가는 하늘 밑에
조용히 흘리겠읍니다

〈十字架〉전문 (1941. 5. 31)

이 시에서는 시적 화자가 괴로워하는 이유가 잘 드러난다. 자기 희생마저도 쉽지 않아 자아실현을 할 수 없다는 극한 상황 때문에 그는 괴로워한다. 그것은 시의 구조를 통해서도 잘 드러난다. 즉 '쫓아오던 햇빛이 걸린 교회당의 십자가를 올려다 봄→첨탑에 올라갈 수 없음→서성거림→모가지를 드리움'에서 보듯 행위가 점점 위축되어 간다.

1연에서 쫓아오던 햇빛이 십자가에 걸려 더 이상 지상으로 내려오지 못하므로 지상은 어두울 수밖에 없다. 십자가는 지상의 어둠을 몰아내는 구원의 상징이지만 여기서는 오히려 햇빛을 차단하는 것으로 표현되어 있다. 이것은 3연의 '종소리도 들려오지 않는데'라는 구절과 연관해서 해서 보면 종교적 역할을 다 하지 못하는 상태를 의미하는 것으로 풀이할 수 있다.[27] 그렇다면 십자가를 끌어내

---

27) 이것은 절대적 어둠의 상황을 암시하며, 동시에 종교적 실현도 쉽지 않음을 나타내는 것이라 하겠다.

려야 햇빛이 쫓아오게 하는 것이 될 텐데, 2연에 의하면 그것은 불가능하다. 첨탑이 너무 높아 올라갈 수가 없기 때문이다. 결국 십자가와 자신과의 거리만큼 지상은 어두우며, 그것을 인식한다는 것은 자신의 한계를 감지하는 것이기도 하다.

어두운 상황일수록 종교적 역할은 그만큼 요구된다. 그럼에도 교회는 침묵하여 종소리도 들려오지 않고, 그것을 알면서도 화자는 휘파람이나 불며 서성거리고 있다. 이는 극악한 상황에 의해 자아의 역할을 상실하고 기껏해야 휘파람이나 불 수밖에 없다는 것을 뜻한다. 그가 서성거리는 까닭도 여기에 있지만, 이 서성거림에는 상실자[28]의 위치에서 할 일을 못하는 좌절감으로 인한 방황과, 반대로 할 일을 찾으려는 탐색의 이중성이 내포되어 있다. 물론 그가 할 일은 십자가를 지는 일이다. 괴로웠던 사나이가 십자가를 짐으로써 행복한 예수 그리스도가 되었듯이 그도 역할을 상실한 괴로운 사나이에서 예수 그리스도와 같은 행복한 사나이로 되기 위해서 어떤 역할이 주어지기를 바라는 것이다. 이는 첨탑 위에 있는 십자가와 자신의 거리를 없애는 일이 된다. 그러니까 어두워가는 하늘 밑을 밝은 세계로 바꾸기 위해 십자가를 지는 일이다.

이러한 그의 의지는 5연에서 자신이 속죄양이 되겠다고 함으로써 더욱 구체화되는데, 그러나 그의 희생은 영원한 소멸을 의미하는 것이 아니라 꽃처럼 피어나 영원히 사는 것이 된다. 그러므로 어두워 가는 하늘 밑이 자신을 괴로운 사나이가 되게 하지만, 그것은 동시에 행복한 존재로 태어나게 하는 원인으로서의 역설적 의미를

---

28) 세상의 어느 곳에도 분명히 속하지 않으며 어떠한 사물이나 사람과도 관계가 없는 개인을 追放人(displaced person)이라 한다.(마이어홉, *op. cit.* pp.158~159) 그런데 이 시의 화자야말로 어두운 지상과 십자가로부터 단절된 추방인의 상대라 할 수 있을 것이다.

지니기도 한다. 그는 이 죽음이라는 儀式을 거침으로써 불멸의 자아로 재생할 수 있다. 이에 십자가는 그에게 존재론적 전환을 가져오게 하는 매개 항으로서의 의미를 지닌다. 예수 그리스도가 십자가를 졌기 때문에 불멸의 존재로 부활한 것처럼 이 시는 그러한 재생의지를 구현하려는 자아의식을 시화하고 있다고 하겠다.

여기서 유의할 것은 속죄양의식엔 여전히 적극성이 결여되어 있다는 점이다. 왜냐하면 '어떻게 올라갈 수 있을까요'라든가, '휘파람이나 불며 서성거리다가', 또는 '십자가가 허락된다면'이라는 구절에서 볼 때 그가 어두운 현실에 적극 뛰어들어 그것을 개선하려고 하기보다는 어느 정도 수동적 자세를 취하고 있기 때문이다. 물론 이것이 심성적으로 그의 나약성을 드러내는 것이라고 단정할 수는 없다고 하더라도 능동적인 태도와는 다소 거리가 있는 것이라 하겠다. 따라서 그의 갈등과 시련은 계속될 수밖에 없으며, 그것을 통해 어둠을 극복할 수 있는 자아에의 추구도 지속되어야 한다.

이렇게 십자가도 허락되기 어려운 상황이기에 자아실현도 쉽지 않고 그로 하여 방황할 수밖에 없는 상태에서 그는 다시 자기 세계로 후퇴하여 들어간다. 다음 시는 도저한 어둠의 인식에서 다시 자아의식이 내면화되는 양상을 보여준다.

세상으로부터 돌아오듯이 이제 내 좁은 방에 돌아와 불을 끄옵니다. 불을 켜두는 것은 너무나 피로롭은 일이옵니다. 그것은 낮의 延長이옵기에ㅡ

이제 窓을 열어 空氣를 바꾸어 들여야 할텐데 밖을 가만히 내다보아야 房안과 같이 어두워 꼭 세상같은데 비를 맞고 오던 길이 그대로 비속에 젖어 있사옵니다.

하루의 울분을 씻을 바 없어 가만히 눈을 감으면 마음속으로 흐르는 소리, 이제, 思想이 능금처럼 저절로 익어 가옵니다.

〈돌아와 보는 밤〉 전문 (1941. 6)

이 시에 의하면 화자를 둘러싸고 있는 세계는 온통 어둠밖에 없다는 의식뿐이다. 여기서 시간과 공간, 즉 '세상'이라는 외부공간과 '좁은 방'이라는 축소된 내부 공간, 그리고 '낮과 밤'이라는 시간적 상황은 서로 대비되는 듯하지만, 기실은 이들이 모두 부정적이라는 점에 유의해야 한다. 이것은 화자가 매우 깊은 절망감에 빠져 있음을 드러내는 것이다. 창밖도 '방안과 같이 어두워 꼭 세상'같다거나 그 세상에서 '비를 맞고 오던 길 그대로 방안에서도 비속에 젖어' 있다는 절망감은, 방 안에 불을 켜두는 것은 '너무나 괴로운 일'이라는 표현에서 더욱 절실함을 획득한다. 일반적으로 밝음은 어둠의 반대 이미지로 드러나지만 여기서는 밝음도 추악한 세상을 드러내는 것으로 인식되어 보기 싫은 세상을 보이게 하는 것, 즉 부정적인 이미지로 읽혀진다. 그러므로 그는 밖에서나 안에서나 비에 젖게 된다는 가혹한 고통 속에 처해 있는 것이다.

이같이 더 이상 어쩔 수 없는 어둠으로 인한 고통 속에 처해 있다고 생각할 때 자아의식은 밖으로 투사되지 못하고 다시 안으로 기울어진다. 자기희생마저도 허용되지 않는 철저한 어둠 속에서 그는 눈을 감고 그것으로부터 자신을 격리시키고 자아를 성찰한다. 눈감음은 상징적으로 보면 현실로부터의 죽음을 의미한다. 물론 이것은 어둠 속에 처한 자신을 무화시키려는 것일 뿐 정신적으로는 오히려 눈을 뜨는 역설적 의미를 갖는다. 그는 눈을 감고 마음속으로 '사상이 능금처럼 저절로 익어'가는 소리를 듣는다. 이를테면 그는 자신의 힘으로는 어쩌지 못하는 어둠을 인식하고 거기에 자신을 내던지기보다는 한 걸음 물러나 자기세계로 돌아와 자아를 성찰하

려고 한다. 어둠을 견딜 수 있기 위해서는 사상이 좀 더 성숙되어
야 할 것을 그는 알고 있는 것이다. 그래서 그는 보다 강인한 자아
로 나아가기 위한 내적 다짐을 한다.

　여기서 보면 결국 '내 좁은 방'은 존재론적 전환을 이룩할 수 있
는 일종의 통과제의 공간으로 상징된다고 할 수 있다. 〈또 다른 故
鄕〉에서도 이와 같은 어두운 방 속에서 갈등을 일으키며 새로운 세
계로의 지향을 모색하는 자아의 모습을 보여준다.

　　　故鄕에 돌아온 날 밤에
　　　내 白骨이 따라와 한방에 누웠다.

　　　어둔 房은 宇宙로 通하고
　　　하늘에선가 소리처럼 바람이 불어온다.

　　　어둠 속에 곱게 風化作用하는
　　　白骨을 들여다 보며
　　　눈물 짓는 것이 내가 우는 것이냐
　　　白骨이 우는 것이냐
　　　아름다운 魂이 우는 것이냐

　　　志操 높은 개는
　　　밤을 새워 어둠을 짖는다.
　　　어둠을 짖는 개는
　　　나를 쫓는 것일게다.

　　　가자 가자
　　　쫓기우는 사람처럼 가자
　　　白骨 몰래
　　　아름다운 또 다른 故鄕에 가자.

　　　　　　　　　　　　　　　　〈또 다른 故鄕〉 전문 (1941. 9)

1연에서는 화자가 고향에 돌아온 상황을, 2연에서는 고향도 어두운 상황임을 제시한다. 어두운 방 속에서 그는 하늘에서 들려오는 소리처럼 불어오는 바람소리를 듣는다. 이 바람소리를 자아의식을 고조시키는 어떤 계시의 상징으로 본다면, 그는 어두운 방 속에서 우주로 통하는 길을 모색한다. 이러한 자아의식 속에서 화자는 갈등에 빠진다. '어둠 속에서 풍화작용하는' 것, 즉 '나'와 '백골'과 '아름다운 魂'은 갈등으로부터 나타나는 자아의 분열상이다. 여기서 '나'를 어둠 속에 던져져 있는 현실적 자아라고 한다면, '백골'은 어둠에 대결하지 못하고 추억 속으로 빠져들려고 하는 소극적이고도 부정적인 자아이며, 그 반대편에 이상적인 자아의 모습으로서의 '아름다운 魂'이 놓인다.

4연에서 '어둠을 짖는 개'는 세계인식과 자아의식을 상승시키게 하는 등가물이다. 그는 어둠을 보고 짖어대는 지조 높은 개를 통하여 어두운 현실에 대결하지 못하는 부끄러운 자아라는 강박관념에 사로잡힌다. 이렇게 자아성찰을 통해 그는 다시 부끄러움에 빠지며 갈등하게 된다. 자신이 처해 있는 현실을 대결할 수 없는 절망적이고 부조리한 것이라 생각할 때 그는 좌절감을 느낄 수밖에 없다. 좌절감은 또한 극복의 의지를 촉발시키게 되는데, 그가 또 다른 고향으로 가고자 하는 의식을 드러내는 것이 그것이다. 이것은 부끄럽고 무력한 자아를 떨쳐 버리고 어둠이 없는 아름다운 고향, 즉 인간의 원초적인 고향으로 가려는 의지라 할 수 있다.

물론, 이러한 고향은 현실의 밖에 있는 것이 아니고 어두운 현실이 개선되어 밝은 세계로 전환되는 곳에 존재한다. 그렇기 때문에 새로운 세계로의 이행은 자신의 행동을 통해서만 가능하다. 시적 화자는 이 같은 사실을 알고 있음에도 불구하고 앞서 지적한 대로 시대적 상황은 이미 일방적인 패배만을 강요하는 거대한 악의 세계이기 때문에 그는 좌절의 늪에 빠진다. 그래서 자아는 세계로 뛰쳐나가 그것과 대결하기보다는 방과 같은 내부공간에 자아를 몰아넣어 고립시키기도 하고, 나아가서 의식 속에서 이상향을 꿈꾸기도 한다. '또 다른 고향'이 그러한 이상향의 한 장소가 된다면 '별'의 세계 또한 그것의 변주라 할 수 있다.

이상향에 대한 지향은 자아가 어둠의 늪에 함몰하지 않고 어떻게 하든지 새로운 세계로 나아가려는 의지이다. 그리고 새로운 세계로 나아가기 위해서는 먼저 새로운 자아로의 전환이 이루어져야만 한다. 〈별헤는 밤〉은 이러한 그의 의지와 轉身의 과정을 뚜렷이 보여준다.

季節이 지나가는 하늘에는
가을로 가득 차 있읍니다.

나는 아무 걱정도 없이
가을 속의 별들을 다 헤일듯합니다.

가슴 속에 하나 둘 새겨지는 별을
이제 다 못 헤는 것은
쉬이 아침이 오는 까닭이요,
來日 밤이 남은 까닭이요,
아직 나의 靑春이 다하지 않은 까닭입니다.

별하나에 追憶과
별하나에 사랑과
별하나에 쓸쓸함과
별하나에 憧憬과
별하나에 詩와

별하나에 어머니, 어머니,

어머님, 나는 별하나에 아름다운 말 한마디씩 불러봅니다. 小學校 때 冊床을 같이 했던 아이들의 이름과, 佩, 鏡, 玉 이런 異國 少女들의 이름과, 벌써 애기 어머니 된 계집애들의 이름과, 가난한 이웃 사람들의 이름과, 비둘기, 강아지, 토끼, 노새, 노루, 프랑시스쟘, 라이너 마리아 릴케, 이런 詩人의 이름을 불러봅니다.

이네들은 너무나 멀리 있읍니다.
별이 아슬히 멀듯이,

어머님,
그리고 당신은 멀리 北間島에 계십니다.

나는 무엇인지 그리워
이 많은 별빛이 내린 언덕위에
내 이름자를 써 보고,
흙으로 덮어 버리었읍니다.

딴은 밤을 새워 우는 벌레는
부끄러운 이름을 슬퍼하는 까닭입니다.

그러나 겨울이 지나고 나의 별에도 봄이 오면
무덤위에 파란 잔디가 피어나듯이
내 이름자 묻힌 언덕위에도
자랑처럼 풀이 무성할 게외다.

〈별헤는 밤〉 전문 (1941. 11. 5)

이 시는 의식의 흐름으로 보면 현재를 중심으로 하여 전반부는 과거로, 후반부는 미래로 지향되는 이원구조를 보여준다. 부정적인 현재로부터 조화롭던 과거를 추구하려던 의식이 그 불가능함을 인식하고 결국 미래로 전향해가게 되는 과정이 드러난다. 이렇게 화자의 의식이 현재에서 과거로, 과거에서 현재로, 그리고 현재에서 다시 미래로 전환해 가는 과정에는 마음속에 일어나는 갈등을 해소하려는 의지가 개재되어 있다. 이것은 다음의 분석을 통해서 분명히 드러난다.

우선, 이 시의 모티프는 가을과 별이라 할 수 있다. 가을은 흔히 말하듯 조락의 계절이요, 슬픔을 환기하는 계절이다. 그것은 동시에 맑은 정신을 일깨우는 계절이기도 하다. 이 같은 계절인 가을에 화자는 슬픔 속에서 이상향으로 인식되는 별을 발견하게 되고 그것을 통해 어둠을 잊으려 한다. 그는 아무 걱정도 없이 별을 헤면서 지상에 있는 자신과 천상에 있는 별과 교감한다.[29] 여기서 그는 무한한 별의 세계와 유한한 자아를 인식하고 한계의식에 부딪힌다. 가슴속에 떠오르는 별을 다 헤지 못한다는 것이 그것이다.

그러나 그는 좌절에 빠지기보다는 '내일 밤'과 '靑春'이 다하지 않은 까닭이라고 하면서 미래에 대한 기대감을 갖는다. 이렇게 미래에 대한 기대감을 가지면서도 현실적으로는 과거에로 기울어지고 있다. 과거는 고통스런 현실과는 배치되는 순수하고 평화롭던 시절이며, 또 불확실한 미래보다는 분명하고 아름다운 추억이 있는 시간이다. 그가 쉽게 추억 속으로 빠져들게 되는 까닭이 여기에 있다.

여기서 그는 다시 갈등을 일으킨다. 별이 아득한 하늘에 떠 있어 자신과는 너무나 멀리 있는 것처럼 추억 또한 현실적으로는 결코

---

29) 보드킨은 하늘에서 최고의 욕망을 투사하고 강화시켜 주는 별의 움직임을 통하여 땅 위에서 인간에 의해 형성된 거대한 이미지를 본다고 하였는데, 화자가 별 하나에 아름다운 말 한 마디씩 불러보는 행위는 별에 자아의 경험의 세계를 투사하는 의식을 나타낸다고 하겠다. M. Bodkin, *Archetypal patterns in Poetry*(London; Oxford University Press, 1963), p.14.

만날 수 없는 너무나 먼 시간의 거리에 있기 때문이다. 이와 같은 현실과 이상과의 괴리감을 무너뜨리고 싶은 마음을 그는 별빛이 내린 언덕 위에 자신의 이름자를 써보는 행위로 나타낸다. 즉 별이 내린 아름다운 언덕에 자신의 이름자를 써 봄으로써 별과의 합일을 꿈꾸어 본다.

그러나 그는 곧 그것이 현실적으로는 불가능한 것임을 깨닫고 흙으로 덮어버려서 사라지게 한다. 이 행위는 자아를 부정하는 의식이며 동시에 상징적 죽음을 겪는 일종의 통과제의를 뜻한다. 다시 말해서 그것은 의식 속에서 별과 합일하려고 하는 소극적 태도의 자아를 지워버리고 새로운 자아로 재생하려는 내적 결의라 할 수 있다. 씨앗이 발아해서 새로운 열매를 맺기 위해서는 땅에 묻혀 썩어야만 가능하듯이 부끄러운 이름으로서의 부정적인 자아를 묻어버릴 때 새로운 자아는 태어날 수 있다. 이러한 과정을 통해 결국 그는 겨울이 지나고 봄이 오는 것처럼 부끄러운 이름자가 묻힌 언덕에도 풀이 무성하게 소생할 것을 예감한다. 이 풀은 물론 겨울을 견디고 소생하는 새로운 생명으로서의 자아이다.

이 시를 통해서 우리는 자아의 심리적 전환과정과 아울러 미래지향적 역사의식을 읽게 된다. 이러한 의식 속에는 계절의 순환처럼 역사도 순환한다는 확신이 내재되어 있는 것으로 보인다. 그러기에 그는 어두운 역사 앞에서도 결코 좌절하지 않고 부단한 자아혁신을 의식하면서 이상세계로 지향하려 하는 것이다. 아무리 추운 겨울도 봄이 오면 사라져가듯이 반드시 어두운 시대는 가고 밝은 시대가 다시 돌아올 것을 그는 확신하기 때문이다.

3) 이상적 자아와 待春意識

봄이 올 것이라는 기대감과 새로운 자아에 대한 의식을 분명히
보여주고 있는 〈별혜는 밤〉에서 우리는 한결 성숙해진 시인의 자아
의식을 보았다. 물론 여기까지 오기에는 자아의식에 많은 기복을
겪었다. 이를테면 어둠의 인식과 퇴행의식, 소명의식과 무력감, 그
리고 무엇보다 중요한 자아성찰 등과 같은 과정을 거쳐 왔다. 이러
한 여러 문제들은 결과적으로 그에게 희망적인 미래를 예견할 수
있게 한 시련의 과정이었다.

그런데 윤동주가 연희전문대학 졸업 기념으로 自選集을 내기 위
해 그 서문 격으로 쓴 〈序詩〉를 기점으로 하여 다시 자아의식의
변화를 보인다. 이미 〈별혜는 밤〉에서 전환의식을 보았지만 〈序
詩〉를 비롯한 일련의 시들에서는 좀 더 적극적으로 자아추구에 대
한 의지가 드러난다. 그는 무엇보다 이상적인 세계로 나아가기 위
해서는 먼저 이상적인 자아가 되어야 한다는 사실에 관심을 가지고
있었던 듯하다. 다시 말해서 이 시기에 그는 자아성찰의 문제에 더
욱 집중한다. 그리고 자아성찰과 함께 기다림의 자세가 두드러진다
는 점도 주목된다. 이러한 자세는 봄이 머지않아 올 것이라는 기대
감과 확신이 있었다는 사실과 밀접한 관련이 있는 것으로 보인다.
어떻든 이 시기에는 자아성찰과 기다림의 자세가 시의 주요 핵심으
로 드러나고 있는데, 그 과정을 이제 시를 통해 보기로 한다.

죽는 날까지 하늘을 우러러
한점 부끄럼이 없기를,
잎새에 이는 바람에도
나는 괴로와했다.

별을 노래하는 마음으로
모든 죽어가는 것을 사랑해야지
그리고 나한테 주어진 길을
걸어가야겠다.
오늘밤에도 별이 바람에 스치운다.

〈序詩〉 전문 (1941. 11. 20)

먼저 1~2행에서는 윤리적 도덕적으로 부끄러움이 없는 삶을 살겠다는 의지를 드러낸다. '죽는 날까지 하늘을 우러러 한 점 부끄럼이 없기를'이라고 하는 것은 곧 천명을 거역하지 않고 순리를 따르겠다는 신념의 표백이다. 이러한 신념이 변하지 않는 한 그는 어떠한 불의도 용납하지 않는 철저한 결백성을 유지할 수 있을 것이니, 3~4행에서 '잎새에 이는 바람에도 나는 괴로와했다'는 의식이 나올 수 있다. '잎새에 이는 바람'이란 그야말로 아주 작은 시련이거나 생명을 위축시키는 가해 요인이라 할 수 있다. 이에 대해 그가 괴로워하고 있다는 것은 조그만 불의도 지나치지 않으려는 결연한 의지와 함께 또 한편으로는 그러한 상황으로 인해 갈등을 일으키며 고통스러워한다는 것을 의미한다. 특히 후자의 경우는 작은 시련에도 고통스러워한다는 나약성을 나타내는 것으로 볼 수도 있으나 그와 같은 부정적인 의미보다는 긍정적인 의미로서 완벽하려고 하는 세심함과 결벽성을 나타내는 것이라 하겠다. 따라서 이것은 풀잎과 같은 보잘 것 없는 생명에 대해서도 가볍게 보지 않겠다는 섬세한 심성을 엿보게 하는 대목이다. 이러한 점은 다음 행에서도 잘 드러난다.

5~6행에서 '별을 노래하는 마음'은 이상향을 염원하는 마음, 또는 영원의 세계를 추구하는 마음이다. 이런 마음이 있으므로 '모든 죽어가는 것을 사랑'할 수 있게 된다. 여기서 '죽어가는 것'은 생명

이 있는 것, 소멸되어 가는 것을 의미한다고 할 때 이것은 앞에서 '풀잎에 이는 바람에도 괴로와'하는 것과 동궤에 놓이는 것으로 그 괴로움으로부터 생명 있는 모든 것을 사랑하려는 마음이 촉발되는 것임을 알 수 있다.

이와 같은 굳은 의지가 그에게 있기 때문에 7~8행에서 '나한테 주어진 길을 걸어가야겠다'라는 흔들리지 않는 자세가 나올 수 있다. '나한테 주어진 길'이란 앞에서 본 의미를 종합할 때 ① 윤리적 도덕적으로 부끄럽지 않은 순수한 자아, ② 작은 불의도 지나치지 않는 적극적 행위, ③ 이상향과 영원을 추구하며 모든 생명체를 사랑하는 박애주의 등을 포함하고 있는 것으로 풀이된다. 이러한 신념을 가지고 그는 자신에게 주어진 길을 분수대로 살아가겠다는 것이다. 그는 이제 자신이 해야 할 바를 마음속으로 물으며 그것이 그가 가야 할 길임을 알고 그렇게 가려고 한다. 여기서는 매우 담담한 모습을 보여줄 뿐 갈등의 양상은 거의 보이지 않는다. 여기까지만 볼 때 그는 현저히 자기동일성을 획득하고 있다. 그만큼 자아는 성숙했음을 뜻한다.

이상 1~8행이 주관적인 자기의지나 행동양식을 표현한 것이라면 마지막 9행에서는 객관적 상황 제시를 통하여 시대상을 새삼 확인한다. 앞에서는 일반적인 자아의 세계관을 나타내고 있으나 여기서는 '오늘밤에도 별이 바람에 스치운다'라고 하여 오늘이라고 하는 시점과 밤이라고 하는 암울한 상황을 나타내 비극적인 역사의식을 표출한다. 바꾸어 말하면 자아가 꿈꾸는 이상향이 바람에 스쳐 시련에 들고 있음을 표현한다. 이 시는 이렇게 마지막 행에서 하나의 상황 제시로 끝을 맺고 있지만, 이에 내포된 의미는 오히려 어두운 상황을 재확인하고 자신의 신념과 실천의지를 다시 가다듬는 것이라 하겠다.

이렇게 자아의지를 다지는 시인이 오늘밤에도 별이 바람에 스치는 상황을 확인했을 때, 그에게는 바람과의 대결만이 자아실현의 근거를 확보할 수 있는 일이 된다. 더구나 '나의 별'에도 봄이 올 것이라는 낙관적인 미래를 내다본 그가 소극적인 자세로 머물러 있을 수는 없다. 그것은 한 점의 부끄럼도 없이 살겠다는 신념에 배치되는 것이기에 일종의 자아의 포기와 다름없는 일이기 때문이다. 그래서 그는 좀 더 강인한 자아로 나아가기 위해 자신을 더욱 가혹한 시련에 직면케 한다.

> 바닷가 햇빛 바른 바위위에
> 습한 肝을 펴서 말리우자,
>
> 코카서스山中에서 도망해온 토끼처럼
> 둘러리를 빙빙 돌며 肝을 지키자,
> 내가 오래 기르던 여윈 독수리야!
> 와서 뜯어먹어라, 시름없이
>
> 너는 살찌고
> 나는 여위어야지, 그러나,
>
> 거북이야!
> 다시는 龍宮의 誘惑에 안떨어진다.
>
> 프로메테우스 불쌍한 프로메테우스
> 불 도적한 죄로 목에 맷돌을 달고
> 끝없이 沈澱하는 프로메테우스.

〈肝〉 전문 (1941. 11. 29)

이 시는 '龜兎說話'와 '프로메테우스 神話'를 융합하여 자아성찰의 과정을 드러낸다. 이 두 설화는 모두 간을 중심요소로 하고 있는데 이 간은 생명의 핵심이 된다. 토끼가 간을 빼앗기지 않고 보존할 수 있었기에 지상으로 다시 환생할 수 있었다면 프로메테우스는 고통스럽게 독수리에게 간을 쪼아 먹히지만 끊임없이 재생됨으로써 계속 생명을 유지할 수 있었다.

위의 시에서는 토끼가 죽을 고비를 넘기고 지상으로 돌아온 뒤의 상황을 연상시키며 화자가 바위 위에 간을 말리는 행위로부터 전개된다. 토끼의 入宮이 죽음으로 가는 길이고 脫宮이 죽음의 위기에서 탈출하는 것이라면, 물 속에 들어가는 것은 죽음에 직면하는 것이요, 물에서 나오는 것은 죽음에서 벗어나는 것이다. 그러므로 화자가 습한 간을 햇빛에 말리는 것은 소생을 위한 행위가 된다. 죽을 고비를 넘겼기에 간의 중요성을 알게 되었다. 그래서 2연에서 '둘레를 빙빙 돌며 간을 지키자'고 하면서 생명에 대한 강한 의지를 나타낸다.

죽을 뻔했던 위기를 당하게 된 것은 순전히 자라의 유혹에 빠졌기 때문이지만, 궁극적으로는 자신이 어리석은 탓이었으며 환상의 세계에 대한 헛된 꿈에 빠졌기 때문이다. 그래서 그는 타의에 의해 죽음에 직면했던 시련을 통해 반성을 하게 되고, 그 결과 이제는 어리석었던 자아를 스스로 시련에 처하게 하여 적극적으로 변화를 의식한다. 그것이 곧 독수리에게 자신의 간을 뜯어먹도록 하는 것이다. 이 독수리는 '내가 오래 기르던 여윈 독수리'라고 하듯 자아의 변용으로서 자신의 생명을 쪼아내며 스스로에게 아픔을 주는 자기의 예리한 의식이다.[30] 즉 자아인 '나'는 여위어지고 자기인 '독수리'는 살찌

---

30) 金興圭, '尹東柱論', op. cit. p.154.

게 함으로써 자아와 자기의 자리바꿈을 이루고자 하는 것이다. 여기서 자기는 유혹에 빠지는 부정적 자아를 부정하는 강인한 자아가 된다. 이러한 자기에 대한 의식이 강화될 때 비로소 그는 '룡궁의 유혹'에 떨어지지 않고 죄의 유혹에도 빠지지 않게 될 것이다.

이 시는 사실상 5연까지로 일단락이 될 수도 있으나 6연에서 프로메테우스를 되새김으로써 자아의식을 다시 일깨운다. 이를테면 프로메테우스를 불쌍한 존재로 인식하여 죄의 유혹에 빠지지 않고 순결한 자아로 남아야 한다는 의식을 다시 강조하고 환기시키는 것이라 하겠다.

결국 자아의 학대는 극도의 자아혐오로부터 기인되는 것이지만 이 자아파멸의 위기는 결과적으로는 상실된 자기동일성의 회복을 이룩하려는 전 단계로서의 심리적 국면이 된다. 독수리로 하여금 간을 뜯어먹게 하는 것은 부정적인 자아를 무화시키고 스스로 시련에 들어 자신을 죽음으로 몰고 가려는 상징적 행위이다. 그러나 그것은 결국엔 자아의식을 좀더 강화시키는 것이 된다. 말하자면 '다시는 용궁의 유혹에 안 떨어진다'는 강인한 자아상을 확립하기 위해서 그는 상징적 죽음의식을 겪게 되는 것이다. 그래서 자아에게 부가하는 시련은 육체적으로는 자신을 파탄으로 몰아감으로써 결정적인 위기를 자초하지만, 결국 그것은 정신적으로 새로운 자아상을 획득하려는 적극적 의지이기 때문에 새로운 출발을 암시하는 재생의 전단계로서의 중요한 의미를 지닌다. 자아가 끊임없는 성찰과 전신의 의지, 그리고 내적 결의를 다지는 것은 바로 어둠 속에서도 자아를 포기하지 않고 끝까지 남아 그것을 극복하겠다는 자세와 다르지 않다.

〈懺悔錄〉도 역시 자아의 성찰과 새로운 자아에 대한 추구의식을

140

매우 비감 어리게 보여준다.

파란 녹이 낀 구리거울 속에
내 얼굴이 남아 있는 것은
어느 王朝의 遺物이기에
이다지도 욕될까

나는 나의 懺悔의 글을 한 줄에 줄이자
─滿二十四年一個月 을
무슨 기쁨을 바라 살아 왔던가

내일이나 모레나 그 어느 즐거운 날에
나는 또 한 줄의 懺悔錄을 써야 한다.
─그때 그 젊은 나이에
왜 그런 부끄런 告白을 했던가

밤이면 밤마다 나의 거울을
손바닥으로 발바닥으로 닦아 보자.
그러면 어느 隕石밑으로 걸어가는
슬픈 사람의 뒷모양이
거울속에 나타나온다.

〈懺悔錄〉 전문 (1942. 1. 24)

이 시에는 서로 상반되는 두 자아의 모습이 극명하게 표출되어
있다. 즉 욕된 과거의 구습을 완전히 탈피하지 못하고 있는 현재적
자아와 그것을 떨쳐버리고 홀로 걸어가는 슬픈 모습의 새로운 자아
가 그것이다. 비록 후자의 자아가 고독하고 슬픈 행로를 갈 수밖에
없다고 하더라도 그러한 자아가 되어야 한다는 강한 의지에서 우리
는 시인의 의식세계를 분명히 볼 수 있다. 또 이 시의 거울을 자의

식의 반영이라 볼 때 〈自畵像〉의 우물 이미지와 같은 것으로 이해
할 수 있다. 그러나 거울을 바라보고 있는 자아의 의식은 판연히
다르다. 앞에서는 치열한 갈등에도 불구하고 '추억처럼' 서 있는 것
을 보았는데 여기서는 오직 전향적 자세만을 보여 미래로 향해 가
려는 자아의 모습을 제시한다.

먼저 1연에서 화자는 '파란 녹이 낀 구리거울'이라고 하여 구태의
연한 자의식에 젖어 있는 자아를 인식한다. 그래서 그런 자의식에
'내 얼굴이 남아 있는 것'은 이미 붕괴되어 버린 '어느 왕조의 유물'
처럼 욕될 뿐임을 알게 된다. 그것은 현실적으로 아무런 가치가 없
다고 생각하기에 오로지 반성해야 할 자아이며 소거시켜 버려야 할
자아상이다. 그가 '참회의 글'을 써야 하는 이유가 여기에 있다. 또
한 구태의연한 자세로 살고 있는 그에겐 희망적인 미래도 생각하기
어려운 일이므로 '무슨 기쁨을 바라 살아왔던가'라고 반문한다. 물
론 이러한 반문과 참회 속에는 새로운 자각이 따르고 있으며 어떻
게 자신이 행동해야 할 것인가라는 의식도 내재되어 있다. 그러기
에 3연에서 '내일이나 모레나 그 어느 즐거운 날', 즉 행복한 미래
를 예견하는 것은 당연한 귀결이다.

그러면서도 '즐거운 날'이 회복된 뒤에 그는 또 참회록을 써야 한
다고 하는데, 이것은 젊은 날에 참회록을 쓰기까지의 자아를 다시
회상하는 것이라 할 수 있다. 다시 말하면 참회록을 써야만 했던
자신의 소극적인 삶에 대한 반성이라 하겠다. 그가 처음 참회록을
쓸 때까지는 미래에 대한 기쁨을 기대할 수 없는 소극적이고 비관
적인 자세였으나 그 후에는 '내일이나 모레' 곧 즐거운 날이 올 것
이라고 예감할 수 있는 것은, 역사의 현장에 적극적으로 참여해서
회복의 노력을 다 했을 때와 그렇지 않은 때의 차이와 같은 것이라

142

하겠다. 그러므로 이 즐거운 날을 맞이했을 때 그는 부끄러운 고백을 할 수밖에 없었던 지난날의 삶에 대한 뉘우침이 더 절실해지게 된다. '무슨 기쁨을 바라 살아왔던가'라고 했던 자신의 반문이 오류였음을 즐거운 날을 맞게 되면 깨닫게 될 것이라는 점을 그는 예감하고 있는 것이다. 이것은 곧 즐거운 날이 머지않아 도래할 것이라는 그의 낙관적 미래의식과 밀접한 관련이 있다.

이 같은 희망적 미래에의 예견은 자아에게 새로운 의식과 자세로 나아갈 것을 더 강하게 요구할 것은 자명하다. 그에게는 새로운 존재에 대한 인식이 생겼으므로 이제는 그것을 향해서 갈 일만 남아 있다.[31] 그래서 그는 밤마다 '나의 거울'을 닦아 녹낀 거울 속에 남아 있던 낡은 자아의 욕된 모습을 지워버리고자 한다. 그러면 거기에 새로운 자아가 나타나게 될 것이라고 하는데 그것이 곧 실천적 자아이다. 역사의 현장으로 들어가는 이 자아[32]는 완강한 어둠에 부딪혀야 하기에 외롭고 슬픈 것이지만, 결국엔 그것이 '어느 즐거운 날'을 위한 시련의 과정이므로 결코 비극적인 것만은 아니다.

한편 이러한 비극적이면서도 영웅적 의식으로 어둠과 맞서야 할 새로운 자아는 욕된 자아가 참회의 과정을 거쳐 재생하고자 하는 자아일 뿐이고 현재의 자아는 참회록을 쓰고 있다. 이를테면 그것은 그가 지향하고자 하는 이상적 자아상이다. '뒷모양'이 나타난다고 하는 데서도 보듯 현실적 자아가 그로부터 분리되어 나가는 새로운 자아를

---

31) 사르트르, '存在와 無' Ⅱ, 孫宇聲 譯, 『世界思想全集』26(三省出版社, 1981), p.198.

32) 이에 대해 金禹昌은 "뒤로 물러가고 사라져 가는 모습을 보여주는 사람"이라 해석하여 후퇴의 측면으로 보았으며, 金允植은 "미래속으로 사라지는 뒷모습"의 전진적 측면으로 해석하고 있다. 金禹昌, '손들어 표할 하늘도 없는 곳에서', 李健淸 編, op. cit. pp.270~289. 金允植, '한국 근대시와 尹東柱', Ibid. p.302.

의식 속에서 체험하고 있는 것이다. 이런 점에서 그는 아직도 자아의 갈등을 완전히 떨쳐 버리지 못하고 있다. 의식은 부단히 앞으로 나아가고 있지만 현실적으로는 그것을 따르지 못한다고 할 수 있다.[33]

　이 시는 고국에서 지은 마지막 작품으로 되어 있는데, 역사의 현장에 들어가 행동하는 자아가 되기를 추구하던 이러한 자세는 東京에서 씌어진 작품들에서는 다소 변화를 보인다. 기다림의 자세가 많이 보인다는 점이 그것이다. 이 시기에 그가 기다림의 자세를 많이 드러내게 되는 것은 대체로 다음과 같은 이유에서 기인되는 것으로 보인다. 첫째는 무엇보다 많은 갈등과 시련을 거쳐 어느 정도 성숙된 자아상을 확립했다는 것, 둘째 희망적인 미래가 곧 도래할 것이라는 인식, 셋째 환경의 변화, 즉 자신이 부정하고 혐오해야만 하는 그 적국에서 삶을 영위하고 있다는 점 등이다. 그래서 그는 행동성보다는 자아의 성찰과 기다림의 자세를 많이 노출한다.

　　　黃昏이 짙어지는 길모금에서
　　　하루종일 시들은 귀를 가만히 기울이면
　　　땅검의 옮겨지는 발자취소리,

　　　발자취소리를 들을 수 있도록
　　　나는 총명했던가요.
　　　이제 어리석게도 모든 것을 깨달은 다음
　　　오래 마음 깊은 속에
　　　괴로와하던 수많은 나를
　　　하나, 둘 제고장으로 돌려보내면
　　　거리모퉁이 어둠속으로

---

33) 이런 괴리감에 대하여 뒤에서 언급할 〈쉽게 씌어진 詩〉는 비교적 선명하게 보여준다. 이 시에서 그는 현실적으로는 행동성을 요구하지만 시를 쓰면서 정신 활동에 몰두해야 하는 부끄러움을 토로한다.

소리없이 사라지는 흰 그림자,

흰 그림자들
연연히 사랑하던 흰 그림자들,

내 모든 것을 돌려보낸 뒤
허전히 뒷골목을 돌아
黃昏처럼 물드는 내방으로 돌아오면

信念이 깊은 으젓한 羊처럼
하루종일 시름없이 풀포기나 뜯자.

〈흰 그림자〉 전문 (1942. 4. 14)

황혼은 낮에서 밤으로 넘어가는 중간단계에서 하늘에 드리워지는 자연현상으로 밝음과 어둠의 중간이며 삶과 죽음이 만나는 시간이다. 황혼이 짙어질수록 밝음은 그 생명을 다하고 어둠이 태어난다. 밤이나 어둠은 그 자체로서는 부정적 시간과 공간이지만, '나'를 성찰할 수 있는 시간으로 보면 새로운 자아로 나아갈 수 있는 동기를 촉발시킨다는 점에서 역설적 의미를 지닌다.

화자는 '하루 종일 시들은 귀'를 통해서 땅거미가 지는 발자취소리를 들으며 자신을 반성한다. '나는 총명했던가요'라고 반문하는 것은 자기를 분명히 인식하려는 노력이다. 그래서 그동안에는 어둠에 대해 깊이 인식하지 못했다는 自省을 하게 되고 그것이 뒤늦은 감이 있음을 스스로 자인한다. 그리하여 '이제 어리석게도 모든 것을 깨달은 다음' 자기의 동일성을 회복하려고 한다.

'오래 마음 깊은 속에 괴로와하던 수많은 나'는 변화하고 분열되는 '나'이며 진정한 자아가 아니었기에 '제 고장으로 돌려보내'야 할 것들이다. 그가 돌려보내려고 하는 '흰 그림자들'은 〈또 다른 고향〉

에서의 '白骨'과 같은 것으로서 소극적이고 부정적인 자아이다. 이
것은 또 〈異蹟〉에서는 '戀情·自惚·猜忌'와 같은 것으로 구체화되
기도 했다. 그는 '연연히 사랑하던' 그 모든 것들을 돌려보낸 뒤 뒷
골목을 돌아 '내 방'으로 돌아오려 한다. 이렇게 부정적 자아를 버
리고 '내 방'으로 돌아오는 것은 비본래적 자아로부터 분리되어 진
정한 자아로 돌아가려는 것을 의미한다. 뒷골목은 이쪽과 저쪽을
연결하는 통로이기도 하지만 이쪽에서 저쪽으로 분리되는 통과제의
의 기능을 실현하게도 한다.

한편, '방'은 자아의식으로 상징되며 화자가 '내 방'으로 돌아오는
것은 개성화를 이룩하려는 의지이다. 동시에 이러한 격리공간에 드
는 것은 통과제의에서 재생을 위한 상징적 죽음을 의미하는 것으
로, 이 방에서 존재론적 전환을 꾀한다는 점에서 그것은 신성한 장
소가 된다. '황혼이 물드는 내 방'은 어둠이 짙어오므로 죽음의 그
림자가 드리워지는 공간이다. 그리고 '괴로와하던 수많은 나'를 무
화시키는 장소이며 이 장소에서 '나'는 재생을 이룩하여 새 출발을
하게 되므로 재생의 공간이기도 하다.

그러면 재생되는 자아는 어떠한 모습인가. 이 시의 끝 연에서 보
면 '신념이 깊은 의젓한 양처럼 하루 종일 시름없이 풀포기나 뜯자'
는 것, 즉 신념이 깊은 자아임을 알 수 있다. '풀포기'는 물론 羊의
생명을 지속시키는 먹이이므로 그것을 뜯는다는 것은 자신의 존재
가치를 실현하는 최상의 행위이다. 그로 해서 인간들이 원하는 털
과 젖은 나올 수 있다. 이는 매우 상징적이지만 어쨌든 재생하려는,
신념이 깊은 자아는 자신이 할 수 있는 최상의 일을 하겠다는 의지
와 실천을 실현하고자 하는 새로운 자아이다.

그러나 이렇게 신념이 깊은 자아가 되어 시름없이 자신의 일에나

열중하자고 해도 어둠에 대한 인식은 결코 떨쳐 버릴 수가 없다. 그래서 그는 또 밤과 안개에 둘러싸여 또 다른 자세를 견지하려고 하는데, 그것이 다름 아닌 기다림의 역학이라 하겠다.

으스름히 안개가 흐른다. 거리가 흘러간다. 저 電車, 自動車, 모든 바퀴가 어디로 흘리워 가는 것일까? 定泊할 아무 港口도 없이, 가련한 많은 사람들을 싣고서, 안개속에 잠긴 거리는,

거리 모퉁이 붉은 포스트상자를 붙잡고 섰을라면 모든 것이 흐르는 것이 어렴풋이 빛나는 街路燈, 꺼지지 않는 것은 무슨 象徵일까? 사랑하는 동무 朴이여! 그리고 金이여! 자네들은 지금 어디 있는가? 끝없이 안개가 흐르는데,

'새로운 날 아침 우리 다시 情답게 손목을 잡아 보세' 몇字 적어 포스트 속에 떨어트리고, 밤을 새워 기다리면 金徽章에 金단추를 삐었고 巨人처럼 찬란히 나타나는 配達夫, 아침과 함께 즐거운 來臨,

이밤을 하염없이 안개가 흐른다.
〈흐르는 거리〉 전문 (1942. 5. 12)

화자는 안개에 잠긴 도시의 거리와 차와 사람들을 보면서 그것들이 정박할 아무 항구도 없이 가야 한다는 데서 비극적인 인식에 잠긴다. 이것은 안개가 내포하는 불투명성에 기인하는 것이라 할 수 있는데 움직이는 모든 현상들이 흘러가고 있음은 분명하나 그것이 안개에 가려져 있음으로써 그들이 닿아야 할 귀착점이 보이지 않기 때문이다. 이러한 거리를 바라보고 있는 자아의 의식도 불투명할 수밖에 없으며 앞길도 잘 보일 수가 없다.

그래서 안개에 가려진 불투명한 미래가 그를 불안에 싸이게 한

다. '모든 바퀴가 어디로 흘리워가는 것일까'라는 의문을 품는 것은 운명에 대한 확인을 하려는 것이며 또한 가련한 운명의 바퀴로부터 벗어나고 싶은 욕망을 나타낸다. 휠라이트는 원형상징에서 보면 차 바퀴는 긍정적인 측면과 부정적인 측면의 두 가지 의미가 있다고 하면서, 서양에서는 위험한 운명의 장난을 상징하는 반면에 동양에서는 긍정적인 의미로서 해탈하고 싶은 충동으로서의 죽음과 재생의 끈질긴 윤회를 상징한다고 하였는데,34) 이 시에서 화자가 '포스트상자를 붙잡고' 선다고 하는 것은 매우 상징적이다. 그는 귀착지도 없이 흐르는 가련한 운명의 장난으로부터 벗어나고 싶은 충동을 느끼고 있는 것이다. 뿐만 아니라 그가 짙은 안개로 지향을 못 잡기에 포스트상자에 의지해 서고 있다고 할 수도 있다.

　포스트상자는 소식을 전해주는 것이기에 그는 어떤 구원에 대한 기대감을 갖고 있다. 그것은 포스트상자를 붙들고 서는 순간에 '어렴풋이 빛나는 가로등'을 발견하였다는 구절에서 분명히 시사 받을 수 있다. 안개 속에서도 유일하게 꺼지지 않고 빛을 발하는 가로등을 보고 '무슨 상징일까'라고 의문에 잠기는 것은 그것을 통해 어떤 암시를 받고 있음을 뜻한다. 모든 것이 흐르기만 하는데도 흐르지 않으며 모든 것이 안개로 하여 무화되고 있는데 오히려 빛을 발산하며 정면으로 반발하는 이 가로등은 분명 희망의 빛으로 인식된다. 현실이 아무리 어둠과 안개에 싸여 고통스러울지라도 가로등 불빛처럼 '새로운 날 아침'이 올 것이라는 믿음을 여기서 갖게 된다. 그러니 사랑하던 동무들이 생각나고 다시 손목을 잡을 수 있다는 기쁨과 기대감도 생기게 된다.

---

34) P. Wheelwright, *Metaphor and Reality*, Bloomington(Indiana; Indiana University Press, 1962), p.126.

이와 같은 미래에 대한 희망은 그에게 밤을 새워 기다릴 수 있는 힘으로 작용한다. 물론 그 기다림의 뒤에는 '거인처럼 찬란히 나타나는 배달부'같은 '아침'이 즐겁게 그를 찾아오게 될 것이다. 찬란한 아침이 반드시 올 것이라는 확신이 있었기 때문에 기다리는 고통을 감내할 수 있다. 이렇게 보면 안개는 그에게 절망감을 안겨주지만 결국은 그 속에서 희망에 대한 믿음을 갖게도 한 이중적 의미가 있다. 바슐라르는 서로 다른 요소가 하나의 이미지 속에 공존하는 것을 안개의 역동성이라고 한 바 있다.[35] 그것은 모든 것을 무화시키는 해체의 힘이 있는 반면 화자의 의식을 확장시켜 미래를 내다보게도 하였다. 그러므로 '이 밤을 하염없이 안개'가 흐르지만 그의 의식도 어두운 밤 속에서 하염없이 희망적인 미래로 지향하여 그것을 견딜 수 있는 힘이 솟아나게 한다.

이 시에서 우리는 분명히 자아의식이 달라진 모습을 볼 수 있다. 그것은 근본적으로 아침이 찾아올 것이라는 것에 대한 확고한 신념이 있었기 때문이다. 그리고 또 한편으로는 그가 현재 처하고 있는 곳이 적국인 일본이라는 사실도 영향을 미친 듯하다. 동경에서 지은 시들이 대체로 행동성보다는 의식성에 바탕을 두고 있는 점은 결코 우연한 일이 아니라고 본다.

동경에서 쓴 마지막 작품으로 알려진 〈쉽게 씌어진 詩〉도 기다림의 자세가 잘 드러난다. 이 시에서는 갈등 속에 분열되던 자아가 통합되는 것을 볼 수 있는데 이것은 기다림의 자세와 관련해서 본다면 매우 시사적이다.

窓밖에 밤비가 속살거려
六疊房은 남의 나라,

---

35) 金華榮, 『文學想像力의 研究』(文學思想社, 1982), p.168.

詩人이란 슬픈 天命인줄 알면서도
한줄 詩를 적어 볼가,

땀내와 사랑내 포근히 품긴
보내주신 學費封套를 받아

大學노―트를 끼고
늙은 敎授의 講義 들으러 간다.

생각해 보면 어린때 동무를
하나, 둘, 죄다 잃어 버리고

나는 무얼 바라
나는 다만, 홀로 沈澱하는 것일까?

人生은 살기 어렵다는데
詩가 이렇게 쉽게 씌어지는 것은
부끄러운 일이다.

六疊房은 남의 나라
窓밖에 밤비가 속살거리는데

등불을 밝혀 어둠을 조금 내몰고,
時代처럼 올 아침을 기다리는 最後의 나,

나는 나에게 작은 손을 내밀어
눈물과 慰安으로 잡는 最初의 握手.

〈쉽게 씌어진 詩〉 전문 (1942. 6. 3)

창밖에 밤비가 내리고 있는 남의 나라 육첩방에서 한 줄의 시를
적으면서 화자는 시인의 슬픈 천명을 다시 상기한다. 시인을 슬픈

천명이라고 하는 것은 현실에 대해 직접적인 행동이 아니라 정신적으로 승화시킬 수밖에 없는 시인의 한계를 나타내는 것으로 보인다. 시를 쓰는 것이 시인이기 위해서는 결코 포기할 수 없는 최대의 자기실현이라는 점에서는 지극히 진실한 것이기는 하지만 현실(특히 그것이 행동을 요구하는 매우 어려운 상황일 때)을 개선하는 데는 직접적인 힘이 되지 못한다는 점이다. 그럼에도 시를 쓰지 않을 수 없는 시인으로서의 고뇌에서 그는 학비를 보내주시는 부모님, 강의를 듣는 일, 잃어버린 동무들과 같은 현실적인 문제들을 다시 일깨워 본다. 그리고 그러한 일들과는 무관한 채 시 쓰는 일에만 '홀로 심전'하는 것이 무슨 의미가 있을까라고 반문한다. 그것은 7연에서, 삶의 어려움에 비해 시가 쉽게 씌어지는 것은 '부끄러운 일'이라 하여 삶의 어려움과 쉽게 씌어지는 시를 대비시킴으로써 보다 구체화되어 드러나는데 이때 그는 시를 쓰는 일에 대해 회의를 품고 있었던 것으로 보인다. 8연에서 '육첩방은 남의 나라'라고 반복하며 스스로 현실인식을 다시 환기시키는 것도 시가 쉽게 씌어지는 부끄러움에 대한 하나의 자기반성이라 하겠다. 말하자면 소명의식에 대한 자의식을 불러일으키고 있는 것이다.

그러나 그의 소명감의 인식에도 불구하고 어둠을 조금밖에 내몰 수 없다고 하듯 완강한 어둠으로 하여 자아실현이 완성될 수는 없다. 근본적으로 등불은 온전히 어둠을 내몰 수 없는 것처럼 그가 자기한계를 느끼게 되는 것은 어쩔 수 없는 일이다. 그 어둠은 아침만이 완벽하게 내몰 수 있는 힘이 있다. 이러한 아침에 대한 믿음은 그에게 위안을 준다. 어떠한 경우에도 어김없이 시대는 진전되어 가듯이 필연적으로 아침은 올 것이기 때문이다. 따라서 자신의 능력으로 할 수 있는-등불을 밝히는 일을 다 한 뒤에는 아침을 기다리는 일만이 유일한 방법이 된다. 그는 이 기다림의 역학을 믿고 있는 듯하다. 그리하여 '시대처럼 올 아침을 기다리는 최후의 나'를 그는 만나게 된다. 이것은 그가 많은 갈등과 시련을 통해 도달한 그의 최종적인 삶의 방식이라고 할 수 있을 것이다.

이런 기다림의 역학을 인식한 그는 드디어 자아와 자기 사이에서 갈등하던 정신적 고뇌를 무화시킬 수 있게 된다. 두 개의 자아는 통합되어 화해를 이룬다. 이 두 자아의 화해와 통합은 최초의 순간이다. 다시 말해서 자신의 능력껏 일을 한 뒤에 그 이상의 것은 기다리는 자세가 최후로 도달된 그의 자아의식이라 한다면 그러한 삶의 자세를 취함으로써 심리적인 갈등을 해소하게 되는 자아의 통합은 '최초의 악수'가 된다고 하겠다.[36]

여기서 악수를 하면서 '눈물과 위안'이라는 상반된 감정이 교차하는 것은 '최후'와 '최초'라는 의미와 무관하지 않다. 눈물은 두 가지의 해석이 가능한데 갈등의 최초의 해소라는 점에서 보면 감동과 정화의 의미가 있으며, 악수가 최초의 화해임에도 불구하고 그것이 기다림이라는 다소 소극성을 면치 못한다는 점에서는 아쉬움의 눈

---

36) 李南昊는 이 악수를 내면적 자아와 행동적 자아의 통합과·분리의 측면으로 보아 다음과 같이 해석하고 있다. "이 악수는 두 자아의 최초의 악수이자 마지막 이별의 악수가 된다. 또한 그 악수는 죽음을 무릅쓰는 비극적 대결이기 때문에 눈물이 있고, 시대의 아침에 대한 분명한 신념이 있기에 위안이 되기도 한다."('尹東柱 詩의 意圖硏究', *op. cit*. pp.102~103). 그러나 이러한 해석은 시 자체보다는 (9연의 중요한 의미를 간과했다) 선입관이 작용한 것으로 생각된다. 특히 이 시가 윤동주의 알려진 작품 가운데 최후의 작품이라는 사실을 주목한 듯한 다음과 같은 언급은 다소 모호하다. "그에게 있어 시란 내면적 자아의 기록이었기 때문에 당연히 여기서 그의 시도 마감되는 것이다." 주지하다시피 그는 투옥되면서 많은 원고를 압수당했다고 하는데, 거기에 시가 들어있지 않다고 단정할 근거는 없다. (尹一柱 編, *op. cit*. '편집의 의도' 참조).

물이 될 수 있다. 또한 위안에 대해서도 동일한 해석이 가능한데, 첫째는 화해의 악수가 비록 때늦은 감은 있지만 최초의 순간이라는 점, 둘째는 다소 소극적인 자세이기는 해도 이 방법밖에 없다는 점에서 아쉬움이 남지만 위안이 된다는 것이다.

이렇게 극단적인 어둠 속에서 도달된 자아통합의 '최초의 악수'가 의미하는 출발의 신호가 앞으로 어떤 방향으로 진전되어 그의 시에서 드러날까 하는 것은 참으로 관심을 끄는 대목 아닐 수 없으나, 불행하게도 우리는 더 이상의 자료를 확보하지 못하고 있다. 다만 같은 시기에 쓰인 것임은 분명하나 작품의 끝부분이 훼손되어 앞부분만 남아 있는 〈봄〉이라는 작품이 있는데, 일부이기는 하지만 이 시를 통해서 보면 어둠이 극복된 '아침'으로서의 봄의 환희가 잘 드러나 있다. 이런 점에서 보면 이 작품이 〈쉽게 씌어진 詩〉 이후에 지어진 것이 아닌가 하는 추측도 해볼 수 있다.

> 봄이 血管속에 시내처럼 흘러
> 돌, 돌, 시내 가차운 언덕에
> 개나리, 진달래, 노오란 배추꽃
>
> 三冬을 참아온 나는
> 풀포기처럼 피어난다.
>
> 즐거운 종달새야
> 어느 이랑에서나 즐거웁게 솟쳐라
>
> 푸르른 하늘은
> 아른아른 높기도 한데……

〈봄〉[37]

---

37) 이 작품은 끝부분이 훼손되었기 때문이기도 하겠지만 (이것은 〈흰그

이 시에서는 어둠의 그림자라곤 찾아볼 수가 없다. 완전히 조화로운 공간에서 자연과 자아가 소생하고 비상하는 그야말로 환희의 봄을 노래한다. 봄이 차가운 언덕에 모든 꽃들을 피워놓듯이 '三冬을 참아온 나'도 풀포기처럼 소생된다. 그래서 즐거운 종달새에게도 어디서든 솟구쳐 오르라고 권한다.

그런데 이 시의 핵심은 2연에 있다. 즉 자아가 '삼동'이라는 한겨울을 참고 견디었기에 봄을 맞을 수 있었고 풀포기처럼 피어날 수 있었다는 점이다. 이 시에서는 시제가 현재형으로 되어 있지만 물론 이러한 상황은 의식 속에서 체험하는 미래의 어느 날 봄이 될 것이다. 곧 '시대처럼 올 아침'을 기다린 '최후의 나'가 당도할 그 어느 날이라 할 수 있다. 그는 이미 그 봄을 예감하고 있었기 때문에 어두운 시대에서도 끊임없이 새로운 자아를 추구해 갔으며, 고통을 참고 좌절감을 극복해 갔다고 하겠다. 그리하여 마침내 그는 자아의 갈등과 분열을 해소하고 통일적 자아상을 지향할 수 있게 되었다. 그것은 자신의 분수와 한계를 인식한 데서 가능했다고 할 수 있다. 여기서 기다림의 자세도 나오게 된다.

그러나 이 기다림의 자세는 자신의 소명감이나 역할을 무시하는 것이 아니라 자신의 능력을 알고 '내'가 할 수 있는 일의 한계를 직시하며, 그 한계 안에서 행동하려고 하는 보다 성숙된 의식에서 비롯된 것이다. 물론 이것은 자아실현의 종결이 아니라 그 한 도정임도 간과해서는 안 된다. 왜냐하면 우리의 의식의 변화는 아무도 모

림자〉, 〈흐르는 거리〉, 〈사랑스런 추억〉, 〈쉽게 씌어진 시〉와 함께 친구에게 보낸 편지에 동봉한 것인데 편지를 폐기할 때 끝부분이 유실되었다) 아직까지 거의 언급된 바가 없었다. 그러나 그가 기다림의 미학을 인식한 뒤에 쓰인 작품이라고 가정한다면 갈등이 현저하게 해소된 양상을 보여주는 이 작품은 암시하는 바가 많다.

르기 때문이다. 그것은 자기 자신도 마찬가지이다.

3. 결 언

이상에서 윤동주 시에 나타난 의식의 변화와 자아실현의 과정을 살펴보았다. 이것을 단계별로 간추리면 다음과 같다.

먼저 초기시(동시 포함)에서는 순진한 자아로부터 출발하여 자아인식의 문이 열리는 과정이 드러난다. 시적 자아가 순진한 상태로 드러날 때는 세계에 대해 자아가 갈등을 일으키지 않고 서로 동화되거나 교류한다. 이러한 순진한 자아는 차츰 부분적으로 세계와 자아에 대해 눈을 떠감으로써 불완전한 자아의식으로 전이되어 그리움·동경, 불안감·무력감·좌절의식 등을 노정한다. 여기서 그의 인식은 두 가닥으로 나누어지는 것을 보게 된다. 그리움이나 동경이 이상세계로 지향하려는 초월적 자세라면, 불안감·무력감·좌절의식은 비극적 자아인식이 된다. 이 같은 자아의식의 혼란은 진정한 의미에서 현실과 자아를 깊이 성찰한 결과라고 보기는 어렵다. 따라서 그에게 자기동일성에 대한 문은 열리고 있으나 그것은 아직도 매우 막연하고 불투명한 것이라 할 수 있다.

그러나 미성숙하고 불완전한 자아는 역사적 자아로 나아가야 한다는 좀 더 성숙된 의지를 보이면서 존재론적 전환을 모색하게 된다. 정화의식은 이 존재론적 전환을 이룩하려는 적극적 의지이다. 그것은 또한 불완전한 자아에서 역사 속의 일원으로 위치하려는 轉身의 의지로서의 통과제의의 기능을 갖는다.

정화의식을 통과한 초기시의 시적 자아는 이제 더욱 깊이 현실을 인식하고 자신을 성찰하려는 자아로 재생된다. 제2단계에서는 이렇게 재생된 자아가 밤과 어둠으로 상징되는 당대의 현실을 바라보며 그 속에서 대응해야 할 자신의 존재를 성찰하는 것을 드러낸다. 그러나 현실인식이 커질수록 자아는 상대적으로 위축되고 또 위축될수록 자아는 반발한다. 이러한 정신적 갈등에서 때때로 자아는 분열된다. 이것은 부정적인 현실을 대응하는 서로 다른 자세이다. 현실이 가장 고통스러운 상황으로 다가올 때는 과거 회귀나 고립적 자아를 추구하여 괴로운 현실로부터 자신을 분리시켜 그것을 잊으려 한다. 반면에 그 반대편에 개선된 미래와 이상세계로 지향하려는 초월적 자아가 놓인다. 그리고 과거로의 회귀도 미래와 이상향으로의 초월도 부정하는 중간지점에 소명의식이 놓이며, 그로부터 현실에 대결하지 못하는 무력감과 좌절감에 빠지는 혐오스런 자아인식이 유발된다. 자아혐오의 극단적 양상은 스스로 자아를 학대하여 시련에 드는 것이다. 이것은 부정적 자아를 무화시키고 이상적 자아로 새 출발을 하려는 의지이다. 말하자면 시련을 통하여 적극적인 자아로 재생하려는 상징적 죽음의식을 겪는다. 여기서 또 다시 통과제의의 의식적 국면이 드러난다.

제3단계에서는 이렇게 해서 새롭게 태어나고자 하는 자아상이 드러난다. 그것은 어두운 현실을 위해 자신의 소명감을 실현할 수 있는 적극적인 자아이다. 그러한 자아는 물론 신념이 깊고 윤리적으로 부끄럼이 없을 때 가능하다. 이것이 곧 윤동주 시에 드러나는 이상적 자아상의 모습이라 할 수 있는데, 東京에서 지은 일련의 작품에서는 다시 자아의식에 변화를 보인다.

그가 처한 일본 땅은 현실적으로 자기희생도 그렇게 쉽지 않을 뿐 아니라 적극적인 행동 그 자체가 무의미한 것이 될 수밖에 없다. 여기서 그의 행동은 조정되지 않을 수 없다. 그래서 그는 자신을 보다 냉철히 성찰하고 자아에 맞는 행동을 취하려 한다. 그는 자신의 능력 안에서 어둠을 몰아내고 그 이상은 우주의 순환질서에 의해 필연적으로 도래할 아침을 기다리고자 한다. 이를 통해 그는 상실된 자기동일성을 회복하고 갈등으로부터 현저히 벗어난다.

  이상과 같은 결과에 의하면 윤동주는 자기동일성을 획득하기 위해 끊임없이 정신적 갈등을 겪었다. 그로 인해 그는 윤리적 도덕적으로 부끄럼 없이 살기를 염원하고 한 인간으로서의 신념 있는 자아상을 확보하려고 노력했음을 알 수 있다.

제3장 의식구조의 대비

　지금까지 이상화와 윤동주의 시를 개별적으로 통시적 접근을 통해 살펴보았다. 그리고 두 시인의 자아실현의 과정과 의식변화의 양상을 심층적으로 검정하기 위해 미시적 방법에 입각해서 각 작품의 내적 의미를 분석하려고 노력했다. 이를 통해 우리는 두 시인의 시에 나타난 자아의식의 추이과정을 보았다.

　이제 여기서는 개별론에서 드러난 자아의식의 양상을 바탕으로 하여 통시적 측면에서 자아실현 과정의 일반적 구조를 도출하고 그에 따라 각각의 특징을 알아보기 위해 시간·공간·자아인식 등을 중심으로 의식구조를 규명하기로 한다. 특히 두 시인의 시에 나타난 의식구조의 동질성과 이질성의 계를 좀 더 분명히 살피기 위해 대비 분석의 방법을 취하려고 한다. 다만 자세한 분석은 앞에서 개별적으로 다루었으므로 중복을 피하기 위해 여기서는 특징적인 요소들만 추출해서 대비하겠다.[1]

1. 자아실현 과정의 일반적 구조

　두 시인이 시를 쓴 시기는 비록 15년가량의 시간적 간격이 있지

---

[1]　인용되는 시의 구절들은 모두 작품의 창작 시기의 선후관계를 참작해서 차례대로 열거한다. 이를 통해 유사한 인식이라 해도 초→중→후기의 변화상을 엿볼 수 있도록 하기 위해서이다. 따라서 본장에서 비록 주제별로 유형화하더라도 결국에는 변화과정의 통시적 구조를 염두에 두고 분석하게 된다. 특히 2-3)항은 그것에 입각하여 서술한다.

만 그들은 다 같이 일제 강점기라는 국권상실기에 울분과 고통을 견디며 시를 썼다. 그러한 울분·고통과 함께, 나아가서는 자아의 존재가치를 어디에 두어야 할 것인가라는 내적 물음을 끊임없이 부가하며 때로는 갈등을 하고, 또 어느 때는 소명감에 젖어 자아실현의 길을 모색해 갔다는 점도 크게 다르지 않다. 또한 진정한 자기를 추구하고 거기에 근접해 가게 된다는 점에서도 대체로 비슷한 양상을 보인다.

물론 이 과정에서 자아의 성숙을 이루는 경로와 그 내적 의미는 상이점도 없지 않으나 자아의식의 변화과정이라는 큰 흐름으로 보면 인간의 성숙과정에서 드러나게 되는 보편적 심리현상을 보여준다. 즉 이상화의 경우, 초기의 감상적 시의식에서 출발하여 후기의 현실주의적 행동주의적·자아의식으로 전환함으로써 자아실현에 근접해 가는데, 그 과정에서 많은 의식적 변화와 굴곡을 겪게 되는바 그 특징은 조금씩 다르더라도 결국 퇴행적 국면과 현실 지향적 국면이라는 양극을 중심으로 의식이 부침하는 것을 보았다. 이 점은 윤동주의 경우도 그대로 적용이 되는바, 그는 초기의 불완전한 자아로부터 출발하여 후기의 미래지향적·낙관주의적 기다림의 자세로 전환해 가게 됨으로써 자기동일성에 가까이 가게 되는데, 그 과정에서 많은 갈등과 의식적 변화를 보이게 되지만 여기서도 퇴행적 국면과 현실 지향적 국면이라는 양극을 중심으로 의식이 부침되고 있음을 본 바 있다.

이와 같은 의식의 큰 주류로서의 양극현상인 퇴행적 국면과 현실 지향적 국면을 그 특징상 의식의 '내면화'와 '외면화'[2]로 보려고 하

---

2) 이것은 개인적 특성을 나타내는 것이 아니라 인간들의 성숙과정에서 드러나게 되는 의식의 反轉現象에 관련된다. 심리학에서는 흔히 인간의 정신세계를 의식과 무의식으로 대별하지만, 여기서 제시한 두 개념

는데, 이 두 핵심개념을 중심으로 파악한다면 이상화와 윤동주의 시에 드러나는 자아의식 변화의 순환성은 거의 동일한 양상을 보인다. 여기서 '내면화'와 '외면화'라는 말은 현실과 자아의 관계에서 드러나는 의식의 지향체계를 일컫는 것으로 그 개념을 좀 더 구체적으로 설명하면 다음과 같은 의미를 지닌다. 자아가 갈등에 의해 현실로부터 이탈하거나 내면세계로 의식이 향하여 자아성찰과 퇴행적 태도를 보이는 것을 내면화의 양상으로 보았으며, 반대로 소명감을 의식하고 삶에의 의욕은 물론 현실을 개선하기 위해 적극적으로 어둠에 맞서야 한다는 의지와 태도를 드러내는 경우를 외면화의 양상으로 보았다.

이러한 상극적인 두 태도는 두 시인의 시에서 모두 선명하게 드러나는데 작품이나 시기에 따라서는 다양한 변화를 보이기도 한다. 그러면서도 이 변화의 양상을 거시적으로 본다면 내면화와 외면화라는 두 대극 점을 기저로 하여 의식이 서로 교차 전환된다. 그래서 자아의식이 내면화될 때는 하강구조로, 외면화될 때는 상승구조로 본 것이다. 이 두 개념이 그들의 초기에서 후기 시로 전개되는 과정에서 지속적으로 드러나므로 이것을 연속성이라는 통시적 맥락 속에서 보면 순환구조가 된다. 이 같은 순환구조는 궁극적으로 자아성숙이라는 보다 높은 단계로 지양 발전되어 간다는 데 그 의의가 있다.[3]

에는 의식·무의식은 물론, 의식적 국면에서도 현실에 깊이 투사되는가 그렇지 않은가라는 의미까지 함축해서 전자를 외면화라 하고 후자를 내면화로 보고자 한 것이다. 그러므로 이것은 일종의 심리적 경향을 의미하는 것이 된다.

3) 융은 인간의 '정신적 발전의 목표는 자기'라 했는데 여기서 '자기(Selbst)'란 의식과 무의식을 통틀어 하나가 된 그 전부를 지칭하는 말이다. 그에 의하면 인간의 무의식 속에는 누구에게나 원초적으로 항상

　이와 같은 의식변화의 순환구조는 분석심리학에서 의식과 무의식이라는 두 정신세계 사이에서의 자아와 지향체계를 나타내는 '에난치오드로미 현상(對極의 反轉)'4)을 원용한 것인데 이것을 두 시인

　　전체가 되고자 하는 경향이 있다고 한다. 그것은 분열을 지양하려는
　　정신적 경향이기도 하다. 그래서 의식이 일방적으로 의식만을 고집하
　　면 자기로부터 멀어지게 되며 결국엔 무의식과의 의식적인 관계가 상
　　실되고 만다. 이것이 곧 두 정신세계의 분열을 뜻하는 것인데 무의식
　　은 이 단절상태를 견디지 못하기 때문에 이으려고 애쓰게 된다. 이렇
　　게 하여 단절된 상태가 이어진 순간은 그것이 곧 '자기'이다. 이러한
　　'자기'는 '그 사람의 전체'를 나타낸다는 뜻에서 진정한 의미에서 개성
　　이라고도 하는데, 인간들은 이 '자기'를 지향해서 발전되어 간다고 한
　　다. 그리고 이 발전은 '직선적인 발전이 아니라 자기의 순환적 발전'이
　　며 '일방적 발전이란 초기에나 있을 뿐이고 뒤에는 언제나 중앙에 대
　　한 제시로 일관한다.' 즉 인간은 성숙되어 자기의 개성을 찾기까지는
　　의식과 무의식의 끊임없는 밀고 당김이 작용한다는 것인데, 그것은 직
　　선적이고 일방적인 진행이 아니고 상승과 하강이라는 반전구조 속에서
　　순환하며 발전되어 간다는 것이다. 이때 그 목표는 항상 의식과 무의
　　식의 통합적인 개념인 중앙에 놓이게 된다. 이를테면 의식이 지나치게
　　외향화되면 무의식이 관계됨으로써 그 반대편인 무의식 쪽으로 내향화
　　되며 그 역도 마찬가지가 된다. 이와 같은 양상이 인간의 정신 속에서
　　반복·순환하게 되는데 그것은 악순환의 의미가 아니라 진정한 자기를
　　추구하는 방향으로 발전되어 간다는 것이다. 이 진정한 자기에 이를
　　때 인간은 자기실현을 하게 된다. 李符永, *op. cit.* pp. 101～106 참조.
　4) *Ibid.* pp.132～133. 정신의 기능은 思考·感情·感覺·直觀 기능의 네
　　가지로 분류된다. 앞의 두 기능인 사고와 감정기능은 합리적 기능, 감
　　각과 직관의 두 기능은 비합리적 기능으로 구분되는데, 이 각 기능을
　　구성하는 두 기능은 서로 極을 이루어 대립되고 있다. 즉 서로 상극적
　　이다. 이 가운데 본고에서는 〈표 3〉을 참고했다.

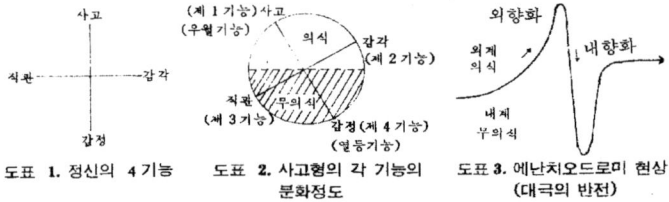

　　도표 1. 정신의 4기능　　도표 2. 사고형의 각 기능의　　도표 3. 에난치오드로미 현상
　　　　　　　　　　　　　　　　　분화정도　　　　　　　　　　　(대극의 반전)

의 자아의식의 변화구조에 적용시킬 수 있을 듯하다. 개별론을 통해서 본 대로 두 시인은 다 같이 끊임없이 갈등하면서 자기동일성을 의식하고, 또 추구하고자 했다. 그래서 그들의 자아의식은 매우 의미심장한 변화를 보이면서 갈등과 극복에의 의지가 순환되는 것을 보았다. 따라서 그러한 의식의 순환상태를 고려하고 분석심리학의 이론을 원용해서 두 시인의 의식변화 과정의 순환구조를 통합적으로 재구성하면 다음과 같다.5)

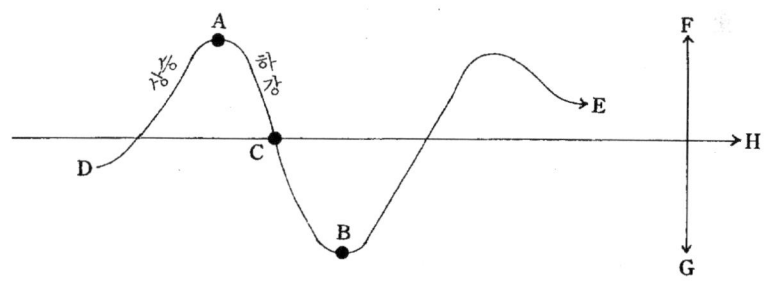

위 표에서 A는 의식이 가장 외면화된 경우, 또는 어두운 현실을 치열하게 인식하는 순간이고 반대로 B는 의식이 최대로 내면화된 경우, 또는 현실로부터 유리되어 퇴행되는 순간이다. C는 인식의 전환점(존재론적 전환)을 뜻한다. 그리고 D~E는 의식의 흐름을, E는 자기 동일성 회복 또는 자아실현에 근접함을 나타낸다. F~G는 공간개념으로 보면 외면공간~내면공간, 또는 현실~자연공간이 되며, 정신상으로 보면 전자는 의식의 외면화, 즉 현실을 깊이 인식하고

---

5) 이것은 일반적 추이과정을 제시하기 위한 것이기 때문에 두 시인의 공통성만을 고려한 것이다. 개별적 차이에 대해서는 의식구조를 살펴보고 난 다음 그에 따라 드러나는 특성에 입각해서 종합적으로 제시하겠다.(*cf.* 本章 3節 참조).

그와 맞서려는 의식을 뜻하고 후자는 의식이 내면화하고 좌절·자
아성찰 등으로 위축되는 경우를 의미한다.

　이렇게 보면 A와 B는 각각 극단적 외면화나 내면화를 뜻하기 때
문에 이 순간 자아(시인·시적 화자)의 의식은 그 반대의 상황으로
지향하거나 추락한다. 즉 치열하게 현실을 인식하면 할수록 어둠의
강도도 그만큼 크게 느껴져서 대결이 불가능하다는 무력감에 의해
B로 급강하하여 좌절감에 빠지며 그것이 더욱 깊어지면 죽음의 위
기의식에 직면하기도 하고 다시 자아성찰을 하기도 한다. 반면에 B
의 순간에서는 현실과 가장 멀어져 있기 때문에 현실에서 받는 고
통은 잊을 수 있지만 소명감을 망각하지 않는 한 부끄러움·자아혐
오감이 생겨 또 반성을 촉발시켜 다시 A로 지향하려고 한다. 때로
는 부정적으로 머물러 버리면 영원의 세계를 지향하기도 한다. 그
리고 한 가지 유의해야 될 것은 이것은 상대적인 것이지 완전히 극
단화되어 나타나는 것은 아니다. 다시 말해서 B의 경향이 짙어지게
되면 A가 약화되는 것일 뿐 A를 완전히 망각하지는 않는다. 그것
이 잠재적으로 남아 있기 때문에 복원력이 생성된다.

　한편, D는 표에서 보듯 상승과 하강 곡선을 그리며 순환하지만
궁극적으로는 E를 향하여 발전해 간다. E는 자기동일성에 근접한
경우로 이것은 완성을 뜻하는 것은 아니다. 더구나 개개인이 동일
한 양상을 띠는 전형성과는 거리가 멀다. 왜냐하면 자기 동일성의
획득이란 자기의 개성을 이룩하는 것이지 어떤 일정한 틀에 맞추어
가는 것이 아니기 때문이다. 어떤 경우든 자아실현은 일반적인 원
칙에 따르는 것이 아니라 개인에 따라 그 과정과 그때그때의 과업
이 다르게 마련이다.[6]

---

6) 李符永, *op. cit.* p.106.

이제 이 일반적 변이구조를 참고하여 두 시인의 시에 나타난 의식구조의 특징을 살펴보기로 한다. 여기서는 통시적인 방법보다는 각각의 특성을 추출하기 위해 각 요소를 유형화해서 대비 분석하고 전체를 조망하기로 한다. 특히 위에서 제시한 특성들인 A~H의 각 요소들을 통합시키면 궁극적으로 시간과 공간,7) 그리고 자아인식이라는 세 가지의 개념 속에 유합시킬 수 있으므로 이 세 가지 측면에 대한 인식양상을 살피기로 하겠다.

2. 의식구조의 대비

1) 시간인식과 자아

의식은 그 변화라는 측면에서 보면 필연적으로 시간의 흐름과 관련을 맺지 않을 수 없다. 변화라 하는 것은 한 상태로부터 다른 어떤 상태로 그 속성이 바뀌어갈 때만 인식될 수 있다. 그래서 그 과정에서는 시간의 흐름이라는 사실이 전제되지 않고는 생각할 수 없다. 그리고 인간의 삶 속에서 시간은 고립되거나 절대적인 개념으로 존재하지 않기 때문에 그러한 시간 속에서 삶을 영위하고 끊임없이 대상과 교섭을 해야 하는 인간의 의식도 변화하게 되는 것은 당연하다. 특히 우리가 삶을 인식한다는 것은 시간을 인식한다는

---

7) 조동일은 문학작품의 시간적 질서와 공간적 질서는 작품의 통일성을 유지하게 하는 질서이며 또한 작품에서 벌어지고 있는 대결의 양상이라 하고, 작품의 질서는 음성적 질서, 시간적 질서, 공간적 질서로 나누어 고찰할 수 있다고 했다. 조동일, 『문학연구방법』(지식산업사, 1980), p.165.

말로도 대체할 수 있는바[8] 시간의 의미가 전제되지 않으면 주체와 객체와의 관계도 형성되기 어렵다. 따라서 이 같은 시간에 대한 인식은 자아의 객체에 대한 반응태도를 알아볼 수 있는 중요한 단서가 된다. 시간의 문제가 문학작품에서 많이 논의되는 것도 여기에 있다.[9]

그런데 여기서 말하는 시간인식이란 자연적인 시간의 개념이 아니라 生世界와 관련된 것을 의미한다. 다시 말해서 자아와 세계와의 관계 속에서 흘러가고 인식되는 시간이 된다. 이때 그것을 우리는 과거와 현재와 미래라는 세 개의 개념으로 분할하여 인식하게 되며, 우리의 실존은 언제나 현재라는 시간 속에 위치하면서 과거를 판단하고 미래를 전망한다. 인간의 경험세계와 밀접하게 관련을 맺고 있는 이러한 시간을 마이어홉은 경험적 시간이라 했는데 그에 의하면,

> 문학에 나타나는 시간이란 인간생활의 구조가 되고 있으며 경험의 배경 일부가 되는 그런 시간이다. 모든 경험속에는 시간적 지표가 찍혀 있고 자아의 개념과 관계가 없는 시간이란 무의미하다.[10]

는 것이다. 이처럼 문학작품에서 시간은 '자아의 개념'과 관련이 있기 때문에 시간인식을 통해 자아의식을 살펴볼 수도 있다.

이상화와 윤동주의 시에도 시간과 관련되는 시어들이 상당히 드

---

8) 마이어홉, *op. cit.* p.29.
9) 李炳基는, 문학은 언어를 통해 인간의 삶을 총체적으로 표현하는 것이기 때문에 비록 정도의 차이는 있다 해도 언제나 시간이란 관점에서 접근될 수 있는 문제를 내용으로 간직하지 않을 수 없다고 하였다. 李炳基, '文學的 時間의 意味', 『시와 언어』(文學과 知性社, 1987), p.88.
10) 마이어홉, *op. cit.* p.32.

러나고 있는데, 대체로 인식체계가 일치하기도 하지만 세계관의 차
이에 따라 부분적으로 다른 측면도 볼 수 있다. 여기서는 시간에
대한 일반적 인식을 먼저 살펴보고 과거→현재→미래라는 지속성의
개념에서 '과거와 현재', '현재와 미래'를 서로 관련지어 고찰한다.

(1) 一般的 認識

시간에 대한 일반적 인식은, 두 시인이 모두 시간은 생명체를 죽
음으로 이르게 한다는 두려운 개념으로 파악하고 있음을 볼 수 있
다. 이때 그들은 불안과 강박관념에 빠지게 된다.

　　① 째가오면 꽂송이는 고라지며 째가가면 써러젓다 석고마는가/ -
〈離別을 하느니〉에서
　　② 쌀리 가자, 우리는밝음이오면, 어댄지모르게숨는두별이어라.//'마
돈나'구석지고도어둔마음의거리에서,나는두려워썰며기다리노라, -〈나의
寢室로〉에서
　　③ 너희들의靑春도 새송장의눈알처럼 쉬, 써지리라. -〈虛無敎徒의
讚頌歌〉에서
　　④ 쉬지안는'타임'은 내울음뒤로/흐르도다 흐르도다 날죽이려흐르도
다. -〈極端〉에서
　　⑤ 삶은 오늘도 죽음의 序曲을 노래하였다. -〈삶과 죽음〉에서
　　⑥ 時計가 자근자근 가슴을 때려/不安한 마음을 山林이 부른다. -
〈山林〉에서
　　⑦ 거 나를 부르는 것이 누구요.//가랑잎 이파리 푸르러 나오는 그
늘인데.//나 아직 여기 呼吸이 남아 있소. -〈무서운 時間〉에서

　①~④는 이상화 시, ⑤~⑦은 윤동주 시의 일절이다. 이상화의
시에서는 때가 되면 죽고 만다는 생각이 지배적으로 드러난다. 이
럴 때 시간은 인간을 죽음으로 싣고 가는 것으로만 인식되기 때문

에 두려움과 불안감에 젖을 수밖에 없게 된다. ①에서 시간의 경과에 따른 꽃의 소멸과정을 잘 보여준다. '고라지며→떨어졌다→썩고 마는가'의 과정을 통해 결국 꽃은 완전히 사라지게 되는데, 이처럼 인간의 생명도 시간의 흐름에 따라서 소멸되어 갈 수밖에 없는 것이다. ②에서는 시간이 흘러 아침이 오면 별처럼 숨어야 하는 '나'이므로 두려움에 떨며 '마돈나'를 기다리고 있다. 초조한 화자의 심정이 시간관념에 결합되어 잘 드러난다. ③, ④에는 시간에 의해 인간은 죽고 만다는 종말의식이 보다 직접적으로 드러나고 있다. ③은 쉬 꺼져 버리게 될 청춘을, ④는 쉬지 않는 시간은 '나'를 죽이려 흐른다고 함으로써 시간에 의한 생명의 소멸이라는 필연적 관계를 나타낸다.

이러한 관념은 윤동주 시에서도 대체로 비슷하다. ⑤는 삶이란 죽음으로의 여행이라는 의식을 보여준다. 이것은 삶에 대한 부정적 인식을 드러내는 것이라 하겠다. '오늘도'라는 시간관념에서 볼 때 이 말 속에는 '어제도'라는 시간까지 함축되어 있으며, 이런 추이로 보면 그것은 '내일도'라는 비관적 미래인식도 포함하고 있다. ⑥에서는 시계가 가슴을 때린다고 했는데, 이는 시간을 알려주는 시계 소리에 민감하게 반응하고 있는 화자의 불안한 의식을 나타내는 것이다. ⑦에서도 죽음으로 끌고 가려고 한다는 무서운 시간의 인식이 드러난다. 이와 같이 시간에 대한 일반적 인식은 두 시인 모두 죽음으로 여행하게 하는 불안하고 무서운 것으로 드러난다. 그리하여 그들은 강박관념에 사로잡히게 된다. 이러한 시간은 창조적인 시간이 아니라 파괴적인 시간이다. 이렇게 시간이 파괴적이라는 인식은 자아 무력감이 가중되면 더욱 견딜 수 없다. 이때 그들은 시간의 방향성에 대하여 부정적 인식과 태도를 보이게 된다. 그래서 시간의 흐름 속에 뛰어들어 적극적으로 무엇을 창출하거나 개선하려고 하기보다는 기다림이나(②), 시간으로부터 벗어나려는 일종의 도피적 자세(②, ⑥), 또는 수동적 자세(③, ④)를 취하려고 한다. 다만 ⑦에서는 죽음으로 데려가려는 시간에 적극적으로 대결하려는 자세가 보이는데 그것은 윤동주의 중기 시로서 소명감에 대한 인식이 높아진 시기의 작품이다. 곧 의식의 변화에 따라 시간인식도 달라졌기 때문이다.

시간이 생명의 소멸을 초래하는 것이라 인식하면 그것을 매우 부정적인 존재로 생각하게 된다. 인간이 생활에서 시간을 경험할 때 가장 공통적인 반응이 되어 있는 것은 이런 부정적인 면, 즉 죽음의 그늘 아래에서 인간의 모든 노력은 도로에 그친다는 인식이다.[11] 이렇게 시간이 죽음으로 향하는 방향성을 가지고 있다는 측면에서만 인식되면 그것은 생명과는 서로 대립적인 관계로 놓이기 때문에 생명의 존속이라는 점에서는 시간의 진행방향은 부정적인 축이 되고 반대로 그 역방향은 긍정적인 축이 된다. 그래서 인간의 생명은 내일보다는 오늘이, 오늘보다는 어제가……, 이렇게 역행할수록 젊어지게 되고 행복한 시간이 된다.

고통스런 현실인식에서 종종 볼 수 있는 과거 회귀의지는 이와 같은 부정적인 시간관과 비관적인 미래의식에서 기인된다고 할 수 있다. 오늘보다 내일은 더 희망이 없다고 생각하기에 과거지향으로 기울어지게 되는 것이다. 이상화의 〈그날이 그립다〉, 〈어머니의 웃음〉, 〈나는 해를 먹는다〉, 윤동주의 〈꿈은 깨어지고〉, 〈自畵像〉에 보이는 과거지향의식은 대개 이 때문이다.

---

11) *Ibid.* p.111.

① 내 生命의 새벽이 사라지도다/그립다 내 生命의 새벽-……//아 그날 그때에는 낮도 모르고 밤도 모르고 봄빛을먹음고 움돋던 나의 靈이 -〈그날이 그립다〉에서

② 내 어려젓먹을째/무릅우헤다./나를고이안고서/늙음조차모르든/그 웃음을아즉도/보는가하니/외로움의조곰이/살아지고,　거긔서/가는깃븜이비로소온다 -〈어머니의 웃음〉에서

③ 남의 과일밭에 몰래 들어가/험상스런얼굴과 억센주먹을 두려워하면서./하나 둘 몰래훔치든 어릴적 철없든 마음이 다시살어나자/그립고 웃읍고 죄없든 그기쁨이 오늘에도있다/ -〈나는 해를 먹는다〉에서

④ 지난날 봄타령하던/금잔디밭은 아니다/ -〈꿈은 깨어지고〉에서

⑤ 우물속에는 달이 밝고 구름이 흐르고 하늘이 펼치고 파아란 바람이 불고 가을이 있고 追憶처럼 사나이가 있읍니다/ -〈自畵像〉에서

①~③은 이상화의 시, ④, ⑤는 윤동주 시의 일부이다. 여기서 보듯 과거의 시간은 긍정적인 것으로 인식된다. ①에서 그날 그때는 '내 생명의 새벽'이기에 오직 희망만 있던 시절이다. ②와 ③에서 어린 시절은 모두 행복했기 때문에 지금도 그 시절을 생각하면 기쁨이 온다는 것이다. 남의 과일밭에서 과일을 몰래 훔쳐 따먹으면서도 그것이 죄인 줄 모르던 그 시절은 사실 행복했다기보다 고통이나 죄를 인식하지 못하던 시절이며, '낮도 모르고 밤도 모르고' 지낸 무시간의 순진무구하던 시절이었으므로 행복했던 추억으로 떠오르게 된다. 이를테면 그 시절은 자아인식이전의 시기였으므로 시간도 모르고 죄도 모르며 오로지 즐거움만 있던 시절이다.

이러한 과거인식은 윤동주 시에도 같은 양상으로 드러난다. ④에서 지난날은 금잔디밭에서 봄타령하던 시절로 낙원에서 흥에 겨워 놀던 때이다. ⑤에서 조화로운 자연 속에서 살던 그 시절의 추억 속에 서 있는 사나이는 과거로 돌아가고 싶은 충동에 젖어 있는 것이다.

이상에서 본 대로 과거의 시간이 낙원 이미지로 인식되는 것은

모두 역사의 현장 밖에 있던 시절이며, 자아의식에도 별로 눈뜨지 못했던 시절이었기 때문에 그것이 비록 경험적 시간이라 하더라도 상당히 미화되고 추상화된 기억속의 한순간일 뿐이다. 흔히 '추억은 다 아름답다'는 말을 하지만 그것도 현재와 대비되어 상대적인 가치로서의 의미가 짙다. 따라서 어린 시절이 행복했다고 생각되는 것은 고통스럽고 불만스런 현재라는 의식이 개입되어 미화시킨 과거의 어느 한 점에 불과하다고 하겠다.

(2) 과거와 현재

시간에 대한 이와 같은 일상적 관념은 개인적 시간을 초월하여 역사의식이 부여되면 인식의 태도가 달라진다. 역사의식 속에서 시간을 인식하게 되면 과거·현재·미래에 대한 인식개념에서 긍정 또는 부정적인 것으로서의 일방적인 가치는 사라지고 개인의 세계관이나 역사관에 따라 가치관도 변하게 된다.

먼저 역사의식 속에서 경험되는 과거와 현재라는 시간은 모두 부정적으로 인식된다는 특징을 보인다.

① 오랜 오랜넷적부터/아 몃百년 몃千년넷적부터/호미와가래에게 등심살을빗기이고 -〈暴風雨를 기다리는 마음〉에서
② 펄덕이는 내신령이 몸부림치며/어제오늘몃번이나 발버둥질하다 -〈極端〉에서
③ 사천년이란오랜동안에/오늘의이압흔倦怠말고도바든것잇다면그게 무엇이랴. -〈오늘의 노래〉에서
④ 어제나오늘 보이는사람마다 숨결이막힌다/ -〈朝鮮病〉에서
⑤ 零下로 손가락질 할 수돌네 房처럼 추운 겨울보다/해바라기 滿發한 八月校庭이 理想곱소이다./피끓는 그날이-//어제는 막 소나기가 퍼붓더니 오늘은 좋은 날씨올시다./동저고리 바람에 언덕으로, 숲으로

하시구려-/이렇게 가만가만 혼자서 귓속이야기를 하였읍니다./나는 또 내가 모르는 사이에-//나는 아마도 眞實한 世紀의 季節을 따라/하늘만 보이는 울타리 안을 뛰쳐, 歷史같은 포지션을 지켜야 봅니다/ -〈寒暖計〉에서

⑥ 어제도 가고 오늘도 갈/나의 길 새로운 길 -〈새로운 길〉에서

⑦ 파란 녹이 낀 구리거울 속에/내 얼굴이 남아 있는 것은/어느 王朝의 遺物이기에/이다지도 욕될까//……내일이나 모레나 그 어느 즐거운 날에/……그때 그 젊은 나이에/왜 그런 부끄런 告白을 했던가/ -〈懺悔錄〉에서

①~④는 이상화의 시, ⑤~⑦은 윤동주의 시 일절이다. 다 같이 어제와 오늘이 지속되는 시간으로 인식되고 있지만, 가치판단은 차이를 보인다. 특히 윤동주 시에서는 미래에 대한 관념이 드러나지만 이상화의 시에서는 미래상황이 유보되어 있다. 즉 윤동주는 미래에 대한 희망을 가지고 있는 데 비해 이상화는 미래보다는 오늘을 철저히 사는 것에 궁극적인 목표를 두고 있음을 보게 된다. 이상화는 그것을 영원에 도달할 수 있는 길이라 생각하고 있기 때문이다.

위에서 ①, ③은 역사적인 관점에서 부정적인 시각을, ②, ④는 '나'와 '사람'들의 고통스러운 삶의 모습을 드러낸다. 그의 시각에 의하면 역사적 시간의 흐름이 창조적이라기보다는 피폐와 권태로 일관된다. 따라서 그러한 상황에서 살아야 하는 인간들의 삶도 몸부림치고 발버둥을 쳐야 하며 숨결이 막힐 수밖에 없게 된다. 부정적인 과거였기에 현재도 부정적이며, 그것이 개선이 되지 않는 한 미래도 부정적일 것임은 당연하다. 이상화가 현재의 삶에 집착하는 것은 여기에서 이해된다. 하지만 그것이 미래 자체를 부정하는 것은 결코 아님을 알아야 한다. 어떤 의미에서는 오히려 적극적으로 미래를 맞이하려는 의식이라 할 수 있다.

이에 비해 윤동주의 시 ⑤~⑦에서 보면 미래지향적 의식이 선명하게 드러난다. ⑤의 '추운 겨울'보다 '피 끓는 그날'을 이상적인 시간으로 인식하고 있는 데서 보듯이 현재와 미래가 대비되어 있다. 현재의 시간이 부정적인 것이기 때문에 '해바라기 만발하는 팔월의 교정'과 같은 미래를 이상 속에서 그려보는 것이다. 그런데 다음 연에서는 어제는 부정적이나 오늘은 긍정적인 상황으로 전환되어 있음으로써 2연의 현재와 서로 모순되고 있다. 그러나 그것은 표면적인 것일 뿐 좀 더 유심히 읽으면 그것이 긍정적인 아침이 아님을 알 수 있다. 다음 행에서 좋은 날씨에 들떠 '언덕으로 숲으로 하시구려'라고 했던 환호가 자신도 모르게 무의식적으로 나온 것임을 '나는 또 내가 모르는 사이에-'라는 구절에서 볼 수 있다. 더욱이 그 다음에 '역사 같은 포지션을 지켜야 봅니다'라고 하는 것을 보면 어제와 오늘의 대조적인 날씨는 단순히 일기의 변화와 관련이 있는 것이지 역사적 인식이 내포된 현재로서의 오늘이라는 긍정적 가치와는 무관한 것으로 보인다. ⑥에서 '어제-오늘-내일'도 계속 '나의 길 새로운 길'을 가야 한다고 하는데, 여기서는 새로운 세계를 향해 끊임없이 가고자 하는 시인의 진취적 자세가 잘 드러난다. ⑦에서 과거의 모습을 일신하지 못한 자신을 반성하는 것으로 보면 과거와 현재의 자신은 물론 역사 자체도 부정적으로 인식하고 있다. 그러나 '내일이나 모레나 그 어느 즐거운 날'이 올 것을 예감하고 있어 낙관적인 미래관을 다시 보여준다.

이상에서 보면 두 시인 모두 과거와 현재를 대체로 부정적인 것으로 인식하고 있음을 알 수 있다. 그러면서도 이상화는 미래에 대한 관념을 분명하게 드러내지 않음에 비해 윤동주는 긍정적인 미래에 대한 기대감을 분명히 드러내고 있다. 즉 이상화의 시에는 과거

172

→현재가 계속적으로 부정적인 것이라는 인식이, 윤동주의 시에는 과거→현재는 다 같이 부정적이지만 미래는 긍정적인 가치로 개선될 것이라는 신념이 드러난다. 이러한 인식의 차이는 '현재-미래'의 시간인식에서 좀 더 분명히 알 수 있다.

(3) 현재와 미래

위에서 현재와 미래에 대한 인식은 부분적으로 드러났으나, 여기서 좀 더 구체적으로 살펴보기로 한다. 먼저 예시부터 들어본다.

　①　아! 자추도업시/나를 쩌안는/이밤의 홋짐이 설어워라.//비오는밤/까러앉은 靈魂이/죽은듯이고요도하여라/　-〈單調〉에서
　②　두터운 이불을,/포개덥허도,/아즉칩은,/이겨울밤에,/언길을,밟고가는/장돌림,보짐장사,　-〈嘲笑〉에서
　③　지금은 남의쌍-쌔앗긴들에도 봄은오는가?　-〈쌔앗긴들에도,봄은오는가〉에서
　④　오늘을 넘어선 가리지말라!/슯흠이든, 깃븜이든,무엇이든,/오는째를 보려는 미리의근심도-.//……춤추어라, 오늘만의 젓가슴에서,/사람아, 압뒤로 헤매지말고/짓태워버려라!/쓰슬러버려라!/오늘의生命은 오늘의쏫까지만　-〈마음의 쏫〉에서
　⑤　묵은 넷날은도라보지마려 記憶을뭇질러바리고/쏘 하로못살면서먼압날을쏘처가려는空想도마러야겟다./……애닯은滅亡의骸骨이되려는나에게 무슨靈藥이되랴./아 오즉 오늘의하로로부터먼첨사러나야겟다/그러하야 이하로에서만永遠을잡어쥐고 이하로에서世紀를헤아려/倦怠를쌋수자!慣性을죽이자!　-〈오늘의 노래〉에서
　⑥　오늘도 구멍 뚫린 구두를 끌고,/훌렁훌렁 뒷거리길로/고기새끼같은 나는 헤매나니　-〈종달새〉에서
　⑦　오늘밤에도 별이 바람에 스치운다/　-〈序詩〉에서
　⑧　그러나 겨울이 지나고 나의 별에도 봄이 오면　-〈별헤는 밤〉에서
　⑨　봄, 여름, 가을, 겨울,/순서로 돌아오고　-〈看板 없는 거리〉에서

⑩ 등불을 밝혀 어둠을 조금 내몰고,/時代처럼 올 아침을 기다리는 最後의 나. -〈쉽게 씌어진 詩〉에서

①~⑤는 이상화의 시, ⑥~⑩은 윤동주 시의 일절이다. 여기서 ①~②, ⑥~⑦은 현실인식을, ③~⑤, ⑧~⑩은 현실과 미래의 관계를 보여주는 구절들이다. 먼저 현실인식은 두 시인이 다 같이 밤이나 겨울로 표현하고 있음을 볼 수 있다. 이 점은 식민지시대의 시들에서 공통적으로 볼 수 있는 것으로, 이들은 대체로 당대의 부정적 현실을 겨울·밤 등의 시어를 통해 드러내고 있다.12)

한편 현재와 미래인식을 동시에 보여주는 ③~⑤, ⑧~⑩에서는 분명히 다른 세계관을 엿볼 수 있다. 앞에서도 잠시 언급한 대로 이상화는 매우 철저한 현실주의적 태도를 보여준다. ④에서 그는 '오늘을 넘어선 가리지 말라'고 하는 것은 물론 '오는 때를 보려는 미리의 근심'도 스스로 자청하지 말라고 진술한다. 그래서 오늘의 생명은 오늘의 안에서 다 태워 버릴 것을 강조한다. ⑤에서도 그는 과거를 돌아보지도 말고 '먼 날을 쫓아가려는 空想'도 하지 말라고 하여 오직 오늘 하루부터 먼저 최선을 다해 살아야 한다고 한다. 그는 또 '이 하루에서만 영원을 잡아쥐고 이 하루에서 세기를 헤아려' 권태와 慣性을 부수자고 한다.13) 이렇게 그는 무엇보다 오늘을

---

12) 프라이는 자연신화에서 겨울은 irony와 satire의 원형으로서 밤, 죽음, 혼돈을 상징한다고 하였다. N. Frye, *The Archetypes of Literature, Fables of Identity*, 金炳旭 外 編譯, 『文學과 神話』(大覽社, 1981), pp.69~70.

13) 이러한 인간형을 슈펭글러는 '파우스트적 인간'이라 지적했는데, 그 특성은 끊임없는 노력을 통해 시간을 망각하는 것이라고 한다. 그렇게 하여 인생에 있어서의 모든 추구가 필연적으로 연결되는 궁극적 목적지, 즉 죽음을 망각한다는 것이다. 이러한 추구에 의하여 개인은 과거도 미래도 없는 영원한 '현재'라는 차원 속에서 살 수 있게 된다는 것

중요시하고 있는데, 그것은 부정적인 현재부터 개선하려고 노력을 기울일 때만이 긍정적인 미래도 보장될 수 있다는 실천적 세계관에서 비롯된다고 할 수 있다. 그렇게 할 때 '빼앗긴 들에도 봄'은 올 수 있을 것이다. ⑤에서 보듯 그가 결코 미래를 부정적으로 보는 것이 아니라 미래에 대한 쓸데없는 공상보다는 현실에 충실한 것이 오히려 희망적인 미래를 맞이할 수 있는 확실한 길임을 생각하고 있다. 그러기에 그는 다리를 절면서도 조국의 들판으로 나가서 봄을 맞이하기 위한 행동을 하게 되는 것이다.

이에 비해 윤동주는, 시간의 순환적 질서를 통해서 보면 부정적인 현실은 결국 사라지고 말 것이며, 그리하여 희망적인 미래도 반드시 오게 되리라는 확신을 가지고 있다. 물론 그가 이러한 기대감에만 젖어 아무런 행동도 없이 막연히 기다리고만 있는 것은 아니다. '등불을 밝혀 어둠을 조금 내몰고'라는 표현에서 보듯 그도 어둠과 대결의 자세를 분명히 보여준다. 그러나 이상화와 대비해 볼 때는 상대적으로 그는 행동주의적 자세보다는 자아성찰을 통해 자신을 발견하려는 노력이 더 강하고, 그리하여 자신의 한계도 분명히 인식하려고 했던 것 같다. ⑨, ⑩에서 겨울이 가면 반드시 봄이 올 것이라는 인식이나, ⑩에서 등불의 힘만큼의 어둠을 내몰고 그 이상은 시대처럼 아침이 올 것이라는 시간의 순환 질서를 믿고 기다림의 자세를 취한다.

이상에서 살펴본 것처럼 두 시인의 시간인식은 공통점과 상이점을 보여주고 있다. 이러한 차이는 세계관이나 그들의 기질적 차이라고도 할 수 있을 것이다. 특히 이상화는 특별한 신앙을 가지지 않았고 윤동주는 신앙을 가지고 있었다는 점을 감안할 때 인식과

이다. 마이어홉, *op. cit.* pp.108~109.

태도의 차이를 분명히 드러내는 미래관에 대해서 이해할 수 있을
듯하다.

2) 공간인식과 자아

인간이 시간을 떠나 존재할 수 없는 것처럼 공간을 떠나서도 존
재할 수 없다. 인간이 존재한다고 할 때 이 말 속에는 이미 시간과
공간개념이 개재되어 있다. 그러므로 인간의 삶을 논의할 때 시간
을 떠난 공간도, 공간을 떠난 시간도 생각하기 어렵다.

공간에 대해서는 소설에서 흔히 논의되는 문제이지만, 詩도 인간
삶의 한 단면을 노래한다는 점에서는 중요한 요소 중의 하나가 된다.
문학작품 속에서 공간이란 단순히 기하학적 의미나 지리적 조건으로
서의 개념만을 드러내는 것이 아니라 사회적·정신적 배경을 함의하
고 있기 때문에 공간인식을 통해서도 시인의 의식을 분석할 수 있다.

그런데 이러한 공간을 시간과 결합하여 생각해 보면, 과거의 공
간, 현재의 공간, 미래의 공간인식 등으로 나누어볼 수도 있겠지만
이것은 대체로 시간인식과 동일한 결과를 보여준다. 즉 과거·현재
의 공간은 거의 부정적인 인식으로 드러나고 미래의 공간은 긍정적
으로 인식된다. 따라서 여기서는 시간과 관련된 線條性 - 과거·현
재·미래공간이라는 측면에서는 분석을 따로 하지 않기로 한다. 그
대신 공간유형을 크게 천상과 지상으로 나누고 지상은 다시 생활과
밀접한 관련이 있는 삶의 공간과 삶의 현장과는 다소 거리가 있는
자연공간으로 나누어 살펴볼 것이다. 그리고 시에서 공간과 관련되
는 어휘들이 다양하게 드러나지만 일일이 다 살펴보기는 어렵기 때
문에 시인의 공간인식을 밝혀 볼 수 있는 특징적인 면을 중심으로

대비 분석하겠다.

(1) 天上공간

천상공간에서는 하늘을 중심으로 하여 해·달·별 등이 빈번하게
드러난다. 이것들은 대체로 긍정적인 가치개념으로 인식되지만 때
로는 부정적인 인식을 보여주기도 한다. 특히 이상화의 경우는 윤
동주에 비해 부정적인 인식이 상대적으로 많이 나타난다. 그러면
먼저 이상화의 시에 나타난 '하늘'에 대한 인식을 살펴본다.

> ① 밤새도록, 하늘의꼿바치, 세상으로옵시사비는 입에서나, -〈本能
> 의 놀애〉에서
> ② 씿도업시열푸른한울의永遠性품은빗치, -〈池畔靜景〉에서

①에서 보면 하늘과 세상은 대조적인 세계로 드러난다. 하늘은
아름다운 꽃밭과 같은 세계이기에 그것이 세상으로 내려와 세상도
아름답게 되기를 빈다. ②에서 하늘은 영원성을 품은 것으로 인식
되어 유한한 인간세상과는 대칭점에 놓인다. 여기서 주목되는 것은
①에서 보이듯 이상화는 하늘이 인간의 불행을 구원해 줄 수 있는
것으로 인식하고 있다는 점이다. 이와 같이 하늘이 인간세상을 구
원해 줄 수 있는 것으로 인식할 때, 그럼에도 지상의 악한 상황이
결코 개선되지 않으면 그때는 자세가 달라져서 증오심으로 바뀐다.

> ① 아 사람의맘은 두릴것업다 만만하게 생각고/천가지 가즌지랄로
> 잘 싸부리는 저한울을 둄이야말로 속터진다 -〈地球黑點의 노래〉에서
> ② 보아라 오늘밤에 하늘이 사람배반하는줄알었다/아니다 오늘밤에
> 사람이 하늘배반하는줄도알었다/ -〈逆天〉에서

①에서 보면 하늘과 사람은 완전히 대립적인 관계이다. 하늘은 사람을 '두려울 것 없다 만만하게 생각'한다고 보는가 하면 그러한 하늘을 둔 사람은 속이 터질 수밖에 없다는 것이다. '천 가지 갖은 지랄로 잘 까부는 저 하늘'이라는 표현에서 보면 하늘은 온갖 조화를 다 부리는 변화무쌍한 것이기는 하지만 그것이 긍정적인 것이기보다는 부정적임을 알 수 있다. ②에서 그러한 하늘의 변화무쌍한 조화에도 불구하고 고통스러운 밤에 처해 있는 사람에게 아무런 구원을 주지 못한다고 생각하기에 믿었던 기대감이 무너지면서 배반하는 하늘로 보게 된다. 그래서 하늘의 배반에 대해 이제는 사람이 스스로 하늘을 배반할 수밖에 없다는 악순환이 생기게 된다.

이와 같이 긍정적 가치관이 돌연 부정적 가치관으로 변하게 되는 이유는 몇 가지로 생각해 볼 수 있다. 우선은 현실에서 받은 고통의 중량이 너무나 크다는 것을 지적할 수 있다. 고통의 중량이 크다는 것은 그만큼 현실을 깊이 인식하고 있다는 역설적 의미가 있다. 둘째는 하늘에 대한 기대감이 큰 데 비해 하늘은 인간의 고통을 직접 구원해 주지 못하고 있다는 배반감에서 저주의 대상으로 돌변하게 된다고 하겠다. 셋째는 앞에서 잠시 언급한 대로 하늘에 대한 믿음이 신앙적 자세와는 관련이 없다는 사실을 들 수 있다. 이러한 사실은 '하느님'과의 관계에서는 더욱 악화된 상태로 드러나고 있는 점에서도 뒷받침이 된다.

　① 한우님을비웃을 自由가여게잇고 ─〈바다의 노래〉에서
　② 오 한우님─사람의弱한마음이만든독갑이가아니라 누리에게힘을 주는 自然의靈精인 한아쏜인사람의叡智─를불러말하노니 잘못짐작을갓지말고 바로보아라 이해가 다가기전에─.朝鮮사람의가슴마다에 숨어사는 모든한우님들아! ─〈이해를 보내는 노래〉 에피그람에서

178

　①에서는 '하느님'을 비웃을 자유도 가지려고 하는가 하면, ②에서 결정적으로 드러나고 있는 것처럼 하느님은 '사람의 弱한 마음이 만든 도깨비'에 불과하다. 그래서 그는 진정한 하느님은 사람의 '예지'라고 한다. 그는 하늘이나 하느님에게서 기대할 것이 없다고 생각하기에 그것에 귀의하거나 의존하려고 하지 않는다. 오히려 배반감에서 저주하고 싶은 대상으로 인식한다. 여기서 결국 사람들의 문제를 해결할 수 있는 것은 하늘이나 하느님이 아니라 바로 보고 행동하는 자신들에게 달려 있다는 생각에 이르게 된다. 이상화가 행동성을 강조하는 이유가 여기에 있다. 이 밖에도 〈極端〉〈비를 다고〉〈저므는 놀안에서〉 등 많은 시에 하늘·하느님이 나오는데 긍정적인 인식보다는 대부분 부정적인 인식으로 드러나며 인간과의 관계는 불화의 모습으로 드러난다.14)

　이에 비해 윤동주의 시에서는 긍정적인 인식이 강하며 부정적인 측면에서 드러날 때도 하늘보다는 자신의 문제로 환원시켜 자아성찰의 계기로 삼는다.

　　① 어머니의 젖가슴이 그리운/서리 내리는 저녁 -/어린 靈은 쪽나래의 鄕愁를 타고/南쪽 하늘에 떠 돌뿐 -〈南쪽 하늘〉에서
　　② 내사……/北쪽 하늘에 나래를 펴고 싶다/ -〈黃昏〉에서
　　③ 죽는 날까지 하늘을 우러러/한점 부끄럼이 없기를, -〈序詩〉에서
　　④ 텐트같은 하늘이 무너져/이 거리를 덮을까 궁금하면서/좀더 높은 데로 올라가고 싶다/ -〈山上〉에서

---

14) 하느님뿐만 아니라 부처님에 대해서도 부정적 인식으로 드러나고 있는데, 이를 통해서 보면 이상화는 신앙적인 문제에 대해서 회의적인 생각을 가지고 있었음을 알 수 있다. 참고로 '부처님'에 대한 표현이 나오는 구절을 들어보면 다음과 같다. ① 부처가티벙어리로 사는 신령아 -〈도-교-에서〉, ② 金剛!오늘의歷史가보인바와가티 朝鮮이죽었고釋迦가죽었고 地藏彌勒모든菩薩이죽었다/ -〈金剛頌歌〉에서.

⑤ 나는 아마도 眞實한 世紀의 季節을 따라/하늘만 보이는 울타리 안을 뛰쳐,/歷史같은 포지션을 지켜야 봅니다/ -〈寒暖計〉에서

①~③은 긍정적인 인식을, ④, ⑤는 반드시 부정적이라고 할 수는 없지만 ①~③과는 차이를 보여준다. ①에서 '남쪽 하늘'은 '서리 내린 저녁'과 대비되는 포근한 고향의 의미를 지닌다. 시의 표면에서 볼 때는 향수에 타는 주체가 제비인지 아니면 두 나래를 가진 제비를 보면서 나래가 없는 자신이 향수에 젖는 것인지 분명하지는 않으나 어떤 경우든 남쪽 하늘은 고향이 있는 곳으로 회귀하고 싶은 공간임엔 틀림없다. ②에서도 '북쪽 하늘'로 자유롭게 날아가는 까마귀처럼 그쪽으로 날아가고 싶은 의지가 드러난다. 이 시가 평양에서 지어졌다는 것을 감안하면 고향으로 가고 싶은 심정과 관련이 있는 것으로 보인다. 이렇게 보면 ①, ②의 하늘은 모두 고향과 관련이 있는 회귀처가 된다. ③에서 하늘은 절대자의 의미를 띤다. 그것은 인간의 모든 것을 내려다보고 있는 두려운 존재이며 윤리적 자아를 일깨우는 신성공간이다. 그러니까 지상과 서로 대비되는 순수공간이다.

한편 ④, ⑤에서는 하늘의 의미가 다소 축소되어 있다. ④에서 화자는 하늘을 '텐트'로 비유하여 무너질 것 같다는 불안의식에서 산 위로 더 올라가고 싶다고 한다. 여기서 하늘은 신성공간이나 절대 공간이 아니라 세속화된 공간으로 전락되어 극복의 대상으로 인식되고 있다. ⑤에서는 하늘과 역사의 대비를 통해 전자는 추상적 세계로, 후자는 실존적 세계로 인식된다. 그래서 화자는 하늘만 보이는 닫힌 세계에서 인간들의 삶의 공간인 역사의 현장으로 나아가고자 한다. 이 시는 인식의 전환을 꾀하려는 자아의식을 선명히 보여준다.

180

이상에서 보듯 윤동주의 시에서 하늘은 다양한 의미를 보여주지만 이상화의 시에서와는 달리 그것을 어떤 기능적 차원, 즉 구원의 차원에서 보려고 한 것 같지는 않다. 그러기에 하늘에 대한 기대감보다도 지향적 자세나 자신의 행동의 문제로 귀결시킨다. 그는 하늘의 구원을 별로 생각하지 않으므로 하늘과 '나'의 거리가 이상화의 경우보다는 멀고 객관화되어 있다. 또한 처음부터 구원의 차원에서 하늘을 인식하지 않음으로써 그것에 대한 배반감도 없을 뿐 아니라 증오심도 유발되지 않는다. 그래서 대립적인 관계로 악화되지도 않는다.

하늘에 대한 이와 같은 인식은 '하나님'과의 관계에서도 동일하게 드러나는데, 다만 신앙적 관념이 개입됨으로써 主宰者라는 의식이 강화된다.

　　① 하얗게 눈이 덮이었고/電信柱가 잉잉 울어/하나님 말씀이 들려온다/ ―〈또 太初의 아침〉에서

'하나님'이라는 어휘가 직접 나오는 유일한 시이다. 여기서 바람이 전신주에 부딪쳐 나는 소리를 하나님의 말씀으로 인식하듯 그는 하나님에게 어떤 기대감을 갖는 것이 아니라 스스로 소명감을 불러일으키고 있다. 그는 눈 덮인 지상을 회복시켜야 한다는 소명감에서 전신주의 소리를 통해 하나님의 계시를 환기하고 있는 것이다. 따라서 이것은 소명감에 대한 일종의 자기 암시를 드러내는 것이라 할 수 있다. 이와 같이 윤동주는 하나님에 대한 의존적 자세보다는 자기성찰의 계기로서 인식하려는 것이 이상화의 시에서 보이는 것과는 차이를 보인다.

다음에는 '해'에 대한 인식을 보기로 한다.

① .忘却뭉텅이가튼, 이밤속으론/해쌀이비초여오지도못하고 -〈緋音〉에서
② 죽음일다!/성난해가, 니ㅅ발을갈고 -〈二重의 死亡〉에서
③ 아 사람의힘은 보잘것업다 건강지게 비웃고/구만층 놉흔한울로 올러가사는 해걱정을 함이야말로 주제넘다 -〈地球黑點의 노래〉에서
④ 太陽을 사모하는 아이들아 -〈눈 감고 간다〉에서
⑤ 쫓아오던 햇빛인데/지금 教會堂 꼭대기/十字架에 걸리었읍니다./ -〈十字架〉에서
⑥ 바닷가 햇빛 바른 바위위에/습한 肝을 펴서 말리우자, -〈肝〉에서

이상화의 시에는 해에 대해 긍정과 부정적 인식이 다 보이지만 윤동주 시에는 거의 긍정적 인식으로 드러난다. ①에서 보면 햇살은 어둠을 몰아내는 것이기에 희망적인 것으로 인식되나 ②와 ③에서는 완전히 부정적이다. ②에서 '성난 해가 이빨을 갈고'라 하고 있듯 해는 부정적인 것으로 인식된다. 이것은 죽음의 위기에 처한 자아가 좌절감에 깊이 빠져 있기 때문에 모든 것이 부정적으로만 보인다는 사실을 말해준다. ③에서는 사람은 연약하고 무력한 존재라는 자아인식에서 해마저도 비웃는 것으로 생각하고 있음을 보여준다. 여기서 해와 사람은 불화의 관계로 놓이고 있음을 볼 수 있는데, 그러면서도 해는 사람을 비웃으며 멀리 떠나간다고 생각하는데 비해 오히려 사람은 주제넘게도 해 걱정을 하고 있다고 하여 반어적 태도를 보인다. 그렇게 하여 정감어린 사람의 우월감을 간접적으로 드러내고 있는 것이다.

그 반면에 윤동주의 시에서 해는 ④의 지향적 대상, ⑤에서는 지상으로 내려오고 있지만 지상의 어떤 문제로 하여 차단된 상황으로 제시된다. ⑥에서도 그것은 '습한 肝'을 건조하게 하는 것, 즉 위기에서 소생시킬 수 있는 능력을 지닌 것으로 드러난다. 다만 ⑤에서 볼 때 해가 절대적인 능력을 가진 것으로는 인식하지 않는다. 그러

나 이상화의 시에서처럼 대립적인 관계로 악화되지는 않는다. 이처럼 윤동주의 시에서는 해가 대체로 긍정적인 측면에서 인식되고 있는데, 이것도 어떤 의미에서는 상황인식의 차이에서 기인된다고 할 수 있다. 이상화에 비하여 윤동주는 절망적 인식이 그만큼 적었다고 하겠다.

그러나 달에 대해서는 오히려 반대의 경우로 드러나며, 또 별에 대해서는 두 시인이 모두 긍정적인 것으로만 인식하고 있음을 볼 수 있다.

① 달아!/너의얼골이 그이와갓네/언제보아도 웃든 그이와갓네/착해도보이는달아/만저보고저운 달아 -〈달아〉에서
② 초가을열나흘밤 열푸른유리로 천정을한밤/거기서 달은 마종왔다 얼굴을쳐들고 별은 기대린다 눈짓을한다……//……철모르는 나의마음 홀아비자식 아비를 따리듯 불본나비가되야/꾀우는 얼굴과같은 달에게로 웃는닛발같은 별에게로/앞도모르고 뒤도모르고 곤두치듯 줄다름질을 쳐서가더니. -〈逆天〉에서
③ 붉은 이마에 싸늘한 달이 서리어/아우의 얼굴은 슬픈 그림이다. -〈아우의 印象畵〉에서
④ 달빛이 싸늘히 추운 밤이면 -〈코스모스〉에서
⑤ 年輪이 자라듯이/달이 자라는 고요한 밤에/달같이 외로운 사랑이 -〈달같이〉에서

이상화의 시에서는 달이 지향적 대상으로만 인식되고 있는 데 비해 윤동주의 시에서는 차가우며 애상적 정조로 드러난다. ①에서 달은 그이의 얼굴과 동일시됨으로써 온화하고 선량한 이미지로 만져보고 싶은 충동, 즉 그이와 합일되고 싶은 마음을 불러일으키는 것으로 표상된다. ②에서는 달을 지향하여 끝없이 줄달음질쳐 가는 의식을 보여준다. 여기서 달은 불만스런 현실과 대비되어 보상적

존재로 인식된다.

그러나 윤동주의 시에서 달은 '싸늘한 달', '외로운 달'로 표상되어 차갑고 고독한 존재로 인식된다. 그래서 그것은 지향적 대상이기보다는 애상적인 정서를 환기시키는 것으로 드러난다. 달의 이와 같은 부정적 정서에 대해 金大幸은 "달과 인간의 병렬에서 드러나는 생의 본질이 부정적인데서 얻어진 정서의 전형적 반복을 뜻한다"[15]고 하여 우리 시에서 전통적으로 지속되어 온 요소라 하였다. 그래서 그는 달에 대해서는 현대적인 재해석이 없었던 것이라 지적한 바 있는데, 윤동주의 시에서도 그것은 같은 양상으로 드러난다. 이런 점에서 보면 다시 두 시인의 의식의 차이를 볼 수 있다. 즉 이상화는 수용적 자세보다는 거부의 자세를, 윤동주의 경우는 수용적 자세임을 알 수 있다.

지금까지 본 대로 '하늘・해・달'에서는 서로 대조적인 인식을 많이 보여주는 반면에 별에 대해서는 두 시인이 다 긍정적인 대상으로 인식한다.

① 쌜리가자, 우리는밝음이오면, 어댄지모르게숨는두별이어라 -〈나의寢室로〉에서

② 이밤이면 반듸불가튼 별이나마 나와는주어야지/엇재 여게만은 숨통막는 구름조차 쏘겹처씨며 -〈地球黑點의 노래〉에서

③ 나의넉은바람결의구름보다도軟弱하여라/잠자리와제비뒤를쌀하, 가볍게돌며/별나라로오르다 - 갑작이흙속으로기여들고/다시는,해묵은落葉과古木의거믜줄과도헤매이노라, -〈池畔靜景〉에서

④ 나무틈으로 반짝이는 별만이/새날의 希望으로 나를 이끈다/ -〈山林〉에서

⑤ i) 나는 아무 걱정도 없이/가을 속의 별들을 다 헤일듯합니다.

15) 金大幸, 『韓國詩의 傳統 研究』(開門社, 1980), p.202.

ⅱ) 가슴 속에 하나 둘 새겨지는 별을

ⅲ) 이네들은 너무나 멀리 있읍니다./별이 아슬히 멀듯이,

Ⅳ) 그러나 겨울이 지나고 나의 별에도 봄이 오면 -〈별헤는 밤〉에서

⑥ 별을 노래하는 마음으로/……//오늘밤에도 별이 바람에 스치운다 / -〈序詩〉에서

①~③은 이상화의 시, ④~⑥은 윤동주의 시이다. ①에서 별은 어둠 속에 존재하는 자아와 동일시되어 있다. 그래서 밝음 속에서는 존재할 수가 없다. 이는 어둠과 별이 화해가 아니라 서로 대립적인 관계임을 나타내는 것이다. 왜냐하면 '우리'는 어둠을 무화시키려는 존재이지 어둠과 함께 하고자 하는 것이 아니며 또 밝은 세상에서는 별처럼 온몸으로 어둠을 거부할 필요도 없기 때문이다. ②에서는 구름에 가려져 별마저도 나올 수 없는 완전한 어둠의 세계를, ③에서는 별을 지향하고자 하나 결국은 다시 지상으로 추락할 수밖에 없는 한계상황을 드러낸다. 이것을 다시 거리감각으로 보면 ①은 별이 자아와 일치되어 있어 거리가 완전히 사라지고 없다. ②의 별은 어두운 지상과 대극 점에 놓여 있고 그것도 구름에 가려 보이지 않으므로 가장 먼 거리에 있지만 별에 대한 인식은 긍정적으로 드러난다. ③은 지향적 세계로 인식되나 유한한 나의 넋으로 인해 도달이 불가능하므로 여전히 먼 거리에 존재한다.

윤동주의 경우도 대체로 지향적 세계라는 점에서는 일치한다. ④에서 별은 새 희망의 세계로, ⑤에서는 다양하게 인식의 변화가 드러난다. 즉 '객관적으로 바라보며 헤아림→합일되어 거리가 사라짐→다시 분리됨→재생에의 기대' 등의 과정으로 드러나 결국 별에 합일이 되지 못하고 다만 재생에의 기대로 끝난다. ⑥에서는 별처럼 살고 싶은 의지를 보이지만 그 이상세계가 오늘밤에도 바람에

스친다고 하여 시련이 지속되고 있음을 보여준다.

이같이 두 시인이 모두 별에 대해 긍정적 인식과 합일에의 의지를 보이면서도 한편으로 합일이 쉽게 이루어지지 않는다는 한계의식으로 귀결된다. 이것은 별의 세계가 너무 멀리 있기 때문이기도 하지만 궁극적으로는 현실세계의 부정적 요소가 지속되고 있음을 드러내는 것이다. 결국 이들이 꿈꾸는 별은 현실과 대칭점에 놓이는 이상세계와 관련이 있기 때문에 현실이 긍정적인 세계로 전환되지 않는다면 별과의 합일도 이루지 못하게 된다. 따라서 별에의 지향도 계속될 수밖에 없다.

(2) 생활공간

삶의 현장인 생활공간에 대한 인식에 대해서는 비록 표현의 차이는 있다고 하더라도 결국은 다 같이 부정적 가치체계로 드러난다는 점에서는 일치한다. 그리고 이상화의 시에서는 세상·도시·시골·산촌·어촌·길 등 다양한 공간이 드러나고, 윤동주 시의 경우는 세상·거리·길 등과 아울러 특히 방과 관련된 이미지가 많이 보인다. 여기서 볼 수 있는 것은 이상화가 실외 공간으로 나아가려는 의식이 강한 반면, 윤동주는 상대적으로 실내 공간으로 들어가는 모습을 많이 보여준다는 점이다.

먼저 이상화의 시에서 보면,

　① 이러케도 세상은 야밤에잇서라/ -〈極端〉에서
　② 세상은 罪惡을늬우치는마당이니 -〈虛無敎徒의 讚頌歌〉에서
　③ 두발을 못쎗는 이쌍이 애닯어 -〈慟哭〉에서
　④ 죽음과 삶이 숨밧굼질하는 위태로운 쌍덩이에서도 -〈地球黑點의
노래〉에서

⑤ 지금은 남의짱 -〈쌔앗긴들에도, 봄은 오는가〉에서
⑥ 自暴속에잇는서울과시골로 -〈가장 悲痛한 〈祈愈〉에서
⑦ 설엄다 健忘症이든 都會야?/……서울아 叛逆이 나흔都會야! -
〈招魂〉에서
⑧ 山村의쌔만남은 쌍바닥우에서 -〈暴風雨를 기다리는 마음〉에서
⑨ 斜線언덕우흐로 쑥으리고안즌 두어집 울타리마다 -〈原始的 悒鬱〉

에서와 같이 세상과 이 땅은 모두 삶의 근거를 상실할 수밖에 없는
피폐하고 박탈당한 부정적인 공간으로 드러난다. 당대의 이 같은
상황은 여기서 새삼 설명이 필요 없을 만큼 널리 알려져 있듯, 그
것은 이상화의 시에서도 지나칠 정도로 적나라하게 드러나 있다.
여기서 시적 표현임을 감안해서 지나칠 정도라고 했지만 사실은 표
현이 오히려 부족했을지도 모른다. 철저히 유린당하고 절망적인 상
황이었기에, 그 울분을 시로 토로하기엔 이미 한계를 넘어서 있었
는지도 모를 일이다.
　위에서 보면 도시・시골・산촌・어촌 등 모두가 뼈만 남았거나
발을 못 뻗는 상황, 또는 '죽음과 삶이 숨바꼭질하는 위태로운 땅덩
이'이다. 특히 ②에서 '세상은 죄악을 뉘우치는 마당'이라 하여 세상
은 죄악에 빠질 수밖에 없다는 부정적 인식을 보여주며, ⑦에서는
서울을 건망증이 들고 반역이 낳은 도회로 표현하고 있는데, 여기
에는 日帝에 대한 부정적 태도는 물론 현대문명의 중심지로서의 타
락된 공간이라는 의식이 내포되어 있다. 건망증이란 시의 문맥에
의하면 '몇 백 년 전 네 몸이 생기던 옛 꿈'으로서의 순수성을 잃어
버렸다는 뜻으로 읽힌다. 그래서 박탈당하고 문명으로 오염된 반역
의 도시인 서울을 보면서 순수한 공간으로 인식되는 그 옛날 낙원
이 '마지막으로 한번은 생각나고야 말어라'고 하게 된 것이다. 그가
역사적 의미로서의 과거공간은 부정하면서도 현재가 타락된 도시라

는 측면에서는 순수한 시절로서의 과거공간을 돌이켜 보려고 하는
이유가 여기에 있다. 이것은 마치 역사 속의 과거는 부정하면서도
개인적 과거인 자신의 어린 시절은 행복한 시기로 생각하여 회귀의
지를 보이는 것과 같은 양상이라 할 것이다.

윤동주의 시에서는 이상화의 시처럼 직설적인 표현은 드물지만
대체로 겨울·밤·어둠의 이미지를 통해 부정적 현실을 드러내고
있는 점은 동일하다. 그는 직설적 표현보다는 상징적으로 표현하고
있기 때문에 언제나 시적 정제에 관심을 놓치지 않음을 볼 수 있
다. 이러한 차이는 두 시인의 시의식의 차이와 또 한편으로는 심리
적인 측면에서의 의식의 차이에서 온 것이라 할 수 있다.

　　① 거리의 소음과 노래 부를 수 없도다 -〈산골물〉에서
　　② 손들어 표할 하늘도 없는 나를 -〈무서운 時間〉에서
　　③ 順伊가 떠난다는 아침에 말못할 마음으로 함박눈이 내려, 슬픈
것처럼 窓밖에 아득히 깔린 地圖위에 덮인다. 房안을 돌아다 보아야
아무도 없다. 壁과 天井이 하얗다. 房안에까지 눈이 내리는 것일까, -
〈눈오는 地圖〉에서
　　④ 하얗게 눈이 덮이었고 -〈또 太初의 아침〉에서
　　⑤ 어두워가는 하늘 밑에 -〈十字架〉에서
　　⑥ 이제 窓을 열어 空氣를 바꾸어 들여야 할텐데 밖을 가만히 내다
보아야 房안과 같이 어두워 꼭 세상같은데 비를 맞고 오던 길이 그대
로 비속에 젖어 있사옵니다. -〈돌아와 보는 밤〉에서

여기서 보듯 윤동주의 시에서 부정적인 현실인식을 드러내는 어
휘들은 어둠·눈·소음 등이고, 공간은 하늘밑·창밖·방안·거
리·세상 등으로 드러난다. 이상화의 시에서처럼 삶의 공간이 얼마
나 처참한지 확연히 표현되어 있지는 않으나 상징적인 표현을 통해
현실공간이 부정적임은 분명히 드러내고 있다. ①의 '거리의 소음과

188

노래 부를 수 없도다'라고 한 데서 번거로운 세상이라는 문명 비판적 자세와 순수성을 지향하려는 의식이, ②에서는 완전히 박탈된 상황과 절망적 인식이 드러난다. ③에서는 '나'로부터 떠나가는 '순이'이기에 나는 상실자의 위치에 서게 되고, 그러한 내가 서 있는 공간의 모든 것을 무화시키며 눈이 내린다. 그래서 '나'와 내가 서 있는 '공간'(창 안과 밖)은 떠나는 순이와 눈 내리는 사실로 인해 슬픈 상황이 된다.16) ④도 하얗게 눈이 덮인 겨울상황, 즉 세상의 모든 것이 제 모습을 드러낼 수 없는 소멸의 공간이요, 생명력이 응결되는 공간이다. ⑤, ⑥은 어둠에 싸인 세상으로 희망과 기쁨이 상실된 공간이다. 이렇게 윤동주의 시에서도 현실공간은 소음과 상실 및 모든 것이 무화되는 부정적인 세계로 드러난다.

그런데 여기서 주목되는 것은 이상화의 시에서는 부정적인 현실을 드러내는 양상이 직설적이고도 격하며 다양한 데 비해, 윤동주의 시에서는 정적감이 감도는 이미저리인 어둠이나 눈과 같은 것으로 드러나며 또 이것들은 그 자체가 쉽게 사라지거나 녹을 수 있다는 속성을 지닌 것들이라는 점이다. 그래서 다 같이 현실공간이 부정적이라고 하여도 이상화의 시에서는 좀처럼 회복이 어려울 정도로 그 훼손의 정도가 격심하게 표현되어 있지만 윤동주의 시에서는 대체로 상징화되면서도 시간의 흐름에 따라서 곧 회복이 가능한 이미저리로 드러냄으로써 이상화보다 낙관적 태도를 보여준다.

이상에서 본 바 그들이 처한 공간이 부정적이라고만 생각할 때 그것은 자아에게 고통과 좌절감만을 안겨주게 될 뿐이다. 소외감·

---

16) 여기서 '나'와 '순이'의 관계는, 순이가 떠나감으로써 나에게서 기쁨과 희망을 지워버리지만 공간과 눈의 관계는 서로 만나면서 한쪽(눈)이 다른 한쪽 (공간)을 무화시킨다. 즉 생명의 소생을 차단하는 관계이므로 결과는 같지만 그 과정은 상반적인 성격을 띤다.

고독감・단절감・허무감・슬픔・괴로움・방황・좌절・죽음 등의 비극적인 인식과 관련되는 수많은 어휘들은 모두 이 부정적인 상황에서 배태된 것이라 하겠다. 이러한 감정은 현실이 바람직한 상황으로 개선되지 않는 한 일소될 수 없다. 여기서 현실이 바람직한 상황으로 개선될 수 있는 길은 현실을 부정적으로 만드는 가해적 요소가 스스로 소거되는 경우도 있겠고, 반대로 피해자의 개선을 위한 적극적인 노력을 통해서 이루어지는 경우도 있을 것이다. 물론 전자의 경우처럼 되는 것이 무엇보다 이상적이겠지만 그것은 현실적으로 불가능하다고 할 때 문제는 자연히 후자 쪽으로 기울어지게 된다. 즉 부정적인 현실(공간) 속에서 자아가 어떠한 태도를 취해야 하는가라는 점에 관심을 가질 수밖에 없다. 이것을 현실에 대한 자아의 반응태도라 한다면 그 태도의 문제는 등불을 밝혀 어둠을 몰아내는 일이 될 수도 있고, 호미를 들고 들판으로 나아가는 일도 될 것이며, 시대처럼 올 아침을 기다리는 일이 될 수도 있다. 또한 좌절감 속에서 무기력하게 소멸해 갈 수도 있으며, 새로운 세계로 일탈해 가려는 의지가 될 수도 있다.

이러한 문제를 공간이동과 관련해서 보면 부정적인 세상이 아닌 곳으로 가고자 하는 인식으로 드러난다. 공간이동을 통해 부정적인 현실공간을 극복해보려고 하며 또 거기서 존재론적 전환이나 정신적 전환을 꾀하려고 하기도 한다. '길'은 그러한 공간으로의 移行이나 정신적 탐색의 과정을 드러내는 대표적인 공간이 된다.

① 이겨울밤에,/언길을, 밟고가는/장돌림, 보짐장사, -〈嘲笑〉에서
② 우리의앞헨 가느나마 한가닥길이 뵈느냐-없느냐-어둠쑨이냐?
-〈'도-교'-에서〉에서
③ 그러나 새길을찾고 그길을 가다가/거리에서도죽으려는내신령은

너머도외로워라.//自足 屈從에서 내길을찾기보담/남의목숨에서 내사리를얽매기보담/오 차라로 죽음-죽음이 내길이노라/다른나라 새사리로 드러갈그죽음이! -〈極端〉에서

④ 어제도 가고 오늘도 갈/나의 길 새로운 길//……나의 길은 언제나 새로운 길/오늘도……내일도…… -〈새로운 길〉에서

⑤ 길은 아침에서 저녁으로/저녁에서 아침으로 통했읍니다.//……풀 한포기 없는 이 길을 걷는 것은/담 저쪽에 내가 남아 있는 까닭이고, -〈길〉에서

⑥ 흰 그림자들/연연히 사랑하던 흰 그림자들/내 모든 것을 돌려보낸 뒤/허전히 뒷골목을 돌아/黃昏처럼 물드는 내방으로 돌아오면 - 〈흰 그림자〉에서

이렇게 길은 대체로 새로운 세계로 갈 수 있는 연결통로가 된다. 동시에 그것은 한 존재에서 다른 존재로 분리되고 전환되는 길이기도 하다. 그러므로 길은 실재적 공간이 되기도 하지만 정신적 공간으로서의 삶의 방향과 관련을 맺기도 한다. 이러한 점은 이상화와 윤동주의 시에 동일하게 드러난다.

먼저, 이상화 시에서 ①은 삶을 영위하기 위한 수단으로서의 물건을 팔려고 시장으로 가는 길이다. 이것은 실재의 공간을 뜻하지만 '언 길'이라고 하듯 삶의 어려움을 암시하고 있다. ②와 ③은 정신적 길을 의미한다. ②에서는 앞길이 잘 보이지 않아 불안감에 빠진 모습을 볼 수 있으며, ③에서는 새 길(삶)을 찾아가려는 강한 의지를 드러낸다. 그리하여 죽음을 통해서라도 존재론적 전환을 이룩하려고 한다. 이때 길은 자족과 굴종을 버리고 새 삶으로 재생할 수 있는 통과제의의 의미를 지닌다. 따라서 그것은 죽어서 끊어지는 것이 아니라 끊임없이 이어져 가는 길이다.

이러한 지속성으로서의 길은 윤동주의 시에서도 극명하게 드러난다. ④는 새로운 세계로 끝없이 가야 할 탐색의 길이며, ⑤에서는

길의 순환성이 드러난다. 여기서 그는 잃은 것을 찾는다고 하는데, 이로 보면 그 길은 상실된 것을 다시 회복하기 위해 가는 길이다. 그러나 그것은 풀 한 포기 없는 고난의 길이다. ⑥의 뒷골목은 세상으로부터 '내 방'으로 돌아오는 길이며, 또한 부정적인 것을 떨쳐버리고 새로운 '나'로 재생될 수 있는 통과제의의 길이기도 하다.

이상에서 본 바 두 시인의 시에서 길의 의미는 대체로 일치되고 있다. 그것은 삶의 길이요, 탐색의 길이며, 존재론적 전환을 이룩할 수 있는 통과제의의 길이다. 그러나 그것은 고통을 동반해야 하는 시련의 길이다.

다음으로, 생활공간 가운데 축소된 공간으로서 방과 관련된 이미지들을 보기로 한다. 이상화의 시에서는 '방'이라는 말이 직접 나오는 경우는 없고, '침실'·'동굴'·'비밀실'·'내 집' 등이 그 변용으로 보이는 반면, 윤동주의 시에서는 자주 보인다. 특히 이상화의 경우는 초기에 침실로 들어가 재생하려는 의식을 보인 이후에는 방으로 들어가려 하기보다는 현실로 나오려는 의지가 보편적이라 할 수 있으나, 윤동주 시에서는 초기의 작품인 〈悲哀〉에서 '잠자리'(침실)를 뛰쳐나와 광야로 나아가는 경우를 볼 수 있을 뿐 대개는 방으로 들어가는 상황을 보게 된다. 이와 같은 대조적인 자세도 또한 그들의 의식세계를 엿볼 수 있는 흥미로운 사실이다.

① 저녁의 피무든 洞窟속으로/아-밋업는, 그洞窟속으로 -〈末世의 欷嘆〉에서
② 너는내말을밋는'마리아'-내寢室이復活의洞窟임을네야알년만…… -〈나의 寢室로〉에서
③ 하늘笑과, 地平線이, 어둔秘密室에서, 입마추다, -〈二重의 死亡〉에서
④ 나는이세상에서 버려입는 '숨키는옷'을벗고, /내집가는 어렴풋한 直線의우를이제야가름이다. -〈虛無敎徒의 讚頌歌〉에서

⑤ 매를 본 꿩이 도망하듯이/暗黑이 창구멍으로 도망한/나의 방에 품긴/祭物의 偉大힌 香내를 맛보노라. -〈초한대〉에서

⑥ 후어-ㄴ한 房에/遺言은 소리 없는 입놀림. -〈遺言〉에서

⑦ 아닌 밤중에 뛰기듯이/잠자리를 뛰쳐/끝없는 曠野를 홀로 거니는 /사람의 心思는 외로우려니 -〈悲哀〉에서

⑧ 방안을 돌아다 보아야 아무도 없다. ……房안에까지 눈이 내리는 것일까, -〈눈오는 地圖〉에서

⑨ 세상으로부터 돌아오듯이 이제 내 좁은 방에 돌아와 불을 끄옵니다. ……이제 思想이 능금처럼 저절로 익어 가옵니다. -〈돌아와 보는 밤〉에서

⑩ 어둔 房은 宇宙로 通하고/하늘에선가 소리처럼 바람이 불어온다. -〈또 다른 故鄕〉에서

⑪ ……黃昏처럼 물드는 내방으로 돌아오면//信念이 깊은 으젓한 羊 처럼/하루종일 시름없이 풀포기나 뜯자. -〈흰 그림자〉에서

⑫ 봄은 다 가고-東京郊外 어느 조용한 下宿房에서, 옛거리에 남은 나를 希望과 사랑처럼 그리워한다. -〈사랑스런 追憶〉에서

⑬ 六疊房은 남의 나라/窓밖에 밤비가 속살거리는데, //등불을 밝혀 어둠을 조금 내몰고, /時代처럼 올 아침을 기다리는 最後의 나, -〈쉽 게 씌어진 詩〉에서

이상화 시에서 ①은 현실적 고통으로 좌절할 수밖에 없는 극한 상황에서 동굴로 들려는 것으로 죽음의식을 뜻하지만, ②에서 그 동굴이 부활의 장소가 되기도 한다. 이때 그 동굴은 聖像的 공간으로서의 의미가 있다. ③에서 '秘密室'은 하늘이 무너진 절망적 상황을 암시하는 죽음의 공간이며, ④의 '내 집'은 '세상에서 빌어 입는 숨기는 옷'을 벗고 '진정한 나', 또는 '개성화된 나'로서 일상적인 '나'가 도달하려는 목표가 된다.

윤동주의 시에서 ⑤는 일종의 제의공간이다. 어둠을 몰아내고 광 명을 불러들이는 촛불은 제의적 기능을 한다. ⑥은 죽음을 맞이하

는 임종의 공간, ⑦은 윤동주의 시 가운데 유일하게 방에서 나오는 상황을 보여주는데 여기서 방은 현실과 유리된 공간이나 잠을 잠으로써 현실을 외면할 수밖에 없는 공간이다. 그래서 잠자리를 뛰쳐 광야로 나온다는 것은 현실로 나아가고자 하는 의식을 드러낸다. ⑧에서는 세상과 방이 모두 부정적인 공간으로 드러나며, ⑨는 눈이 어둠으로 변용되어 있으나 절망적 상황에서 비로소 방이 존재론적 초월을 이룩하는 공간으로 드러난다. 더 이상 물러설 수 없는 어둠 속에서 눈을 감고 사상이 능금처럼 저절로 익어가는 내면세계를 들여다본다. ⑩에서 어두운 방은 이제 우주로 통하는 공간으로 무한히 확대되고 초월할 수 있는 장소가 된다. ⑪에서는 세상에서 돌아와 자기의 개성을 획득하는 과정, 즉 존재론적 전환으로서의 방이며, ⑫는 회상의 공간, ⑬은 자아성찰과 자아의 실현을 꾀하는 공간으로서의 의미를 지닌다.

위에서 보는 바와 같이 이상화 시에 비해 윤동주의 시에서 방은 훨씬 다양하게 드러난다. 그러면서도 그 의미는 크게 다르지는 않은 듯한데 여기서 드러나는 방의 의미를 유형화해 보면, 대체로 고립과 소외의 공간, 죽음의 공간, 초월의 공간, 개성화의 의미 등으로 집약할 수 있다. 이렇게 보면 방은 단순한 침실의 범주를 넘어서 있다. 방은 일상적으로 보면 생활공간, 휴식공간, 수면공간, 그리고 때로는 臨終의 공간이 된다. 또한 그것은 외부공간과 차단되어 있으므로 세상과는 구분되는 개인적 공간이기도 하다. 이러한 여러 의미를 포괄하고 있는 것이 방이므로, 이것이 상징적·원형적 이미지로 드러날 때는 후퇴와 전진의 이중성을 지닌 공간이 된다. 말하자면 세상으로부터 방으로 들어가는 것은 후퇴이며, 따라서 세상에서는 사라지게 된다. 반면에 세상에서는 사라지지만 방에서는 현현

된다. 뿐만 아니라 그곳에서 존재론적 초월을 이룩하기도 하고 새로운 자아로 재생하기도 한다.

그러나 일시적으로 보면 방으로 후퇴해 들어가는 것은 현실을 부정하는 것이면서 동시에 퇴행적·도피적 의미를 띠기도 한다. 그것은 현실적 고통이나 혐오감으로부터 자아를 구제하는 일종의 심리적 방어기제이기는 하지만 재생의 과정을 거쳐 거기서 현실로 다시 나오지 않을 때 그것은 그야말로 도피적이고 소극적인 삶의 태도라는 비판을 면치 못하게 된다. 윤동주의 시가 때로는 "觀念의 比喩法' 속에, 때로는 '退行意識'에, 아니면 '어머니—世界' 혹은 '密室이미지' 속에 자리 잡게 되는 것"17)이라는 지적을 받게 되는 것도 이와 같은 방과 관련된 많은 이미지들 때문이다. 이상화의 시와 비교하면 상대적으로 윤동주의 시에서는 소극적인 태도가 많이 드러나는 것은 사실이지만, 그렇다고 그것이 도피적인 자세라고 보기는 어렵다. 그도 끊임없이 갈등하고 성찰하며 자아실현을 위한 노력을 하고 있다는 점에서 그것은 증명된다.

(3) 자연 공간

생활공간과 비교적 거리가 있는 자연공간에의 지향도 궁극적으로는 방으로 들어가려는 의식의 연장선상에 놓인다. 자연은 번거롭고 속악한 현실과는 대극 점에 놓이는 순수공간으로 그곳엔 인간들의 汚慾에 물들지 않은 원초적인 생명과 진리와 자유가 있다. 동서고금을 막론하고 많은 시인들이 자연을 탐구하고 예찬하며 자연으로 귀의하려는 의지를 시화하고 있듯이, 그들이 처한 시대가 불만스럽고 부정적이라고 생각될수록 자연에로의 회귀의식은 더욱 강력하게

---

17) 金烈圭, *op. cit.* p.680.

드러난다. 서구의 낭만주의 시인들이 그랬고[18] 조선조의 은일적 자세를 취했던 선비들이 그랬으며, 일제 강점기의 많은 시인들에게서 또 그러한 사실을 볼 수 있다.[19]

　이상화나 윤동주의 시에서도 이 점은 크게 다르지 않다. 이상화의 시에서는 '자연·산·솔숲·바다'에서, 윤동주의 시에서는 '山林(森林)·바다·호수' 등에서 그들의 자연에 대한 긍정적 인식을 볼 수 있다.

　① ……어느날 한나제 나는 나의 '에든'이라든솔숲속에 그날도/고요히 생각에쌈우러지면서 누어잇섯다. -〈夢幻病〉에서

　② ……恒久한靑春-無限의自由-朝鮮의生命이綜合되너의存在는 永遠한自然과未來의朝鮮과함께 기리누릴것이다.//……金剛!하루일즉 너를찾지못한 나의게으름-나의鈍覺이 얼마만치나 부끄러워, 죄로워 붉은얼굴로 너를바라보지못하고 벙어리입으로 너를바로 읊조리지못하노라. -〈金剛頌歌〉에서

　③ 그러나 自然은 智慧를 보여주며 健康을 돌려 주려 이 季節로 轉身을 했어도 다시 온 줄을 이제야 알 때다/ -〈淸凉世界〉에서

　④ 千年 오래인 年輪에 짜들은 幽暗한 山林이, /고달픈 한몸을 抱擁할 因緣을가졌나보다. -〈山林〉에서

　⑤ 이제 네게는 森林속의 아늑한 湖水가 있고/내게는 嶮峻한 山脈이 있다. -〈사랑의 殿堂〉에서

　이상화의 시에서 보면 자연은 인간 또는 인간들의 생활공간과는 대조적인 의미로 드러난다. ①에서 '솔숲'을 '나의 에덴'이라고 하는 것으로 보아 그곳은 현실을 초월한 이상향이요 낙원이다. '그날도'라는 말에 의하면 '나'는 이곳에 자주 오고 있음을 알 수 있으며,

---

196

그만큼 현실은 불만스럽다는 것이다. ②에서는 '金剛'을 예찬하고 있는데, 금강에 대한 찬탄과 아울러 거기서 자신을 반성하고 있다. 금강은 '항구한 청춘과 무한의 자유와 조선의 생명'이 종합된 것이며 또 영원한 자연이기도 하다. 따라서 그것은 곧 시들어 버리고 말 청춘과 세속적인 구속에서 헤어날 수 없는 인간과는 비교가 안된다. 엘리아데는 "산이란 하늘과 땅을 연결해 주는 매개공간이며 대지의 중심이다. 이 중심은 현저한 聖域, 즉 절대적인 실재의 영역이다. 그래서 절대적인 실재를 나타내는 모든 상징들-생명과 죽지 않는 나무, 젊음의 샘 등-은 그 중심에 위치하고 있다"[20]고 하는데 이렇게 그곳을 대지의 중심으로서의 신성한 공간이라 생각하기에 이제야 그곳에 찾아온 것을 후회한다. 그래서 죄스럽고 부끄러워 바로보지도 못한다고 한다. 또한 그러한 '금강'에 비하면 자신은 벙어리 입일 수밖에 없어 인간의 초라함도 깨닫게 된다. ③에서도 자연은 인간에게 지혜와 건강을 주는 무한한 생명의 젖줄과 같은 것으로 인식된다.

윤동주 시에서도 그것은 영원한 존재이며 인간의 고통을 慰撫해 줄 수 있는 공간으로 드러난다. ④에서 山林은 천년 연륜을 가진 그윽한 존재로 고달픈 몸을 포용할 인연을 가지고 있으며, ⑤에서도 森林은 아늑한 호수가 있는 행복한 공간으로 표상된다. 이렇게 자연이 한결같이 영원하고 신성한 공간으로 인식되고 있기 때문에 현실에서 받은 괴로움을 이곳에서 치유하려고 하는 것이다. 그곳은 궁극적으로 속악한 현실과는 멀리 떨어져 있어 현실을 인식하지 않아도 될 뿐만 아니라, 그 자체가 지니고 있는 무한한 생명력으로 인간들로 하여금 정신적 갈등과 불안과 고통으로부터 벗어날 수 있

20) 엘리아데, 『宇宙와 歷史』, 鄭鎭弘 譯(現代思想社, 1976), p.28.

게 해준다고 믿기 때문이다.

산과 숲이 이상적 공간으로 인식되는 것처럼 바다나 호수에 대해서도 두 시인이 다 같이 긍정적 이미지로 드러낸다. 특히 이것은 물과 관련되어 정화와 재생의 의미까지 함축하고 있다.

① 한우님을비웃을 自由가여게잇고/늙어지지안는 靑春도여게잇다/눈물저즌 세상을바리고 웃는내게로와서/아 生命이 變動에만잇슴을 깨처보아라 -〈바다의 노래〉에서
② 오-이런날 이런째에는/이짱과내마음의 憂鬱을쌕슬/東海에서 暴風雨나소다저라-빈다. -〈暴風雨를 기다리는 마음〉에서
③ 괴로운 사람아 괴로운 사람아/……바다로 가자, /바다로 가자/-〈산골물〉에서
④ 하나, 내 모든 것을 餘念없이/물결에 씻어 보내려니/당신은 湖面으로 나를 불러 내소서. -〈異蹟〉에서

위의 시에서 보면 두 시인이 다 바다를 지향적 공간으로 표현하고 있다. ①에서 시의 문맥에는 '바다'라는 말이 직접 제시되어 있지는 않으나 제목을 통해서 알 수 있듯 '여게'는 바다를 지칭한다. 그 바다는 '하느님을 비웃을 자유'는 물론 '늙어지지 않는 靑春'이 있는 무한하고 영원한 공간이다. 그곳은 '눈물 젖은 세상'과는 정반대의 '웃음'이 있는 이상향이다. 그래서 그 바다를 통해 생명의 변동, 즉 끊임없이 변동을 함으로써만 참된 생명을 이어갈 수 있다는 사실을 깨우쳐 보라는 것이다. 바다는 그러한 재생을 가능하게 하는 신성한 공간이다. ②에서도 동해에서 쏟아지는 폭풍우는 '이 땅과 내 마음'의 우울을 깨뜨릴 수 있다고 함으로써 그것이 정화의 능력이 있음을 드러낸다.

이러한 점은 윤동주의 시에서도 거의 동일하게 표현되고 있다.

③에서 '괴로운 사람'에게 '바다로 가자'고 하는 것은 바다가 인간의 괴로운 심사를 씻어줄 수 있다고 생각하기 때문이다. ④에서도 내 모든 것을 호수의 물결로 씻어 버리기 위해 어떤 절대자에게 '나'를 호면으로 불러내 달라고 하는 것이다.

이상에서 보듯이 바다와 호수 등 물과 관련되는 공간은 정화와 재생의 이미지를 드러내고 있다. 결국 현실에서 유발된 괴로움이나 슬픔, 또는 세속적인 것에 연연하는 자아의 부정적인 요소를 바다의 물결을 통해 씻어버리고 새로운 자아, 새로운 삶으로 나아가고자 하는 것이다.

3) 자아인식의 유형별 분석

앞에서 시간과 공간인식을 통해 현실을 부정적으로 인식하고 있음을 보았는데 현실이 그와 같이 부정적일 때 인간이 취할 수 있는 삶의 태도는 크게 세 가지의 유형으로 집약해 볼 수 있다. 첫째는 적극적으로 부정적 현실과 마주해서 그것을 개선하려고 노력하는 유형을 들 수 있다. 이러한 의식이 강하게 전개될수록 그는 저항적인 인간으로 평가된다. 둘째는 부정적인 현실과 거리를 가지려는 자세이다. 즉 과거지향이나 꿈, 순수한 자연세계에 몰입하려는 퇴행적·은둔적 자세가 그것이다. 셋째는 위의 두 태도 중에 어떤 것도 용이하지 않거나 자아가 용납하지 않을 때 자아의 무력감이 지나치게 압박해 옴으로써 자아의 비하와 自虐, 절망적 인식으로 치닫는 경우이다. 이럴 경우 좌절로만 치닫게 되면 극단적 태도인 죽음을 선택하려 한다. 그러나 이때 정상적인 경우 자아의식이 다시 강화되면서 영원한 소멸을 원하는 것이 아니라 재생하여 새로운 자아로 태어나야 하겠다는 긍정적 태도로 전환하게 된다. 그래서 이 세 경우를 다시 정리해 보면 ① 의식의 외면화, ② 의식의 내면화, ③ 의식의 전환 등으로 요약될 수 있는데, 위에서 첫째는 ①의 경우, 둘째·셋째는 ②의 경우로 유합된다. 그리고 셋째의 존재론적 전환과 관련되는 의식은 ③의 경우에 해당된다. 이 세 개의 축을 중심으로 그 변이과정을 도식화해 보면 다음과 같다.

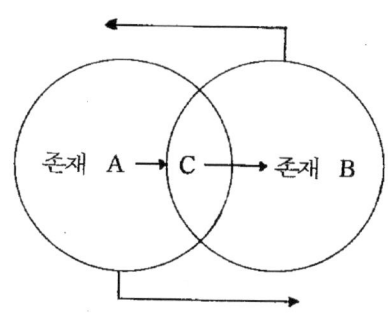

A : 자기원형(근원존재)
B : 일상적 자아(순간존재)
C : 전환의지(동과제의적 기능)

　여기서 A·B·C는 하나의 유형일 뿐 현실에서는 개인의 세계관이나 시간의 추이, 환경에 따라 다양하게 드러난다. 다만 A의 경우는 자아의 궁극적 목표, 즉 자기원형이며 동시에 자아실현을 뜻하는 것으로 이상적 자아의 모습이다. 인간은 끊임없이 이 A에 도달하려고 하지만 현실적으로는 도달이 쉽지 않기에 A가 아닌 A의 유사형 A_1, A_2, A_3 …… 등과 같은 조금씩 다른 모습을 띠게 된다. 즉 A에 근접해 가려고 하게 된다. 그리고 이 A에서 가장 멀어질 때 B로 하강되며 이 과정에서 갈등을 겪는다. 이 B도 또한 B_1, B_2, B_3 ……와 같은 여러 가지 유형을 띤다. 그러나 B로 하강·추락하는 것이지 지향적 자아는 아니다. 그래서 이 상태를 의식하거나 자각하게 되면 갈등이 심화되고 A로 지향하려는 적극적 태도를 취하게 된다. A와 B로 전환할 때, 그 결정적인 계기가 드러나는 경우 C가 되는데 문학작품에서 이것은 주로 상징적인 양상을 띠고 있다. 특히 시는 소설과는 달리 서사구조가 아니기 때문에 해석에 문제가 따르기도 하지만 두 시인의 여러 작품에서 이를 분명히 확인할 수 있는 양상이 많이 드러난다.

이상에서 설명한 이 세 단면이 인간의 성장이나 의식의 성숙과정에서 반드시 나타난다는 점인데, 이것은 어느 한 방향으로 일방적인 전진이나 후퇴를 하지는 않는다. 즉 어느 한 점에서 다시 원점으로 되돌아가는 제자리걸음을 하는 것이 아니라 결과적으로는 발전되어 가게 된다. 이것을 통시적으로 볼 때 의식의 내면화와 외면화의 과정이 거듭되어 나타나게 되므로 순환구조로 보려는 것이다.[21]

이제 A·B·C의 양상을 두 시인의 시를 통해서 보기로 한다. 그런데 시에서는 B로부터 출발하므로 B부터 살펴보고 다음에 C, A의 순서로 고찰한다.

(1) 비극적 자아

앞서 언급한 대로 비극적인 자아는 현실로부터 촉발된 갈등이 가장 심화되는 경우이다. 먼저 이상화의 시에서 자아가 좌절하는 모습은 무력감·자책감·自虐·자기비하·自嘲·방황·죽음에 대한 인식 등이 두드러지게 드러난다.

　　① 술취한장님이머-ㄴ길을가듯/비틀거리는자욱엔, 피물이흐른다! -
〈緋音〉에서
　　② 나는 술취한집을 세우련다/나는 속압흔우슴을 비즈련다. -〈末世의 歎嘆〉에서

21) Cf. 本章 1節 참조.

③ ……눈물도업시하소연하는내맘의燭불을봐라,/羊털가튼바람결에도 窒息이되어, 얄푸른연긔로써지려는도다. ……//'마돈나'가엽서라, 나는 미치고말앗는가, 업는소리를내귀가들음은-,/내몸에피란피-가슴의샘이, 말라버린듯, 마음과목이타려는도다/ -〈나의 寢室로〉에서

④ 運命의악지바른손에쓰을려, 나는彷徨해가는도다,/……털싸지고힘 업는개의목을 나도드리고, 나는, 넘어지다-나는, 걱굴어지다! -〈二重 의死亡〉에서

⑤ 나의넉은바람결의구름보다도軟弱하여라. -〈地畔靜景〉에서

⑥ 아-/나를보고, 나를/비웃으며지난다. -〈嘲笑〉에서

⑦ '죽지도살지도안는 너는生命이아니다'란내맘의비웃음까지들린다들린다./아 서리마즌배암과가튼이목숨이나마 쓴허지기전에 -〈오늘의 노래〉에서

위에서 보면 이상화 시에 드러나는 좌절하는 자아는 처절할 정도로 비극적이다. 이같이 자아가 좌절할 수밖에 없는 원인은 물론 부정적인 현실 상황 때문이지만, 자아의 입장에서 본다면 그것을 극복할 수 없다는 무력감 때문에 좌절의식은 더욱 가중된다. ③, ⑤에서 보면 자아의 무력감과 위기의식이 잘 드러난다. 양털 같은 미풍에도 꺼져 버릴 듯한 마음과 넋이라는 자아인식, 몸속의 피와 가슴의 샘이 다 말라버린 듯 마음과 목이 탄다는 위기의식 등으로 자아는 견딜 수 없다. 그래서 '마돈나'를 간절히 부르면서 어떤 구원을 갈구하지만 실상 그는 오지 않는다. 그는 이제 미친 듯이 없는 소리도 들리는 것처럼 환상에 빠진다. 이러한 자아의 무력감은 ④에서 슬픈 운명으로 드러나고 방황으로 치닫게 된다. 또 운명의 완강한 손목에서 벗어날 수 없다는 한계의식은 자기비하로 떨어진다. 털 빠지고 힘없는 개와 같이 목을 드리우고 거꾸러진다든가(④), 서리 맞은 뱀이라든가(⑦), 술 취한 장님(①), 벙어리입술(⑧) 등에서 볼 수 있는바 그는 극도로 비극적인 자아인식에 젖는다. 그러므로 이러한 자

신은 살아 있어도 생명이 아니기에 스스로 비웃을 수밖에 없다.

자아의 自嘲的 태도는 때로는 자책감과 피해망상의식으로도 드러난다. ⑥에서 남들이 자신을 보고 비웃으며 지나간다고 생각하는 것이 그것이다. 이 같은 自嘲와 자책감은 그야말로 '속아픈 웃음'이 아닐 수 없다. 무서운 어둠의 늪 속에서 더 이상 자기존재를 지탱할 수 없다는 절망감에서 비틀거리며 거꾸러지고 있는 자신의 모습을 보면서, 그는 가슴 아픔과 허탈감을 느끼면서도 한편으로는 그러한 자아를 부정하지 않을 수 없는 자조 섞인 웃음을 웃어야 했던 것이다. 따라서 이 自嘲 속에는 무기력하게 비틀거리고 있는 자아를 관찰하고 반성하는 자기가 숨어 있다. 이 자기에 의해서 그는 결국 최악의 상황이라고 할 죽음의 수렁 속으로 함몰하지 않고 구원의 길을 모색하게 된다.

이상화가 이렇게 좌절과 방황과 자아소멸의 위기의식에서 비틀거리고 있는 데 비해, 윤동주의 경우는 상실과 소외감, 방황과 슬픔과 자학에 빠지면서도 비교적 조용히 침전하고 있음을 볼 수 있다.

① 오늘도 구멍뚫린 구두를 끌고/홀렁홀렁 뒷거리길로/고기새끼 같은 나는 헤매나니/나래와 노래가 없음인가/가슴이 답답하구나. -〈종달새〉에서

② 電燈밑을 헤엄치는/조그만 人魚 나,/달과 전등에 비쳐/한몸에 둘셋의 그림자,/커졌다 작아졌다//괴롬의 거리/灰色빛 밤거리를/걷고 있는 이 마음/旋風이 일고 있네/외로우면서도…… -〈거리에서〉에서

③ 아-이 젊은이는/피라밋처럼 슬프구나 -〈悲哀〉에서

④ 오오 荒廢의 쑥밭/눈물과 목메임이여 -〈꿈은 깨어지고〉에서

⑤ 나도 모를 아픔을 오래 참다 처음으로 이곳에 왔다……이 지나친 시련, 이 지나친 피로, 나는 성내서는 안 된다. -〈病院〉에서

⑥ 한번도 손들어 보지 못한 나를 -〈무서운 時間〉에서

⑦ 尖塔이 저렇게 높은데/어떻게 올라갈 수 있을까요 -〈十字架〉에서

⑧ 하루의 울분을 씻을 바 없어 가만히 눈을 감으면 -〈돌아와 보는 밤〉에서

⑨ 지조높은 개는/밤을 새워 어둠을 짖는다./어둠을 짖는 개는/나를 쫓는 것일게다. -〈또 다른 故鄕〉에서

⑩ 내가 오래 기르든 여윈 독수리야!/와서 뜯어먹어라, 시름없이 - 〈肝〉에서

⑪ 딴은 밤을 새워 우는 벌레는/부끄러운 이름을 슬퍼하는 까닭입니다. -〈별헤는 밤〉에서

⑫ 파란 구리거울속에/내 얼굴이 남아 있는 것은/어느 王朝의 遺物이기에/이다지도 욕될까 -〈懺悔錄〉에서

⑬ 괴로와하던 수많은 나를 -〈흰그림자〉에서

초기의 童詩에서 보이던 순진무구한 자아를 거쳐 자아인식의 문이 열리면서 윤동주도 상실감과 무력감에 빠지게 된다. ①에서 구멍 뚫린 구두를 끌고 뒷거리길을 고기새끼처럼 방황하고 있는 자아를 볼 수 있다. 그리고 그것이 '나래와 노래'가 없기 때문인가라고 반문하면서 자신을 관찰한다. 가슴이 답답해지는 것은 그러한 자아인식에서 기인되는데, ②에서는 괴로움의 거리인 회색빛 밤거리를 조그만 人魚처럼 헤엄쳐 다닌다고 하여 그것이 현실인식과 관련이 있음을 드러낸다. 회색빛 밤거리와 무력한 자아인식은 그에게 외로움·슬픔·괴로움·울분 등의 감정을 촉발시키게 된다. ③에서 광막한 사막에 서 있는 한갓 무덤에 불과한 피라미드처럼 슬픈 젊은이, ④에서 황폐한 쑥밭에서 눈물과 목 메임으로 울부짖는 자아, ⑤에서 '나도 모를 아픔', ⑨의 울분, ⑬의 '괴로와하던 나' 등이 그것이다.

이러한 괴로움과 슬픔 등은 ⑥, ⑦에서 보듯 자아실현을 할 수 없다는 외부상황의 열악함 때문에 더욱 가중된다. 손을 들어서 자기주장을 해볼 수 있는 하늘도 없으며, 자신과 첨탑의 거리가 너무

나 멀고 가파르기 때문에 올라갈 수 있는 가능성도 전혀 보이지 않는다. 즉 어떤 노력을 시도해 볼 수도 없을 만큼 상황이 너무나 극악하다. 이렇게 현실 상황이 자신의 능력으로는 어쩔 수 없다고 하더라도 그것을 그대로 수용할 수는 없기에 자아는 더 괴로워지게 된다. 아무리 성내서는 안 된다고 하며 참으려고 하지만 참는 것에도 한계가 있음은 물론이며, 자아실현을 해야 한다는 또 다른 자기에 의해 견디지 못한다. 여기서 갈등은 더욱 심화되고 무엇이든지 해야 한다는 강박관념에 빠지게 된다. ⑨에서 개도 지조가 높은 개는 어둠을 보고 짖어대는데 '나'는 무엇을 하고 있는가라는 생각, ⑪에서 벌레마저도 부끄러운 이름을 슬퍼해서 우는 것으로 들리게 되는 것은 그러한 강박관념과 밀접한 관련이 있다. 그가 슬픔에 빠지며 한계인식에서 스스로 물러앉는 자아에 대한 자책감을 느끼고 있기 때문에 개도 자신을 쫓고 있다고 생각하게 되는 것이다.

이러한 자책감과 강박관념은 자아를 반성토록 요구한다. ⑫에서 구태의연한 자신의 모습을 인식하고 그것을 이다지도 욕될까라고 하는 것은 그러한 반성의 결과이다. 이 같은 반성은 때로는 自虐으로 악화되기도 하지만 궁극적으로는 새로운 자아로 나아가게 하는 원동력이 된다. ⑩에서 자신이 기르던 독수리에게 와서 자신의 간을 뜯어먹으라고 하는 것은 소극적이고 연약한 자아를 학대하고 스스로 시련에 들어 더욱 강인한 자아로 거듭 태어나려는 의지의 표명이라 하겠다.

이상에서 보면 비극적 자아인식이 두 시인의 시에서 대체로 일치한다고 볼 수 있지만, 몇 가지 점에서는 차이가 드러난다. 이를테면 이상화는 자기비하가 두드러지고 죽음이라는 위기의식이 강조되며, 自嘲와 남의 嘲笑를 의식하는 등 허탈과 패배감이 농후한 반면, 윤

동주는 슬픔과 외로움을 많이 드러내고 특히 참으려고 하는가 하면
개나 벌레의 울음을 통해서도 자신을 인식하는 소심함을 보여준다.
이렇게 보면 두 시인이 다 같이 무력감과 한계인식, 좌절감을 느끼
면서도 그 반응태도는 상당히 다름을 알 수 있는데, 이상화가 격정
적이라면 윤동주는 정태적이라 하겠다.

 (2) 轉身인식

 앞에서 우리는 비극적 자아인식은 결국 반성을 유발시키고 그리
하여 간접적이기는 하지만 극복하려고 하는 징후를 드러내는 것을
보았다. 인간이 절망에 빠질 때 정상적이라면 누구나 그것을 극복
하려고 하는 것은 지극히 당연하다. 비록 그 태도와 방법에서는 개
인과 상황에 따라서 다르다고 하더라도 어떤 형태로든 극복을 해야
하고 또 되어야 한다. 그러지 않는다면 자아의 존재를 계속 지탱하
기가 어렵기 때문이다.

 두 시인의 시를 통해서 보아도 극복의지가 뚜렷이 드러나는데 그
것은 크게 두 가지로 집약할 수 있다. 하나는 소극적인 태도로 과
거 회귀의지나 꿈, 자연에의 몰입 등이고, 다른 하나는 적극적인 태
도로 부정적 자아를 버리고 새로운 자아로 재생하려는 의지이다.
전자가 현실로 인한 절망감과 고통으로부터 벗어나고 싶은 충동에
서 지향되는 심리적 방어기제라 한다면, 후자는 부정적 현실과 맞
서기 위해 시련을 통한 자아의식의 강화라는 점에서 결국 차이를
보인다. 이러한 두 태도가 퇴행적 의미를 띠기도 하지만, 그것이 적
극적인 의미를 띨 때는 재생을 위한 일시적인 후퇴라 할 수 있기
때문에 결과적으로는 전진의 전 단계로서의 기능을 갖는다.

 그런데 과거 회귀의지나 자연에의 몰입, 정화의지와 존재론적 전

환 등에 대해서는 시간과 공간인식을 통해 언급이 되었으므로 여기서는 다시 논의하지 않고, 다만 꿈(몽상)과 상징적 죽음을 통한 재생의지 등에 대해서만 살펴보기로 하겠다.

　　① 날은 점을고/밤이 오도다/흐릿한 꿈만안고/나는 살도다 -〈夢幻病〉에서
　　② 꿈은 눈을 떴다./그윽한 幽霧에서.//노래하는 종달이 도망쳐 날아나고//지난날 봄타령하던/금잔디밭은 아니다. -〈꿈은 깨어지고〉에서

두 시인의 시에서 꿈과 관련되는 구절은 잘 보이지 않는다. 위에서 각각 하나의 예를 들어 보았는데, 여기서 보는 꿈은 물론 밤에 꾸는 잠 속의 꿈이 아니라 낮에 꾸는 몽상이라고 할 수 있다. 이 몽상은 부정적인 현실관과 깊이 관련되어 있다. 불만스러운 현실에서 그것을 부정하고 스스로 자기세계를 몽상 속에서 구축해 보는 것이다. 그리하여 이 순간은 현실적인 문제로부터 벗어날 수 있게 된다. 바슐라르는 "몽상이란, 그 본질 자체가, 우리를 현실기능에서 해방시키지 않는가? 그것을 단순성에서 생각할 때부터, 그것이 '비현실기능', 급작스러운 적의 있는 非自我, 이방인같은 비자아의 여백에 있는 인간적인 심리상태를 보유하고 있는, 정상적인 기능, 유용한 기능"이라 하였다. 그래서 그는 밤에 꾸는 꿈과 몽상을 구분하여 꿈은 대낮의 삶에서는 잘못 경험한 정열로 과중한 짐을 지고 있지만 좋은 몽상은 정말로 넋으로 하여금 휴식을 즐기고 쉽게 동일성을 즐길 수 있게 도와준다는 것이다. 그는 또 이렇게 말하고 있다.

우주적 몽상은 우리를 기획의 몽상에서 떼놓는다. 그것은 우리를 세계 속에 자리잡게 하지, 사회 속에 자리잡게 하지 않는다. 일종의 안정성, 평온성은 우주적 몽상에 속한다. 그것은 우리가 시간에서 도피하는

것을 도와준다. 그것은 하나의 '상태'이다. 본질 깊숙이 가보면, 그것은 넋의 상태이다.22)

우주적 몽상은 인간을 사회로부터 일탈하게 하여 세계 속에 자리잡게 하며, 그리하여 현실적 시간으로부터 벗어날 수 있게 한다는 것이다. 거기서 결국 안정과 평온을 얻게 된다는 것인데, 그러나 그것이 도취가 아니라 넋의 상태라고 하여 깨어 있는 의식작용이라는 점을 강조한다. 말하자면 꿈이 무의식의 상태라면 몽상은 의식적 상태가 된다. 따라서 몽상은 결핍되어 있는 현실의 어떤 문제를 충족시키고 싶은 충동에서 '非自我', 즉 지향적 세계로서의 이상향이나 자기 세계를 꿈꾸는 것이라 하겠다.

위의 예시에서 ①은 몽상에 들고 있는 데 반해 ②는 몽상으로부터 깨어나 서로 반대되는 상황이다. 그래서 화자도 서로 상반된 세계로 들어간다. ①은 밤이 오기 때문에 꿈속에 들어 밤을 잊으려고 하지만 ②는 봄타령하는 금잔디밭에서 종달새처럼 비상하던 자아로부터 그 반대의 상황으로 추락하고 있다. 바꾸어 말하면 ①은 현실에서 일탈하고 있는 반면에 ②에서는 황폐한 현실로 나오고 있다. 그리고 이것이 모두 그들의 초기시라는 점에서 많은 암시를 준다. 앞서 '방'과 관련된 시에서 이상화는 초기에 침실로 들어가고자 하고 뒤에는 그것을 전혀 찾아볼 수 없었으며, 반대로 윤동주는 초기에 '잠자리'에서 뛰쳐나와 광야로 나아가려 했으나 후기로 가면 방으로 다시 드는 시들을 많이 보았다. 그래서 몽상에 드는 것과 침실로 들어가는 것을 다 같이 어둠을 견디려는 심리적 태도로 본다면, 이 두 태도는 서로 일치하는 것으로 초기에 이상화는 어둠에 대해서 회피적인 태도를 취했음을 다시 확인할 수 있다. 그렇다면

22) 바슐라르, *op. cit.* pp.23~25.

윤동주의 경우는 그 반대의 상황이라고 할 수 있다. 윤동주의 시에서 보면 이 시기에 현실인식이 열리고 있다는 점에서 그것은 결코 우연한 일이 아닌 것으로 생각된다.

그런데 이 같은 몽상의 순간은 결코 지속될 수 없는 것이기에 필연적으로 다시 현실로 돌아올 수밖에 없다. 몽상은 좌절이나 고통을 치유할 수 있는 근본적인 것일 수는 없기 때문이다. 그리하여 몽상을 깨고 나면 다시 좌절을 겪게 되고, 여기서 또 다른 극복의 자세가 요구되는바, 그것이 이른바 보다 적극적인 극복태도라 할 수 있는 상징적 죽음과 재생을 통한 새로운 자아로의 전환이다.

> ① 自足 屈從에서 내길을찾아보담/남의목숨에서 내사리를얽매기보담/오 차라로 죽음 – 죽음이 내길이노라/다른나라 새사리로 드러갈그죽음이!//……가서는오지못할 이목숨으로/언제든지 헛웃음속에만 살려거든/검아 나의신령을돍맹이로 만드러다고/개천바닥에석고잇는돍맹이로 만드러다고. –〈極端〉에서
> ② 나는 무엇인지 그리워/이 많은 별빛이 내린 언덕위에/내 이름자를 써 보고, /흙으로 덮어 버리었읍니다.//……그러나 겨울이 지나고 나의 별에도 봄이 오면/무덤위에 파란 잔디가 피어나듯이/내 이름자 묻힌 언덕위에도/자랑처럼 풀이 무성할 게외다. –〈별헤는 밤〉에서
> ③ 三冬을 참아온 나는/풀포기처럼 피어난다. –〈봄〉에서

위에서 보면 다 같이 재생의지가 분명하게 드러나지만 재생해야 할 이유와 결과에 대해서는 서로 차이를 보인다. ①에서는 자족과 굴종으로 살며 개성 없이 살려는 삶을 버리고 새 삶을 살겠다는 것이다. ②에서는 '무엇인지 그리워'라고 하여 그리움의 대상이 분명하지 않지만 다음 행에서 볼 때 그것은 '별'의 세계, 즉 이상적 세계임이 드러난다. 이렇게 보면 ①에서는 삶의 태도를 전환하려고

하는 반면, ②에서는 새로운 세계로 가려는 의지를 보인다. 또한 재생되고자 하는 자아에서도 ①은 돌멩이와 같은 강인하고도 영원불멸의 존재로, ②에서는 겨울과 봄의 대비, 땅에 묻힌 이름과 풀의 대비에서 알 수 있듯 삶과 죽음을 반복해야 하는 순환적 존재로 드러난다.

이에 의하면 두 시인의 의식의 차이도 분명히 드러난다. 이상화의 경우는 어둠에도 전혀 흔들리지 않는 존재가 되기 위해서는 생명이 없는 존재가 되어야 하므로 돌멩이와 같은 무기물로 재생하려하나, 윤동주는 순환하는 시간에 의해 겨울은 반드시 가고 봄은 오듯 풀도 다시 소생할 수 있다는 확신을 갖고 있기에 풀과 같은 끊임없이 재생하는 생명을 지닌 것으로 재생하고자 한다. 이러한 믿음이 있기에 ③에서처럼 '三冬'을 참고 기다릴 수도 있게 된다.

여기서 한 가지 간과해서 안 될 것은 이상화가 재생하고자 하는 돌멩이와 같은 존재가 결코 이상적인 것만은 아니라는 사실이다. 그가 개천바닥에 썩고 있는 돌멩이로 만들어 달라고 하는 것에서 확연히 드러나듯 거기에는 自嘲的이고 自虐的인 의식이 깔려 있다. 즉 돌멩이가 되면 어둠의 압력으로부터 해방될 수 있어 개인적인 구원은 될지 모르나 '우리'라는 공동체적 삶에서는 도피적인 자세가 아닐 수 없다. '썩고 있는 돌멩이'라는 반어적 태도는, 그러므로 또다시 자아를 부정하는 것이며 돌멩이가 되려는 그의 의지가 오류였음을 암시한다. 바꾸어 말하면 거기에는 개인적 구원보다는 시대와 사회의 일원으로서 어둠과 대결하는 사회적 자아로 다시 출발하지 않으면 안 된다는 의지가 암시되어 있다. 후기로 갈수록 이상화의 시에서 행동주의적 자세가 더 많이 나타나는 것은 이러한 그의 의지가 반영되어 있다고 하겠다. 반면에 윤동주의 시에서는 기다림의 자세가 많이 보이는 것은 시간의 순환과 아침의 도래를 확고하게 믿고 있었기 때문이라고 할 수 있다.

(3) 이상적 자아

그렇다면 이제 우리는 두 시인이 인식하고 있는 지향적 자아, 곧 이상적 자아는 어떤 유형으로 드러나는가를 더 구체적으로 살펴보아야 할 때가 되었다. 그것은 물론 '존재 B'의 대극 점에 놓이는 '존재 A'의 유형으로서 의식이 외면화되고 있는 자아이다. 위에서 각각 행동적 자아와 기다림의 자아라는 특징을 잠시 언급한 바 있는데 두 시인이 지향하려는 이상적 자아는 일치하는 점도 있지만 조금씩 차이를 보인다. 부정적인 현실을 개선하기 위해 자아실현을 해야 한다는 점에서는 일치하지만 앞에서 보아온 대로 세계관과 심리적 차이, 어둠에 대한 인식의 강도 등에서 비롯되는 태도의 차이점이 분명히 드러난다.

먼저 이상화의 시를 보기로 한다.

> ① 나는살련다 나는살련다……죽으면-죽으면-죽어서라/도살고는 말련다. -〈獨白〉에서
> ② 나는한우님과運命에게사로잡힌세상을써난./네들의보지못할머-ㄴ 길가는나그네일다!//죽음을가진못쩨여!나를싸르라 -〈虛無教徒의 讚頌歌〉에서
> ③ 사람아 미친내뒤를 싸라만오느라/나는 미친흥에겨워 죽음도뷔줄테다. -〈先驅者의 노래〉에서

자아의식이 외면화될 때는 이와 같이 좌절과 죽음에 대한 위기의식에서 벗어나 삶에의 의욕이 강렬하게 드러난다. ①은 이상화의 중기 시에 해당된다. 여기서 보듯 '나는 살련다'라고 거듭 부르짖는

것은 죽음에 대한 두려움을 떨쳐버리고 이제는 어떻게든지 살아야
하겠다는 의지를 나타내는 것이다. 이것은 물론 삶과 죽음에 대한
새로운 인식을 가졌기 때문이다. 즉 '우리는 아무래도 가고는 말 나
그네'(〈마음의 꽃〉)인 줄을 자각했기에 어차피 죽고 말 인간이라면
죽음에 대해 두려워하거나 거부할 이유가 없다. 오히려 죽음도 두
려워하지 않을 때 더 열심히 살 수 있는 것이다.

②에서는 범상한 경지를 넘어선 자아의식을 보여준다. '운명의 악
지바른 손에 끌려'(〈이중의 사망〉) 방황하던 자아가 여기서는 '하느
님과 운명에 사로잡힌 세상'을 떠나 '네들의 보지 못할 먼 길'을 간다
고 한다. 운명에 끌려가는 것이 아니라 스스로 개척해 간다는 이 같
은 자아의식에서 영웅적 모습을 보게 된다. 죽음의 공포에서 벗어난
그는 스스로 다른 사람과는 다르다는 우월감에 도취되어 있다. 심지
어 그는 이제 '죽음을 가진 뭇 떼'들에게 '나를 따르라'고 하면서 더
욱 자아주장을 한다. 이것은 죽음의 위기의식에서 대극적인 전환을
하여 좌절하는 자아로부터 영웅적 자아의식으로 바뀌었음을 뜻한다.

이러한 자아의식은 ③에서 더 극단화되어 나타나는바 미친 흥에
겨워 죽음까지 보여주겠다고 한다. 그는 무엇이든지 할 수 있다는
자신의 무한한 능력을 과시하려고 하는 것이다. 이것은 극단적인
자아주장이라 할 수 있으며 일종의 자아팽창의 순간이 된다.[23] 그
는 사회적 역할이라고 하는 사명감에 지나치게 얽매임으로서 자아
과장에 도취되어 있는 것이라 하겠다. 그러므로 이것은 진정한 의
미에서 자아실현을 할 수 있는 것이 아니라 지나친 자아주장으로
하여 결국에는 좌절하고 만다. 지나치게 과장되는 자아인식 속에는
이미 좌절할 수밖에 없는 결과가 예상되고 있기 때문이다. 그는 어

---

23) 李符永, *Loc. cit.*

떤 의미에서는 외부세계만 깊이 관찰하고 있을 뿐 자신에 대해서는 잘 알지 못하고 있는 것이다. 왜냐하면 "개체가 사회적 평가나 사회적인 理想像에 맞추어 살기만 하면 그는 필연적으로 자아소외, 또는 자아부정에 빠지게 된다. 그는 자신의 내적 추구, 자신의 개성을 소홀히 하기 때문이다."[24] 따라서 이 같은 자아의 팽창과 자아주장은 이미 실현불가능하다는 사실이 전제되어 있으므로 좌절이 따르게 되어 다시 반성을 요구하고, 때로는 다시 대극적인 전환을 하여 B의 순간으로 하강할 수밖에 없게 된다. 그의 후기 초의 시들에서 나타나는 절망의식이 이를 뒷받침한다. 그래서 그는 이렇게 자아를 반성한다.

붓그워워라제입으로도거룩하다자랑하는나의몸은 -〈오늘의 노래〉에서

그는 오만했던 자아를 뉘우치게 된다. 그리하여 지나치게 자아주장을 하던 그의 의식은 여기서 멈추고 자아추구로 전환한다. 그는 이제 자신을 더 알려고 한다. 이렇게 되면 그는 영웅적 자아로 하여 소외되기보다는 자신의 능력을 알고 거기에 맞추려고 한다. 그는 의식의 고양보다는 스스로 행동하는 자아가 되기를 원한다. 〈빼앗긴 들에도 봄은 오는가〉에서 그의 자아는 이렇게 변모하고 있다.

① 내맘에는 내혼자온것 갓지를 안쿠나
② 내손에 호미를 쥐여다오
③ 다리를절며 하로를것는다 아마도 봄신령이 접혔나보다.

---

24) *Ibid.* p.106.

'네들이 못 볼 먼 길'을 가는 것이 아니라 혼자 들길을 가면서도 혼자 온 것 같지를 않다고 하듯 그는 스스로 소외의식을 떨쳐 버리려고 한다. 唯我的인 우월감보다는 공동체의식을 가지려 하는 것이다. 그리고 ②에서는 어떤 역할이나 일 할 기구를 달라고 한다. 그는 무한한 능력을 가진 자아가 아니라 일을 할 수 있는 힘이 주어져야 한다는 것을 알고 있는 것이다. 또한 ③에서는 육체적 결함에도 불구하고 실천하는 자아로 하루를 걷는다고 한다. 그는 이제 무력감으로 인한 좌절에 빠지지도 않을 뿐 아니라 지나치게 자아를 과장하지도 않는다. 오직 봄에 대한 희망과 신념으로 가득 차서 고달프지만 주어진 하루를 성실히 살고자 한다. 여기에 와서 비로소 이상화의 시에서 일상적 자아와 이상적 자아가 근접해 가고 있음을 보게 된다. 그래서 그는 이제 정신적 갈등보다는 자아실현의 길을 걷고 있는 것이다. 비록 이 시의 끝에서 지금은 들을 빼앗겨 봄조차 빼앗길 것 같다는 완강한 겨울 인식에서 다시 위기감을 느끼지만, 자기를 알고 그가 처한 현실을 알며 봄에의 신념을 버리지 않는 한 겨울 들판을 회복하기 위한 의연한 자세도 견지할 수 있을 것임은 의심의 여지가 없다.

이상에서 살펴본 바와 같이 이상화는 좌절감에서 벗어나 극단적인 자아의식의 팽창을 거쳐 다시 자아를 반성하고 실전하는 자아로 돌아와 들판을 걷게 된다. 결과적으로 볼 때 그는 행동적 자아를 추구하기까지 많은 갈등과 혼란을 겪었다. 이같이 이상화가 역사의 현장 속에서 행동하는 자아에 도달해 갔다면 윤동주의 경우는 어떠한가 보기로 한다.

① 일을 마치고 내 죽는 날 아침에는/서럽지도 않은 가랑잎이 떨어질텐데 -〈무서운 時間〉에서

　② 無花果 잎사귀로 부끄러운데를 가리고/나는 이마에 땀을 흘려야 겠다. -〈또 太初의 아침〉에서
　③ 十字架가 許諾된다면/모가지를 드리우고 꽃처럼 피어나는 피를/어두워가는 하늘밑에/조용히 흘리겠읍니다. -〈十字架〉에서

　윤동주가 '하늘만 보이는 울타리'를 벗어나서 '역사 같은 포지션'을 지키고 바라본 현실은 겨울밤이었으며 어둠의 세계였다. 그는 여기서 무엇보다 그 어둠과 대결을 할 수 없다는 자기한계에서 갈등을 일으킨다. 그래서 〈自畵像〉〈산골물〉〈病院〉과 같은 시에서 본 대로 그 현장에서 벗어나고 싶은 충동에 빠지는 것이다.
　그러나 이러한 그의 태도는 자신의 소명감이 허용하지 않았기에 그는 어둠과 맞서야 한다는 자아인식을 갖게 된다. 그것이 곧 자기 일에 대한 자각이다. ①은 그러한 소명의식을 드러내고 있다. 후회 없이 일을 마치고 죽어야 한다는 각오를 여기서 보여주고 있는 것이다. 바람소리에서도 하나님의 계시를 인식하듯(〈또 太初의 아침〉) 그는 소명감을 깊이 의식한다. ②에서는 에덴동산에서 행복을 누리기보다는 부끄러운 데를 가려야 하는 세속적인 인간이 되어 땀을 흘리며 자기소명을 실현하고자 한다. 여기서 부끄러운 데를 가린다는 것은, 죄를 지은 것에 대한 부끄러움을 지우는 것인 동시에 부끄러움을 타는 소극적 심성을 불식하려는 의지이기도 하다. 어떻든 그가 부끄러움을 인식하지 않을 때 적극적으로 일할 수 있을 것임은 자명하다. ③에서는 소명의식의 강도가 더욱 높아져 이제는 어두워가는 하늘 밑을 위해 스스로 희생양이 되겠다고 한다. 이렇게 그가 소명의식에 불타고 있는 반면에 그를 둘러싸고 있는 어둠 또한 대단한 힘으로 압박해 온다. ③의 앞부분에서 '휘파람이나 불며 서성거리다가'라든지, '기회가 주어진다면' 등의 표현을 통해서

보더라도 사실상 자기희생도 그렇게 쉬운 것은 아니다. 어떻게 보면 능동적인 것이 아니라 기회가 주어지기를 기다리는 수동적 자세라고 볼 수도 있는 이러한 의식의 근저에는 극악한 현실에 대한 관찰이 따르고 있는 것이다.

이처럼 현실과의 대결과 자기희생마저도 쉽지 않다고 생각하고 있기 때문에 그는 다시 방으로 들어가 자아성찰을 하려고 한다. 방 안에서 그는 눈을 감고 사상이 능금처럼 저절로 익어가는 내면의 소리를 듣는다(〈돌아와 보는 밤〉). 그리고 그는 계속해서 자아성찰을 하게 된다.

① 죽는 날까지 하늘을 우러러/한점 부끄럼이없기를, ……별을 노래하는 마음으로/모든 죽어가는 것을 사랑해야지/그리고 나한테 주어진 길을 걸어가야겠다. -〈序詩〉에서
② 밤이면 밤마다 나의 거울을/손바닥 발바닥으로 닦아보자 -〈懺悔錄〉에서

자아성찰을 통해 그는 죽는 날까지 한 점 부끄러움이 없는 자아로 살아야 한다고 다짐한다. 그는 또 부끄러움이 없는 자아란 죽어가는 모든 것에 사랑을 베푸는 일임도 자각한다. 그리고 더 중요한 사실은 '나한테 주어진 길을 걸어가야겠다'는 자아의 발견에 있다. 자신을 알고, 자신이 가야 할 길을 알 때 그만큼 자아의 혼란과 갈등은 줄어들 수 있게 된다. 윤동주의 시가 이상화의 시에 비해 비교적 안정된 정서를 보여주는 것도 그가 자아성찰에 관심을 많이 기울이고 있음에 그 한 원인이 있다고 할 것이다.

한편, ②에서도 참회를 통해 자신의 목표를 분명히 알고 있기 때문에 밤마다 자아의식을 투명하게 하기 위해 온몸으로 닦아보자는

216

것이다. 이렇게 윤동주의 후기 시는 자아성찰로 일관하고 있다고
해도 과언이 아닐 정도로 치열하게 드러난다. 다음 시에서 보면 이
제 현저하게 그의 자세가 달라지고 있음을 알 수 있다.

① 黃昏처럼 물드는 내방으로 돌아오면//信念이 깊은 으젓한 羊처럼
/하루종일 시름없이 풀포기나 뜯자. -〈흰 그림자〉에서
② 오늘도 나는 누구를 기다려 정거장 차가운 언덕에서 서성거릴게
외다. -〈사랑스런 追憶〉에서
③ 밤을 새워 기다리면……아침과 함께 즐거운 來臨. -〈흐르는 거
리〉에서
④ 등불을 밝혀 어둠을 조금 내몰고/時代처럼 올 아침을 기다리는
最後의 나. -〈쉽게 씌어진 詩〉에서

이것들은 모두 일본 유학시기에 쓰인 것으로 현재까지는 그의 최
후작품으로 간주된다. 이 시들이 대체로 기다림의 자세를 보여주고
있음은 결코 우연한 일이 아닐 것이다. 이것은 치열한 자아성찰의
결과이며 자신이 처한 환경과 스스로를 그만큼 깊이 인식한 데서
기인된 결과라 하겠다.
①은 흰 그림자와 같은 진정하지 못한 것에 연연하던 일상적 자
아를 다 떨쳐 버리고 '나에게 주어진 길'로 돌아와 자신의 할 일에
열중하려는 자세를 드러낸다. '信念이 깊은 의젓한 羊처럼' 그는 이
제 자기개성을 찾고 있는 것이다. ②~④에서는 다 같이 기다림의
자세가 핵심을 이룬다. ②에서는 다소 초조함이 엿보이기도 하지만
오늘도 누구를 간절히 기다리고 있는 모습을 보여준다. 윤동주의 시
에 빈번히 보이는 '오늘도'라는 말엔 지속성의 뜻과 함께 미래에 대
한 희망을 결코 포기하지 않겠다는 의지가 숨어 있다. 기다리는 대
상이 누구인지 분명하지는 않으나 ③, ④에 의하면 그것은 時代처럼

오게 될 '아침'이라 할 수 있다. '정거장'을 봄을 싣고 달려 올 시간의 기차가 당도할 장소라 한다면, '언덕'은 희망의 高地이다. 그러나 그것은 추위라는 시련을 견디어야만 하는 장소이며, '서성거림'이라는 말에는 불안과 초조함 속에서도 누군가 올 것이라는 설렘과 탐색의 의미가 들어 있다. 이러한 기다림은 ③에 의하면 찬란한 아침을 맞이하기 위한 자세이다. 여기서 배달부는 기차와 같은 이미지로 볼 수 있는바 기다림의 대가는 결코 헛되지 않을 것임을 확신하고 있는 것이다. 그러기에 ④에서 어둠을 내 모는 행동과 함께 기다림이 최후로 도달한 그의 가장 확실한 자세임을 깨닫는다. 드디어 그는 자아와 자기의 통합을 이룩하고 자기동일성을 획득하게 된다.

이상에서 살펴본 대로 윤동주는 자신이 가야 할 길을 분명히 인식하고 흔들림 없이 그 길을 가려고 한다. 이때 그는 자아의 분열과 갈등을 해소하고 차분한 가운데 본연의 자기에 근접하여 자아실현을 하게 된다. 그는 이상화와는 달리 대극적인 전환을 급격하게 보이지는 않는다. 이상화는 후기 초까지 외부 상황에 너무 얽매인 결과 대사회적 역할과 의무감에만 불타서 자신을 깊이 인식하지 못하고 극단적인 좌절감이 아니면 지나친 자아팽창 등으로 인하여 갈등의 골이 깊었으나, 윤동주는 늘 자신을 먼저 성찰하고 자신이 가야 할 길을 인식하고 있기에 상대적으로 정신적 갈등의 폭은 깊지 않았다고 할 수 있다.

3. 의식적 性向의 거리

지금까지 우리는 시간과 공간, 그리고 자아인식의 세 측면에서 의식구조의 양상을 대비해 보았다. 그 결과 동일성이 드러나는 반면 두 시인의 세계관과 가치관에 따라서 종종 차이점을 보이기도 한다. 이제 여기서는 두 시인의 의식구조상의 거리를 측정하기 위해 주로 차이점에 주목하여 대비해 보기로 한다.

먼저 시간에 대한 인식에서 보면, 시간의 흐름과 생명과의 관계라는 측면에서의 인식체계는 다 같이 불안감과 강박관념을 드러낸다. 이것은 시간에 대한 인간의 보편적인 관념이라 할 수 있다. 왜냐하면 시간은 인간을 끊임없이 죽음으로 이르게 한다는 점에서 부정적이고 무서운 존재이기 때문이다.

그러나 이러한 보편적 관념, 즉 인간을 죽음으로 인도하는 불가역적 속성을 지닌 것으로서의 시간에 대한 부정적 인식은 역사인식이 부가되면 때때로 차이점을 드러낸다. 그래서 이상화와 윤동주의 시에서 과거 · 현재 · 미래라는 지각체계로 나누어 보면, 시간에 대한 보편적 인식에서는 미래→현재→과거로 역행할수록 긍정적 가치가 높지만 역사인식 속에서는 오히려 과거와 현재는 부정적인 반면 미래는 긍정적으로 인식된다. 특히 두 시인의 인식체계의 차이점을 드러내는 것은 미래에 대한 것인데 이상화는 미래를 부정적으로 내다보지는 않으면서도 불투명한 인식25)을 보여주는 반면, 윤동주는 긍정적인 인식을 분명하게 보여준다는 점이다. 이 같은 인식의 차이는 이상화가 희망적인 미래는 부정적인 현재를 적극적으로 개선할 때 맞이할 수 있다는 태도를 보이는 데 비해서 윤동주는 시간의 순환적 질서를 확신함으로써 그것의 필연적인 도래를 예견하고 있

---

25) 필자는 결론적으로 이상화의 심성적 구조를 외향형으로 보고자 하는데, 미래에 대한 관념을 통해서 볼 때도 그는 외향형에서 볼 수 있는 한 특성을 잘 보여준다. 즉 외향형의 인간은 "곧잘 현실적이고 구체적인 것에 관심을 가지고, 먼 미래보다 현재의 가장 가까운 주변의 사건들을 추구"하려고 하기 때문이다. 李符永, op. cit. p.122.

다는 의식적 차이에서 기인된 것으로 생각된다. 여기서 현실적 태도의 차이도 엿볼 수 있는바, 이상화가 현실주의적·행동주의적 세계관이 강하다면, 윤동주는 상대적으로 미래에 대한 낙관, 즉 미래 지향적 인식과 기다림의 자세가 더 많이 드러난다.

이러한 점은 공간인식을 통해서도 볼 수 있다. 하늘과 해에 대해 이상화가 대체로 인간과의 대립적 관계에서 인식하고 있는 반면 윤동주는 화해의 관계로 인식하고 있다. 또 달에 대해서는 이상화가 화해의 관계에서 지향적 대상으로 보지만 윤동주는 애상적 정서의 등가물로 인식하여 비극적 자아처럼 슬프고 고독한 존재로 표상한다. 그러나 별에 대해서는 서로 일치하는데, 그것을 어둠 속에서 빛나는 이상향으로서 인식하고 있기 때문이다. 여기서 차이점을 드러내는 하늘과 해, 달에 대한 태도로 본다면 이상화는 거부의 자세가 현저하고 윤동주는 수용의 자세를 보여준다. 그래서 이상화는 하늘과 해에 대해 증오심을 나타내며 그로부터 인간 스스로의 태도에 더 관심을 가진다. 이것은 현실주의적·행동주의적 태도와 동궤에 놓이는 것이라 하겠다. 이에 비해 윤동주는 그것에 대해 대체로 수용의 자세를 취하기 때문에 대립적인 관계가 아닌 지향적 대상으로 인식한다. 그래서 윤동주는 하나님의 계시를 들으려 하는가 하면 햇빛이 어두운 세계를 전환시킬 수 있다고 믿게 된다.

또한 이러한 수용과 거부의 자세는, 그 의미는 다소 다르더라도 달에 대한 인식에도 적용해 볼 수 있다. 우리 시에 지속적으로 드러나는 달에 대한 인식이 거의 부정적임을 볼 수 있는데, 이상화는 오히려 긍정적으로 인식하고 있음이 두드러지고 윤동주는 전통적인 심상을 그대로 드러낸다. 여기서 우리는 이상화가 보다 적극적이고 능동적이라면 윤동주는 상대적으로 소극적이고 수동적이라는 심성적 성향에 가깝다는 것을 엿볼 수 있다.

한편, 현실공간에 대해 표현한 이미지를 보면 다 같이 부정적 인식을 드러내면서도 이상화는 대체로 표현이 직설적이고 격하며 그 훼손의 상태를 매우 극심하게 드러냄으로써 회복의 가능성이 어렵게 느껴지지만, 윤동주는 상징적이고 정태적인 심상인 겨울·밤·어둠·눈 등으로 많이 표현하고 있는바 이것들은 한결같이 시간의 흐름에 따라 스스로 회복될 수 있는 가능성을 지니고 있어 낙관적 미래를 예견하게 한다. 이것으로 보면 이상화는 현실에 대한 절망적 인식이 그만큼 깊다는 것을 시사하며, 따라서 미래에 대한 관념도 불투명할 수밖에 없음은 자명하다. 반면에 윤동주는 현실은 절망적이라 하더라도 봄과 아침이 오면 겨울(눈)과 밤(어둠)은 필연적으로 사라지고 말듯, 그것은 결코 지속되지만은 아니할 것임을 믿는다. 그래서 희망적인 미래에 대한 확신을 가짐으로써 그만큼 절망적 인식은 감소될 수 있으며 고통의 중량도 줄어들게 된다. 격정적이고 정태적인 태도의 차이는 여기서 이해될 수 있다.

이것은 공간이동이라는 측면에서 보아도 확인이 된다. 이상화가 초기에는 내부공간(동굴·침실)으로 들어가려는 의식을 보이다가 후기로 갈수록 오히려 외부공간을 지향하지만, 윤동주는 초기에 외부공간으로 나오는 상황이 잠시 보일 뿐 내부공간(방)으로 들어가는 심상을 많이 보여준다. 이것으로 보아 이상화가 외부 지향적·현실 지향적 의식이 강하다면 윤동주는 내부지향적·자아성찰 의식이 짙음을 알 수 있다.

이러한 의식적 성향의 차이는 자아인식에서도 볼 수 있다. 우선 절망적 현실인식으로부터 유발되는 비극적 자아인식에서 보면, 이상화는 그 심도가 깊어 절망감과 위기의식이 두드러진다. 그래서 자기비하·패배감·허탈감·自嘲的인 의식이 드러나고, 특히 남의 嘲笑를 의식하는 것에서는 대타관계에 많은 신경을 쓰고 있음을 알 수 있다. 이에 비해 윤동주는 강박관념·무력감·부끄러움의 의식을 많이 노출하면서도 그것이 내적으로 침전되어 슬픔·고독감에 젖게 되고, 특히 참으려 한다거나 개의 짖음·벌레의 울음소리를 통해서도 자아반성을 촉발시키는 소심한 의식을 보여준다. 이것으로 보면 앞에서 잠시 언급한 대로 이상화는 격정적이고 객관주의적 성향이 강한 반면 윤동주는 상대적으로 정태적이고 주관주의적인 성향이 많다고 할 수 있다.26)

　절망적 인식으로부터 초탈하려는 재생의지에서 지향하는 사물을 중심으로 볼 때, 이상화는 돌에의 지향의식이 드러나지만 윤동주는 풀에 대한 관념이 드러난다. 이에 의하면 전자가 강인하고도 영원한 것에 대한 지향의식이라면, 후자는 연약하지만 겨울과 봄의 순환적 질서에 의해 끊임없이 되살아나는 풀과 같이 삶을 재생구조 속에서 인식하려는 관념을 내포한다고 보겠다. 이렇게 본다면 이상화가 영원성을 지향하려는 것은 미래에 대한 관념이 불투명한 것과 관련이 있는 것으로 보인다. 그것은 희망에 대한 불확실성으로 인해 미래에 자신을 투입하지 않으려는 것이다. 그래서 돌과 같은 초시간적인 사물이 되고 싶어 한다고 하겠다.27) 반면에 윤동주는 늘

---

26) 객관·주관주의적 성향이란, 예컨대 똑 같은 사물을 보더라도 외향적인 사람은 객체가 그에게 요구하는 것을 주로 보지만 내향적인 사람은 객체의 인상을 주체 안에서 형성한 것에 의거해서 보려고 하는데, 여기서 전자를 객관주의적 태도라 한다면 후자는 주관주의적 태도가 된다. 전자가 객체를 많이 의식하고 거기에 맞추어 행동하려고 하는데 비해 후자는 외적인 것을 인식하면서도 언제나 그 판단과 행동에 결정적인 기준이 되는 것은 주관적 속성이다. *op. cit.* p.127.
27) 물론 이러한 그의 태도는 일시적인 것으로, 그것은 극단적 절망감에서 비롯된 것일 뿐이다. 그래서 그는 곧 이에 대한 오류를 인식하고 그

미래를 확신하고 있기 때문에 재생에 대한 관심이 높다. 뿐만 아니라 이와 같은 재생에의 인식은 하늘과 해에 대한 관념에서도 보았듯 그가 기독교 신앙을 가진 신자였다는 점과 밀접한 관련이 있다고 볼 수 있다.

끝으로, 이상화가 자아주장이 강하고 때때로 선구자적 의식을 드러내는 반면, 윤동주는 소명의식을 인식하면서도 한계를 느낌으로써 기회가 주어지기를 바라거나 자아성찰과 탐색의식이 두드러진다. 여기서도 우리는 두 시인의 심성적 차이를 엿보게 된다.

그러나 이상과 같은 차이에도 불구하고 그들은 다 같이 치열한 갈등을 겪으면서 점진적으로 그것을 지양 극복해갔으며, 결국에는 그들이 지향하는 이상적 자아에 근접해 가고 있다는 점에서 분명한 일치를 보여준다. 이러한 자아실현에의 과정이 거의 유사하게 드러나는 점은 인간 심리의 보편적 성향에서 기인되지만 그것을 시에서 확인할 수 있다는 것은 그들이 삶에 대한 인식을 그대로 시화했기 때문이라 하겠다. 이 점이 바로 그들의 시가 주관적 성향이 강하다는 것을 뒷받침해 주는 것이다.

이상에서 본 대로 두 시인의 시에 나타나는 의식구조는 상당한 측면에서 차이점이 드러난다. 앞에서 부분적으로 언급하기는 했지만, 그것을 종합하여 심리학적 유형으로 판단한다면 이상화는 외향적 태도에 가깝고 윤동주는 내향적 태도에 가까운 것으로 판단된다. 분석심리학에 의하면 외향적 태도의 인간은 ① 주체보다는 객체를 중요시하고, ② 객체를 바꾸는 데 적극적으로 간여하며, ③ 리비도가 밖으로 흐르고, 사회활동과 실리를 중요시한다는 것이다. 그

자체를 부정한다. 그렇게 하여 그는 후기에 역사의 현장(들판)으로 나오게 되는 것이다. *cf.* 第2章 Ⅰ-2-3) 〈極端〉의 해석 참조.

리고 내향적 태도의 인간은 ① 주체를 중요시하며 주관적 기준을 세워 행동하며, ② 주체를 지키려 하고, ③ 리비도를 안에 간직하여 안으로 흐르며, ④ 자기충실을 기한다고 한다.[28] 이러한 심리적 특징을 고려하여 앞에서 살핀 두 시인의 의식적 성향에 관한 결과를 종합해 보면 이상화는 외향적 태도에, 그리고 윤동주는 내향적 태도에 가까운 성향을 가진 것으로 보인다.

물론, 이러한 대비는 절대적인 것이 아니라 상대적인 것일 뿐이다. 그것은 어느 한쪽보다 다른 한쪽의 성향이 강하다는 점을 의미하는 것이므로 이상화는 전적으로 외향적이고 윤동주는 내향적이라는 것은 아니다. 더구나 이러한 두 가지 유형은 때때로 補償心理가 작용함으로써 대극적인 전환을 보이기도 하여 분명한 파악이 어렵기도 하다.[29] 따라서 극단적인 경우를 제외하고 의식의 일반적 추이과정을 참고할 때 두 시인의 시에 나타나는 자아의 성향을 위와 같이 나누어 볼 수 있을 것으로 생각된다.

끝으로, 이제 지금까지 살펴본 두 시인의 시에 나타난 자아의식의 추이과정을 앞에서 제시했던 순환구조에 적용시켜 도식화해 보기로 한다. 아래의 순환곡선은 수치상의 문제와는 관계가 없고 다만 시에 나타난 자아의식의 변화상을 대비하기 위해서 작성한 것이므로 상대적인 개념에 지나지 않는다.

---

28) 李符永, *op. cit.* pp.119~120.
29) *Loc. cit.*

① 이상화의 시에 나타난 자아의식 변화의 순환구조

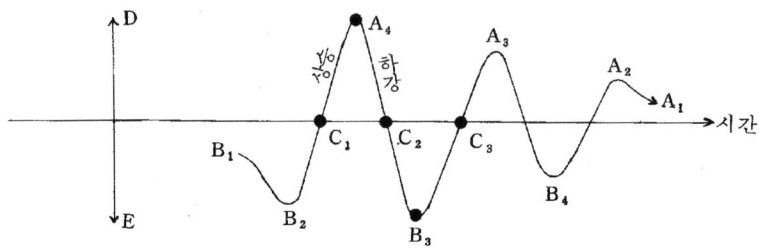

② 윤동주의 시에 나타난 자아의식 변화의 순환구조

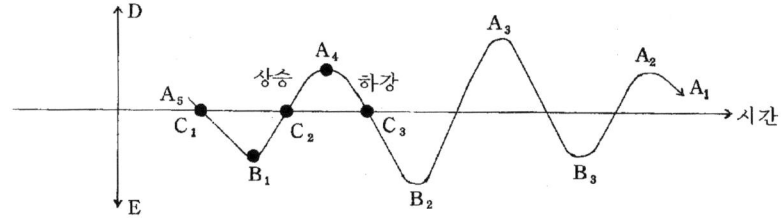

[보기 1] 기호 설명
A: 의식이 외면화된 극점
B: 의식이 내면화된 극점
C: 의식의 전환점
D: 외부공간・외향적 의식
E: 내부공간・현실에서 거리가 멀어지는 공간・내향적 의식

[보기 2] 각 극점에 대한 핵심내용
① 이상화의 경우
······A_4, A_3, A_2, A_1 : 강렬한 존재의식, 자아팽창, 공동체의식, 현실주의, 행동주의 등.
B_1, B_2, B_3, B_4 ······ : 과거지향, 몽상, 자연에 몰입, 소외, 방황, 좌절, 죽음 등.

C_1 , C_2 , C_3 ……: 의식의 전환, 상징적 죽음과 재생, 정화, 자아성찰 등.

② 윤동주의 경우

…… A_4 , A_3 , A_2 , A_1 : 순진무구함, 역사의식, 소명감, 속죄양의식, 윤리적 자아, 행동, 기다림 등.

B_1 , B_2 , B_3 , B_4 ……: 좌절, 그리움, 방황, 과거지향, 자연에 몰입, 방으로 퇴행, 소외 등.

C_1 , C_2 , C_3 ……: 정화, 재생의지, 자아성찰 등.

③ 기타
· D로 올라갈수록 현실인식이 강화됨. 의식이 외면화됨.
· E로 내려갈수록 현실로부터 거리가 멀어짐. 의식이 내면화됨.
· A↔B의 거리가 멀어질수록 갈등이 심화되고 가까워질수록 자기동일성 회복에 근접함.

위에서 A·B·C는 각각 자아의식의 특징적 국면을 지칭한다. 이러한 세 국면의 순환적 기본 체계는 두 시인의 시에서 공통적으로 드러난다.[30] 이것은 인간이 성장해 갈 때 그에 따르게 되는 의식의 변화와 성숙 과정이 대체로 비슷한 구조를 띤다는 점을 나타낸다. 즉 한 인간의 성숙은 많은 갈등과 그것의 지양 극복의 체계라고 할 수 있다. 위의 순환곡선은 바로 그 과정을 거시적인 측면에서 통시적으로 드러낸 것이다.

그런데 그 과정의 세부적 양상은 개인차에 의해 다르게 마련인데 위 그림에서 곡선의 굴곡의 높낮이와 진폭의 차이는 그러한 개인의 세계관과 의식적 태도의 차이에서 오는 것이다. 이상화의 의식적 국면은 외향적 성향이 강하기 때문에 A↔B의 상승과 하강체계가

---

30) 이 과정의 구체적인 설명은 본장 1절 및 2절의 3) 서두 참조.

매우 극적이다. 의식의 대극적 전환이 급박해서 진폭이 그만큼 좁고 가파르다. 그러나 후기로 가면서 현실과 자아를 보다 깊이 인식하려고 노력함으로써 그것이 현저히 지양되고 자기동일성에 근접해 가는 모습을 보여준다.

이에 비해 윤동주의 경우는 내향적 성향이 강하기 때문에 그 진폭이 넓고 완만하다. 말하자면 그는 외부적 상황으로부터 갈등을 겪으면서도 자아성찰에 많은 관심을 가짐으로써 적어도 표면적으로는 의식적 동요가 이상화보다는 적었다는 점을 뜻한다. 그리고 후기의 $B_2 \leftrightarrow A_3$의 진폭이 다소 큰 것은 이 시기에 소명의식이 고조되는 만큼 자아실현이 따르지 못한다는 괴리감에서 갈등의 골이 깊었기 때문이다. 그러나 그도 현실과 자아를 더욱 냉철히 성찰함으로써 자기동일성에 근접해 가는 모습을 보여준다. 특히 동경에서 지어진 시들에서 그것이 역력히 드러난다.

제4장 결 론

　지금까지 필자는 이상화 윤동주의 시에 나타난 자아의식에 관하여 살펴보았다. 이제 이 결과를 마무리하여 결론을 내리려고 한다. 그런데 여기서는 분석결과를 다시 일일이 요약하는 방법을 피하거니와 고찰결과를 문제점 중심으로 서술하기로 한다.

　어떠한 형태로든지 간에 시인은 외부세계와 교섭을 하게 되고 그에 의해 화해든 불화의 관계이든 대응양식을 드러내게 된다. 이러한 모든 관계는 궁극적으로 동일성이라는 문제로 귀결되는바, 한 인간이 자신이 추구하는 진정한 자기를 확립하기까지는 많은 의문과 반성, 대립과 갈등의 양상을 겪게 되는 것은 주지의 사실이다. 그 과정에서 그는 의식적·무의식적으로 하나의 儀式을 거치게 된다. 즉 生의 과정에서 무수한 시련을 거침으로써 심리적 변화를 가져오게 된다는 점이다. 이것은 한 개인이 보다 성숙된 자아로 나아가는 과정에서 겪게 되는 일종의 통과제의 기능과 같은 것이라고도 할 수 있다. 이와 같은 여러 요소들이 문학작품에서 어떤 형태를 띠든 반영된다고 보는 것이 본고의 관점이다. 문학작품이란 결국 그 작품을 쓴 사람의 의식과 불가분의 관계로 놓이지 않을 수 없기 때문이다.

　그러나 그것은 직접적이고 단선적으로 드러나는 것이 아니라 많은 경우 상징성을 띠고 복합적인 의미로 나타난다. 또한 시간의 흐름에 따라서 시인의 시의식, 또는 한 인간으로서의 의식도 변하게 되므로 그 변화의 양상은 시 속에도 반영되어 나타날 수밖에 없다. 여기서 작품이 쓰인 시기를 고려하면서 검토해 간다면 시에 나타나는 자아의식의 변화상을 추출해 볼 수 있다는 결론에 이른다. 이는 물론 어디까지나 문학작품에 나타난 자아의식의 변화이기 때문에 꼭 시인의 의식과 일치하는 것이냐 하는 것은 경우에 따라서 문제로 제기될 수는 있지만, 그것이 실존적이든 아니면 지향적 의식이든 간에 시인의 의식과 밀접한 관련이 있다는 점은 틀림없으므로 필자는 일단 작품도 시인의 의식을 반영한 총체물이라는 입장에서 보려고 한다.

이상과 같은 기본입장을 바탕으로 해서 시에 나타난 자아실현의 과정과 그 의식의 변화라는 측면에 관심을 가지고 두 시인의 작품을 모델로 선택하여 살폈다. 가능하면 도식성에서 올 오류를 줄이기 위해 그동안 상당히 이질적인 시인으로 평가되어온 이상화와 윤동주의 시를 대상으로 하게 되었던 것이다. 그래서 우선 자아실현의 과정을 추적하기 위해 이들 작품을 개별론에 입각하여 통시적으로 살펴보았다. 이는 무엇보다 시간의 추이에 따른 의식의 변화라는 관점을 충족시키기 위한 것이다. 뿐만 아니라 논지에 부합시키기 위해 일방적으로 작품을 재단·유형화하기보다는 한 시인의 작품들이 통일적 구조를 지닌다는 점에 유의하고 일차적으로는 작품의 면밀한 검정과정이 필요하다고 보았기 때문이다.

이와 같은 개별적 작품론을 2장에서 서술하였다. 여기서는 두 시인의 시를 시적 심상과 의식의 변화라는 점에 주목하여 각각 크게 3단계로 나누어 고찰하였다. 그래서 이상화의 시는 ① 위기의식과 비극적 자아, ② 개아의 인식과 삶에 대한 충동, ③ 사회적 자아와 실천의식, 또 윤동주의 시는 ① 불완전한 자아와 좌절의식, ② 소명의식과 자아의 시련, ③ 이상적 자아와 待春意識 등으로 각 단계의 특성을 집약하고 의식변화의 과정을 추적해 보았다.

그 결과 이들의 시에는 다 같이 시간의 흐름에 따라 자아의식이
변화되고 있음이 드러난다. 이러한 변화의 속성은 물론 자아성숙과
관련이 있다. 이를테면 그것은 자아실현을 모색해 가는 과정에서
겪게 되는 여러 가지 시련과 갈등, 그리고 그 극복의지로부터 기인
되는 자아의식의 기복현상이라 할 수 있다. 비록 개인의 가치관과
세계관에 따라서 그 목표나 과정은 다르다고 하더라도 거시적 관점
에서 의식의 지향체계로 본다면 그것은 결국 상승과 하강이라는 두
핵심개념으로 대별되는데, 이 체계가 그들의 시에 순환적 의미를
띠고 지속적으로 드러난다. 즉 두 시인의 경우 초기에서 후기 시로
이행되는 과정에서 세부적 양상은 차이를 보여주지만, 시간의 추이
에 따라 의식의 상승과 하강이라는 순환구조 속에 점진적으로 발전
하면서 결국 그들이 지향하는 진정한 자기에 근접해 간다는 점은
일치한다.

한편, 이러한 자아실현 과정의 보편성을 미시적 관점에서 본다면
개인에 따라 각양각색으로 달라지는데, 그것은 각자 개성이 다르고
목표와 능력이 다르기 때문이다. 그래서 이상화와 윤동주의 경우도
동일성이 있기도 하지만 여러 가지 측면에서 차이점이 드러난다.
이상화의 경우 초기에 감상적 소극적 태도와 자아함몰의 위기의식
으로부터 출발하여 그 극복의지로서 중기의 轉身 의식을 거쳐 개아
의 삶에 대한 강렬한 충동을 보이고, 또 그 小我的 삶에 대한 반성
으로부터 결국 후기에는 공동체의식을 통해 어두운 현실의 개선을
위한 행동주의적 태도로 전이되어 가는 큰 흐름을 보여준다. 이에
비해 윤동주는 초기에 불완전한 자아로부터 자아와 현실인식이 조
금씩 열리면서 동경과 좌절의식이 교차되는 양상을 보이다가 중기
에 와서는 현실인식이 더 깊어지게 됨으로써 소명감과 그에 따른

자기한계를 느끼고 갈등하면서 시련을 겪게 되고, 그리하여 결국 후기에는 자신을 보다 깊이 성찰하여 세계와 삶의 순환 질서를 인식함으로써 희망적 미래에 대한 확신과 기다림이라는 자세로 전환되어 가는 과정을 보여준다.

이러한 차이는 바로 두 시인의 심성적 차이에서 비롯된 것이라고 할 수 있으므로 그 특징을 좀 더 구체적으로 살펴보기 위해 2장에서 분석한 결과를 토대로 하여 의식변화의 핵심적인 요소들을 유형화하고 대비해 보기로 하였다. 3장의 의식구조의 대비 분석이 그것이다.

3장에서는 주로 두 시인의 시에 나타나는 자아의 의식구조의 동질성과 이질성의 관계를 밝히는 데 주력했다. 이를 위해 논의의 범위를 3단계로 압축하였다. 먼저 1절에서는 자아실현 과정의 일반적 구조를 도식하였다. 그리하여 두 시인의 시에 나타난 자아의식은 초기에서 후기로 가면서 외면화와 내면화라는 양극을 중심으로 순환·발전되어간다는 점에서 의식변화의 일반적 추이과정이 드러나고 있음을 제시했다. 다음으로 2~3절에서는 시간과 공간, 자아인식을 통해서 의식구조를 대비하고 그 차이성을 파악했다. 그 결과 개인적 추억으로서의 어린 시절을 제외한 과거·현재와 관련되는 것들은 대체로 부정적으로 인식되고 있다. 미래에 대해서는 이상화 시에서는 다소 불투명하게 드러나는 반면, 윤동주의 시에서는 희망적 미래인식이 분명하게 드러나고 있다. 이상화 시에서 미래에 대한 인식이 불투명하다는 것은 미래를 부정적으로 본다기보다는 그가 현재의 삶에 충실하려는 현실주의적 입장에 가까이 서있기 때문인 것으로 보인다. 그래서 후기 시에서 그는 무엇보다 부정적 현실을 개선해야 된다는 실천의지를 강하게 나타내고 있다. 윤동주의 시의 경우는 시간의 순환에 의해 희망적 미래가 반드시 올 것이라는 확신이 서있기에 후기 시에서 행동성도 보이지만 궁극적으로는 기다림의 자세가 더 많이 드러난다.

이러한 태도의 차이는 결국 두 시인의 세계관과 심성의 차이에서 기인된 것으로 보인다. 즉 이상화는 외향형에 가깝고 윤동주는 내향형에 가깝다는 것이다. 이에 따라 의식변화의 순환구조에서도 분명한 차이를 보이는데 이상화의 경우는 진폭이 커서 대극적 전환이 매우 극적인 반면, 윤동주의 경우는 진폭이 상대적으로 작고 내면적 성찰이 크게 돋보인다. 따라서 윤동주에 비해 이상화가 심리적 갈등을 더 크게 겪었다고 볼 수 있다.

이상과 같은 두 시인의 시에 나타나는 자아의식의 동질성과 특수성은 전자가 인간의식의 보편적 심리와 관련된다면 후자는 각 개인의 개성과 관련을 맺는다고 하겠다. 말을 바꾸면 그것은 각각의 시적 특성을 드러내게 하는 것이기도 하다.

두 시인은 모두 우리 현대시사에서 중요한 위치를 차지하고 있다. 이상화는 20년대 초기 이른바 '백조파'의 일원으로서, 윤동주는 일제 말기의 단절된 우리 시사를 연결한다는 점에서 그동안 많은 조명을 받아온 것이 사실이지만, 이 연구를 통해서 본 대로 자아의식의 성숙과정을 시에서 분명히 보여주고 있는 점도 우리 시에서 그리 흔치 않은 것으로 높이 평가해야 할 줄로 안다. 어두운 시대를 살면서 세계와 자아의 단절을 인식하고 끊임없는 갈등과 자기성찰을 통해 진정한 자기를 지향해가는 과정을 드러내고 있는 이들의 시는 시인의 삶을 떠나서 시적으로도 공감을 불러일으키기에 충분하다. 따라서 자아실현 과정을 매우 실증적으로 보여주는 이상화와 윤동주의 시는 한국시의 지평을 넓혀준 것으로 큰 의의를 지닌다고 하겠다.

이 연구는 시에 나타난 자아의식을 중점적으로 다루었기 때문에 자연히 미학적 측면을 소홀히 할 수밖에 없었다. 또한 두 시인의 시에 대한 가치평가도 되도록 유보하려고 했다. 가치척도는 항상 역사와 사회 그리고 관점에 따라 달라지며 또 어쩔 수 없이 주관적인 것이 될 수밖에 없기 때문이다.[1)]

그리고 이 연구는 두 시인의 작품에 국한해서 자아의식을 살펴보았지만 의식변화의 일반적 구조와 같은 점은 다른 시인들의 작품으로 확대하여 좀더 보편화시켜서 살펴볼 필요가 있다고 본다. 끝으로 이 연구는 가장 미묘하다고 할 의식현상과 심리학적 문제를 다루었을 뿐만 아니라 방법론에서도 試論的 성격이 강하므로 분석과정에서 다소 도식성이 드러날 수도 있을 것이라 생각된다. 이러한 문제들은 앞으로 계속 연구·보완되어야 하겠지만, 다만 본고가 우리 시 연구의 한 방법을 개진하는 데 도움이 되었으면 하고 바랄 뿐이다.

---

1) N. 프라이, 임철규 譯, *op. cit.* p.35. 프라이는 "논증 가능한 가치판단이란 문예비평에서는 당나귀의 코앞에 매달아 놓은 당근과 같은 것"이라고 비유하고 있다.

참고문헌

1. 기본자료

白基萬 編, 《尙火와 古月》, 靑丘出版社, 1951.
李起哲 編, 《李相和 全集》, 文章社, 1982.
金澤東 編, 《李相和 全集》, 새문社, 1987.
尹一柱 엮음, 《하늘과바람과별과詩》, 正音社, 1948 · 1983.

『創造』(影印) 太學社, 1980.
『白潮』(影印) 太學社, 1980.
『廢墟』(影印) 太學社, 1980.
『開闢』(影印) 오성사, 1981.

2. 국내논저

高錫珪, '尹東柱의 精神的 素描', 『超劇』, 三協出版社, 1954.
金大幸, 『韓國時의 傳統研究』, 開文社, 1980.
김수복, 『시인 윤동주』, 예전사, 1984.
金時泰, 『現代詩와 傳統』, 成文閣, 1978.
金烈圭, '尹東柱論', 『國語國文學』 27집, 국어국문학회, 1964.
金容稷, '現代韓國의 浪漫主義에 關한 研究', 『서울대논문집』14집, 1968.
金容稷, 『한국근대시사』, 새문社, 1983.

金容稷, 廉武雄, 『日帝時代의 抗日文學』, 新丘文化社, 1981.

金容稷編, 『한국현대시 작품론』, 文章社, 1981.

金容稷外編, 『文藝思潮』, 文學과知性社, 1979.

金宇鍾, ‘暗黑期 최후의 별’, 『文學思想』, 1974. 4.

金禹昌, 『궁핍한 시대의 詩人』, 民音社, 1977.

金允植, 『韓國現代詩論批判』, 一志社, 1986.

金允植, 『韓國近代作家論攷』, 一志社, 1974.

金允植 · 김현, 『韓國文學史』, 民音社, 1973.

金長好, 『韓國詩의 傳統과 그 變革』, 正音文化社, 1984.

金載弘, ‘자기극복과 超人에의 길’, 『現代詩』 여름호, 文學世界社, 1984.

金載弘, 『韓國現代詩人研究』, 一志社, 1986.

金埈五, 『詩論』, 文章社, 1982.

金埈五, 『가면의 해석학』, 二友出版社, 1985.

金春洙, 『詩論』, 松園文化社, 1980.

金泰坤, 『韓國巫俗研究』, 集文堂, 1985.

金澤東, ‘李相和研究’, 『震檀學報』34 · 35호, 1973 · 1974.

金賢子, ‘대립의 超克과 화해의 詩學’, 『現代詩』 여름호, 文學世界社, 1984.

金華榮, 『文學想像力의 研究』, 文學思想社, 1982.

金興圭, 『文學과 歷史的 人間』, 創作과 批評社, 1980.

마광수 , 『尹東柱研究』, 正音社, 1984.

文德守, ‘李相和論’, 『月刊文學』, 1969. 6.

朴斗鎭, 『韓國現代詩論』, 一潮閣, 1980.

박이도, 『한국현대시와 기독교』, 종로서적, 1987.

朴喆熙, 『抒情과 認識』, 二友出版社, 1982.

朴好泳, ‘尹東柱論의 문제점’ 『現代詩』 여름호, 文學世界社, 1984.

白　鐵, 『新文學思潮史』, 民衆書館, 1953.

徐廷柱, 『韓國의 現代詩』, 一志社, 1980.

徐俊燮 外編,『식민지시대의 시인연구』, 시인사, 1985.

宋 稶,『詩學評傳』, 一潮閣, 1963.

申東旭,『우리詩의 歷史的 研究』, 새문社, 1984.

申東旭 編,『李相和의 서정시와 그 아름다움』, 새문社, 1981.

廉武雄, '詩와 行動',『나라사랑』23집, 1976.

吳世榮,『韓國浪漫主義詩研究』, 一志社, 1980.

吳世榮, '尹東柱詩는 抵抗詩인가',『文學思想』, 1976. 4.

吳世榮, '尹東柱의 文學史的 位置',『現代文學』, 1975. 4.

李健淸,『韓國田園詩연구』, 文學世界社, 1986.

李健淸 編著,『나의 별에도 봄이 오면』, 文學世界社, 1981.

李起墅,『韓國現代詩意識研究』, 高麗大 民族文化研究所, 1984.

李起哲, '李相和研究', 嶺南大學校 博士學位請求論文, 1986. 12.

李南昊, '陸史의 信念과 東柱의 葛藤',『한심한 영혼아』, 民音社, 1986.

李南昊, '尹東柱 詩의 意圖研究', 高麗大學校 博士學位請求論文, 1986. 12.

李明宰, '植民地時代文學의 特性研究', 慶熙大學校 博士學位請求論文,
　　　1984.

李符永,『分析心理學』, 一潮閣, 1987.

이사라,『詩의 記號論的 研究』, 중앙경제사, 1987.

李相斐, '時代와 詩의 姿勢',『自由文學』, 1960. 11~12.

李善榮, '植民地時代의 詩人',『韓國文學論文選』9, 民衆書館, 1977.

李姓敎, '李相和研究',『誠信女大研究論集』2집, 1969.

李姓敎,『韓國現代詩研究』, 科學情報社, 1985.

李昇薰,『詩論』, 高麗苑, 1979.

李昇薰,『李箱詩研究』, 高麗苑, 1987.

李洧植, '아우트사이더적 人間像',『現代文學』, 1963. 10.

李炯基,『시와 언어』, 文學과知性社, 1987.

鄭鎭圭 編著,『마돈나, 언젠들 안 갈 수 있으랴』, 文學世界社, 1981.

鄭漢模, 『韓國現代詩의 精髓』, 서울대出版部, 1979.

趙東杰, 『日帝下 韓國農民運動史』, 한길사, 1979.

조동일, 『문학연구방법론』, 知識産業社, 1980.

趙演鉉, 『現代文學史』, 人間社, 1962.

崔東鎬, '韓國現代詩에 나타난 물의 心象과 意識의 研究', 高麗大學校
　　　　博士學位請求論文, 1981. 9.

崔東鎬, '尹東柱 詩의 意識現象', 『韓國詩의 精神史』, 열음사, 1985.

洪起三, 『狀況文學論』, 同和出版公社, 1974.

洪廷善, '尹東柱 詩研究의 현황과 문제점', 『現代詩』 여름호, 文學世界
　　　　社, 1984.

3. 외국논저

金炳旭 外 編譯, 『文學과 神話』, 大覽社, 1981.

바슐라르, 『몽상의 詩學』, 김현 옮김, 弘盛社, 1984.

바슐라르, '물의 精神分析', 閔憙植 譯, 『世界思想全集』10, 三省出版社, 1981.

데이비드 로지 엮음, 『20세기 문학비평』, 윤지관 외 옮김, 까치社, 1987.

에릭슨, 'Identity', 曺大京 譯, 『世界思想全集』42, 三省出版社, 1981.

에리아데, 『宇宙와 歷史』, 鄭鎭弘 譯, 現代思想社, 1976.

프라이, 『批評의 解剖』, 임철규 譯, 한길사, 1982.

프라이, 『神話文學論』, 金相一 譯, 乙西文化社, 1971.

프로이드, '精神分析入門', 金聖泰 譯, 『世界思想全集』12, 三省出版社, 1981.

게 넵, 『通過儀禮』, 金京秀 譯, 乙西文化社, 1985.

골드만, 『숨은 神』, 송기형 외 역, 연구사, 1986.

그리제바하, 『문학연구 방법론』, 장영태 옮김, 弘盛社, 1983.

하우저, 『藝術과 疎外』, 김진욱 옮김, 종로서적, 1981.

융 외 엮음, 『人間과 象徵』, 趙承國 譯, 汎潮社, 1985.

마이어훕, 『문학과 時間現象學』, 金埈五 譯, 心象社, 1979.

사르트르, '存在와 無'Ⅱ, 孫宇聲 譯, 『世界思想全集』26, 三省出版社, 1981.

綾部恒雄, 『アメリカの 秘密結社』, 日本, 中公新書, 1970.

Auden, W. H., *The Quest Hero, in Perspectives in Contemporary Criticism*, ed. S. N. Grebstein, New York; Harper & Row, 1968.

Bodkin, M., *Archetypal Patterns in Poetry*, London; Oxford University Press, 1963.

Buber, M., *I and thou*, Trans. Whalter Kaufman, New York; Charles Scribner's Sons, 1970.

Burrows, D. J., Lipides, F. R. and Shawcross, J. T. eds, *Myths & Motifs in Literature*, New York; The Free Press a Division of Mcmillian Publishing Co., InC, 1973.

Cirlot, T. E., *A Dictionary of Symbols*, Trans. from the Spanish by Jack Sage, Foreword by Herbert Read, New York; Philosophical Library. 1962.

Eliade, M., *Myth and Reality*, Trans. from the French by Willard R. Trask, New York; Harper & Row, Publishers, 1963.

Eliade, M., *Myth, Rites, Symbols*, ed. W. C. Beane and W. G. Doty, 2vols. New York; Harper & Row. 1976.

Eliade, M., *Patterns in Comparative Religion*, Trans. Rosemary Sheed, New York; Sheed and Ward, 1958.

Eliade, M., *The Quest*, Chicago; The University of Chicago Press, 1969.

Eliade, M., *Rites and Symbols of Initiation, The Mysteries of Birth*

238

  and Rebirth, Trans. from the French by Willard R. Trask, New York; Harper & Row Publishers, 1961.

Eliot, T. S., *Selected Essays*, London; Faber & Faber LTD. 1932.

Jung and Kerengi, *Essay on Science of Mythology, The Myth of the Divine Child and Divine Maiden*, Trans. R. F. C. Hill, New York; Harper Torch books, 1963.

Marcus, M., *What is an initiation Story?*, in *Critical approaches to fiction*, Shivk. Kumar, Keith Mckean, Mcgraw-Hill Book Company. 1968.

Tillich, P., *The Courage To Be*, New Haven; Yale University Press. 1959.

Wellek, R. and Warren, A., *Theory of Literature*, Penguin Books, 1966.

Wheelwright, P., *Metaphor and Reality*, Bloomington, Indiana; Indiana University Press, 1962.

· 저자 ·

이상호   · 약 력 ·
(李尙鎬)
　　　경북 상주 출생. 한양대학교 국문과 동 대학원 및 동국대학교 대학원 국문과
　　　졸업(문학박사), 월간시지 『심상』 신인상으로 등단. 대한민국문학상 신인상,
　　　편운문학상 본상, 문화관광부 장관 표창. 한국시인협회 사무국장, 감사, 한국
　　　언어문화학회 부회장 역임. 현재: 한국시인협회 이사, 한국현대문예비평학회
　　　부회장, 계간 『詩로 여는 세상』 주간, 한양대학교 국제문화대학 인문학부 국
　　　어국문학 전공 교수

　　　· 주요 저서 ·

　시집 : 《金環蝕》, 《그림자도 버리고》, 《시간의 子宮 속》, 《그리운 아버지》,
　　　　《웅덩이를 파다》
　저서 : 『한국현대시의 의식 분석적 연구』, 『자아추구의 시학』, 『디지털 문화 시
　　　　대를 이끄는 시적 상상력』, 『우리 현대시의 현실인식 탐구』, 『희곡원론』,
　　　　『전환기의 한국 근대희곡 연구』, 『북한의 현대문학 I』(공저), 『북한의 문
　　　　화정보 I, II』(공저), 『청소년 애송시선집』(전3권, 공저), 『문학과 정치이
　　　　데올로기』(공저) 등

韓國現代詩에 나타난 自我意識에 관한 研究
－ 李相和와 尹東柱의 詩를 중심으로 －

· 초판 인쇄	2006년 11월 20일
· 초판 발행	2006년 11월 20일
· 지 은 이	이상호
· 펴 낸 이	채종준
· 펴 낸 곳	한국학술정보㈜
	경기도 파주시 교하읍 문발리 526-2
	파주출판문화정보산업단지
	전화　031) 908-3181(대표) · 팩스　031) 908-3189
	홈페이지　http://www.kstudy.com
	e-mail(출판사업부)　publish@kstudy.com
· 등　　록	제일산-115호(2000. 6. 19)
· 가　　격	16,000원

ISBN　89-534-5948-6 93810 (Paper Book)
　　　　89-534-5949-4 98810 (e-Book)